偏偏是你,给了我整个世界

芭阿柚 ◎ 著

中国华侨出版社

图书在版编目（CIP）数据

偏偏是你，给了我整个世界 / 芭阿柚著. —北京：中国华侨出版社，2015.6（2021.4重印）

ISBN 978-7-5113-5471-6

Ⅰ.①偏… Ⅱ.①芭… Ⅲ.①言情小说—中国—当代 Ⅳ.①I247.5

中国版本图书馆 CIP 数据核字（2015）第 124460 号

偏偏是你，给了我整个世界

著　　者 / 芭阿柚
出 版 人 / 方　鸣
策　　划 / 周耿茜
责任编辑 / 文　蕾
责任校对 / 孙　丽
经　　销 / 新华书店
开　　本 / 880 毫米×1230 毫米　1/32　印张 /9　字数 /239 千字
印　　刷 / 三河市嵩川印刷有限公司
版　　次 / 2015年7月第1版　2021年4月第2次印刷
书　　号 / ISBN 978-7-5113-5471-6
定　　价 / 38.00 元

中国华侨出版社　北京市朝阳区静安里 26 号通成达大厦 3 层　邮编：100028
法律顾问：陈鹰律师事务所
编辑部：（010）64443056　64443979
发行部：（010）64443051　传真：（010）64439708
网　址：www.oveaschin.com
E-mail：oveaschin@sina.com

目 录
Contents

第一章　三番两次 / 001

第二章　名字很美 / 007

第三章　推理女王 / 013

第四章　她的秘密 / 019

第五章　面瘫王子 / 026

第六章　像胡萝卜 / 031

第七章　避而不及 / 037

第八章　欲擒故纵 / 044

第九章　十字路口 / 052

第十章　我不需要 / 059

第十一章　错过牵手 / 064

第十二章　挡刀挡剑 / 070

第十三章　忘了也好 / 079

第十四章　衣带渐宽 / 087

第十五章　梦醒时分 / 094

第十六章　回归日常 / 100

第十七章　关于告白 / 107

第十八章　已是情侣 / 114

第十九章　众人皆知 / 122

第二十章　面目全非 / 130

第二十一章　浅尝辄止 / 138

第二十二章　别来无恙 / 144

第二十三章　她的心思 / 151

第二十四章　一不小心 / 157

第二十五章　你最重要 / 164

第二十六章　疑窦丛生 / 171

第二十七章　不如不知 / 179

第二十八章　风平浪静 / 187

第二十九章　格格不入 / 195

第三十章　各怀心思 / 205

第三十一章　命运捉弄 / 213

第三十二章　本性难移 / 220

第三十三章　已是断掌 / 227

第三十四章　请离开他 / 234

第三十五章　找不到她 / 243

第三十六章　学会原谅 / 251

第三十七章　负荆请罪 / 258

尾声　爱缓缓归 / 266

番外　他的她 / 275

第一章 三番两次

终于熬到了大学第三个年头,却还始终无人问津的顾卿紫,咬咬牙收敛了以往"无恶不作"的性格,安安分分地准备做个乖乖女。

但即便如此,仍旧没有哪个男生会带着喜欢的感觉接近她。

大学里每天都有上不完的必修课和选修课。这个学期顾卿紫不顾同寝室好友小夕的劝说,毅然决然地报了个能让很多人不及格的课——《逻辑实用教程》。

当日,顾卿紫在机房选课,拍着胸脯对小夕说:"只要掌握了逻辑推理知识,我今后就有望比电视剧里的侦探早一步发现凶手了。"

听到这样的说辞,旁边同样在选课的小夕单手托着下巴冷哼道:"你发现凶手,人家电视剧的导演会给你颁奖吗?"

顾卿紫撇撇嘴,顿时哑然,但初衷不改。小夕知道拗不过,也就随她了。反正她是不会陪着顾卿紫选这门课的,不仅难以及格,而且上课时间都正巧定在了晚上。

"我这么跟你说吧。在这个大冬天里,光是宿舍楼和教学楼的距离都能让你冻死在半路上。你说你为了上一堂难以及格的选修课,冻成傻瓜是不是很不划算?"小夕最后劝道。

"又不是北京和上海的距离……"顾卿紫笑着摆摆手说。继而又拍拍好友的肩膀示意她别担心,撩了撩自己的衣袖故作神秘道,"虽然我封印了以前的能力,但是身手一如既往地矫健。至少劈砖头就跟掰大蒜一样轻松,半路上遇到什么牛鬼蛇神都能应付。"

小夕瞟了她一眼,冷冷地问:"半路上遇到鬼你难道先给它表演一段徒手掰大蒜?它不一口吃了你才怪!"

"……"面对着小夕的咄咄逼人,顾卿紫再次舌头打结,无语回应。

纠缠不下的两个人在选课结束后就径直前往食堂了。一到食堂,便发现每个窗口都排着如长龙一样的队伍。好不容易轮到顾卿紫了,却见一只大手忽然伸到了她的面前……

"喂,你干什么?"眼疾手快的顾卿紫边厉声说着,边一把抓住了那个人的手腕,眼眸锐利地扫到了"犯人"的脸上,但在看清本尊样貌之后,顾卿紫的眉毛不受克制地往上一挑,心里一阵紧张。

就这样,有丝古怪的气氛隐约地蔓延开来。

褚希澈那张精致冷漠的脸庞转过来同顾卿紫对视三秒钟后,一声不吭地从她的手心将自己的手抽走,然后若无其事伸手拿走刷卡器上遗留的饭卡,淡定地离开了众人的视线,好像什么都没有发生。

那刻,顾卿紫想要扑倒在地上装死。

终于明白,为什么她在排队打饭的时候总感觉有炽热的目光朝她这里射来,灼热难耐。不知情的顾卿紫还以为自己留了齐肩长发魅力瞬间提升,心里还恬不知耻地感到高兴呢。殊不知,这些错觉都是来自于自己前面站着的褚希澈。

自古以来,但凡是学校里的风云人物,长得帅是必要条件。这点褚希澈显而易见地具备了,再加上他还是个学霸,霸到他拿第二就没人敢拿第一的地步。

周围人都在窃窃私语着,顾卿紫缩着脑袋,暗暗祈求着让这段出丑的往事尽早地随风而逝……

享用完午餐的顾卿紫一下午都没有课,回到寝室后双眼无力地盯着笔记本电脑,重重地叹了口气……这小破电脑能不能不要一开机就死机?能不能重启之后不蓝屏啊?我摔!

指望不上电脑能带来欢愉的顾卿紫稍稍抬眼就看见一大摞爸爸要求买的公务员考试教材整整齐齐地摆在书架上。

"小夕,我去图书馆看会书。晚上不用等我吃饭了,我直接去教室上课。"无奈之下顾卿紫有气无力地抽了其中几本书,懒懒地对小夕说。

小夕正看着书,没空搭理她,便敷衍地说:"嗯,不送。"

一迈进图书馆,顾卿紫就感到暖气散发着慵懒的气息扑面而来。她环顾四周随便找了个舒服的位置坐下,摊开书拿起笔努力地让自己静下心看这考试教材。

"你这道题不会吗?"

一直很安静的周围忽然多了不和谐的声音,顾卿紫相当不友好地抬头,刚想很嫌弃地"啧"上一声,但看到那张脸之后"啧"字被活生生地吞回了肚子里。

"啊?"顾卿紫反应不过来该用什么表情或者该说什么,于是就直接拉个字掩饰了下。

褚希澈拿笔指指她的教材,声音很轻却冷冰冰的,"这道题你已经看了快半个小时了。"

顾卿紫忽地皱起了眉头,偏头看他,心里纳闷:这家伙是什么时候坐在了我的旁边，还是说他早就坐这里我居然没有发现？

"关你什么事？"顾卿紫说这话的时候语气很平淡，没有厌恶，也没有喜欢。

褚希澈俊美的脸不受控制地阴沉了一下，他轻叹着气说："你拿笔在这道题上敲打了不止27下，很吵。"

"哦。"顾卿紫忽然笑了下，合上教材说，"不好意思。我真没看到旁边有人。"最后那个"人"字被莫名地加了重音。

褚希澈看了她一眼，居然没有生气，只是沉默地拿过她的教材，重新翻开那道题目，拿起草稿纸，用自己手中的笔在草稿纸上飞舞了起来。

5分钟后，教材被推了回来。顾卿紫望着草稿纸上的答案瞠目结舌，不可思议地想着不就一个选择题嘛，有必要做成应用题吗？

"有劳您费心了。"顾卿紫仍旧用她那半调子的话挑衅着他，但明显比刚才少了些敌意。

褚希澈没有再说话，重新埋头看书。倒是顾卿紫时不时地会向他那边看去，平常在学校都见不到几面的帅哥，今天却三番两次地碰见。

顾卿紫心里隐隐地有丝奇异的感觉，这难道是命中注定？

时间一分一秒地过去，还没有吃过晚饭的顾卿紫早已饿得前胸贴后背。但是碍于褚希澈一直没走，她也莫名其妙地狠不下心离开位置。

冬天的月亮出来得特别快，顾卿紫抬手看了好几次手表。肚子饿不饿的已经不重要了，重要的是褚希澈再不走，晚上的选修课就要开始了！总不能第一次点名就迟到吧，那不及格的概率就高了。

正当顾卿紫下决心要起身的时候，褚希澈先起来了。他转过头看看焦灼不安的顾卿紫，不紧不慢地说道："还有5分钟。"然后顾卿紫低声咒骂了一句，抓起书就开跑。可是，褚希澈比她跑得还要快！

"报告！"费了九牛二虎之力跑到大教室门口的顾卿紫对着空无一人

的讲台掷地有声地大喊了一句。

顿时，全班哄堂大笑。

褚希澈侧着身子绕到了她的前面，轻声笑道："白痴。"

还没有听到褚希澈的嘲笑之前，顾卿紫已经拿手捂住脸了。碍于自己目标太大，她也只能缩着身子跟在褚希澈后面来到了大教室的后排座位。

没一会儿，一个四五十岁的瘦弱男子走上了讲台，用他透过玻璃镜片的目光扫视了下全班，然后他翻开点名册，张了下嘴好像没有要点名的意思，看了一会儿后说："我叫到的同学站起来。"之后老师就开始报名字，"顾卿紫。"

听到名字的顾卿紫恍惚地站了起来，不知其意。但接下来，老师又念出了其他几个陌生的名字，什么"褚希澈、夏辰佑、陈博、墨柳儿。"

于是这五个人首先出现在了大家的视线中，当即就引发了不小的议论。在顾卿紫看来，除了自己其他四个人好像都是有头有脸的人物。

"你们五个人为一组，组长是顾卿紫。以后每次课题作业组里一起完成，任务分配由组长负责。我会根据你们交上来的作业来决定你们的平时成绩，所以不要敷衍。"

顾卿紫小心翼翼地瞥了眼那些人，发现他们都不约而同地在看自己，除了自己左边的褚希澈外。

所以这组长这么好当？

全班 30 个人，分成了六组。以顾卿紫这组最为夺人眼球，什么校草、校花都在里面了，还有传说当中的运动健将和下棋高手。在这样的分配组合中，顾卿紫隐隐地觉得抬不起头来。

下课后，同组的人聚在一起再次相互介绍了一下。顾卿紫大致观察了这几个人，运动健将夏辰佑，高个头。下棋高手陈博温柔、睿智。再加上美丽动人的墨柳儿，这姑娘眉目间总好像在给你传情，魅惑人心得很。

等到寒暄结束之后，顾卿紫匪夷所思地看了眼身旁还在翻书的褚希澈，奇怪地问："干吗还不走?"想了想后她又环顾四周，再问，"教室没人了，你在等女鬼吗?"

"等你。"褚希澈合上书，抬眼看向她说。

他的声音不大，却在教室引起了回音。

"啊?"顾卿紫又皱起了眉头，嘴巴微张着。这家伙确实说了"等你"两个字吗?

褚希澈拿起书，起身。精致耀眼的五官绽放着奇异的光彩，他指指她说："你肚子叫了八百回了。"

"呃……"顾卿紫这会儿有些受不了了，该不是又要说这肚子叫的声音打扰到他了吧?

这时，褚希澈擦过她的身边，佯装咳了声说："不介意的话一起吃夜宵吧。"

吃夜宵?顾卿紫愣怔。

"当然不介意。"最后她坚定地说道。

第二章 名字很美

那天晚上,顾卿紫的日记本里赫然出现了褚希澈的名字。写完后看着通篇的文字,顾卿紫顿感这文字内容不安全,又故弄玄虚地把组里的成员名字一并写到日记本里去了。

有时候日记本更像是"达·芬奇密码",把所有真正的东西隐藏在不起眼的字句里,等着有人来探索、发现。

隔天天气晴朗,顾卿紫拉开窗帘站到阳台上。因为晚上熬夜的缘故,她一直觉得脑袋隐隐作痛提不起精神来。

"卿紫,一起去吃早饭吧。"小夕也早早起床,看着外面萎靡不振的顾卿紫很是诱惑性地说,"学校食堂开了个新窗口,我们去试试吧。"

顾卿紫拍拍额头,正好拿不定主意接下来做什么好,于是叹口气道:"好吧。"

于是两个人手挽手亲密无间地来到食堂,扫了一眼发现周末吃早饭的人虽然不是很多。但是,无一例外地都是成双成对的情侣。

"这什么世道啊?"顾卿紫揣着饭卡嘀咕了一句,不经意地往右边瞥了眼，居然看到了夏辰佑和墨柳儿！顿了顿后，揉揉自己的鼻子。奇怪，看见他们干吗要用感叹号？

"是不是觉得俊男美女，天造地设啊？"小夕乐呵呵地凑过来八卦道，视线也悠悠地往那边飘去。

顾卿紫捏捏脖子，无奈地笑了笑。本想跳过这个话题，但是小夕还是滔滔不绝地讲了起来，"听说墨柳儿本来是喜欢褚希澈的。可人家对她并不来电，刚巧夏辰佑在追她，于是墨柳儿就答应了。"

这个八卦本不能引起顾卿紫的注意，但听到"褚希澈"三个字忽然就来劲了。她凑近小夕，轻声问："是吗？那个褚希澈竟然对美女不来电？"顾卿紫在提出疑问的同时预期里明显带着兴奋和不知道缘由的幸灾乐祸。

说话间，两个人捧着早餐来到桌位上坐下。

小夕咬着软软的面包，含糊地说："嗯，褚希澈好像有喜欢的女孩子了。"

原来有喜欢的女孩子了啊。也是，哪个少男不怀春呢？更何况他还是那么出众的一个男生，有喜欢的女孩子也很正常。但……

"他喜欢的女孩子是谁？"但顾卿紫还是不甘心地追问了一句。

小夕偏着脑袋想了想，半天没回答。最后吃完整个面包的时候才不确定道："具体是谁不清楚，坊间传闻他喜欢的那个女孩子的名字很美。"

"墨柳儿的名字就美得很！这算什么线索啊？"顾卿紫相当不满意地低声喊道。这个世上没有哪一个女孩子的名字不是以美为标准的。

唔，话说顾卿紫这个名字也美得像天仙好吗？顾卿紫想着，瞬间被自己逗笑了。

小夕看着她变脸的速度，额头上豆大的一颗汗就挂下来了。想着，刚睡醒的卿紫可能还处于梦游阶段，不能和她较真儿。

"顾卿紫。"

正聊着，忽然听见有人在叫她的名字。顾卿紫抬头，发现夏辰佑和墨柳儿就这样站在了自己的面前，脸上都带着春风般的笑意。

"哦，这么巧。"顾卿紫愣了愣，忙笑着说。

夏辰佑笑起来的时候牙齿特别白，与此同时，墨柳儿也是相当友好地同顾卿紫打招呼，在看到了对面的小夕时，也礼貌性地回复了一个微笑。

"顾组长，"夏辰佑浓黑的眉毛显得很老实，他笑说，"碰巧遇到你，可不可以帮我把这本《中国地理》还给褚希澈？"

"啊？"顾卿紫有些困惑地望向夏辰佑相当不解地问，"为什么你不自己还给他？"

夏辰佑尴尬地看向了墨柳儿，这时墨柳儿才站出来说："昨晚上课的时候书在我的寝室，没来得及还他。刚巧辰佑送我回宿舍的时候看到了你们一起去吃夜宵。所以我想，要是碰到你就由你交给他，也省去很多麻烦。"

但在顾卿紫脑海中盘旋的始终是只有那一句"看到你们去吃夜宵……吃夜宵……夜宵……宵……"

小夕听到墨柳儿这么说也愣住了。卿紫什么时候和褚希澈有这么一层关系了？难道就是那天在食堂因为一张饭卡引发的？

"可以帮忙吗？我们今天要去趟市区，恐怕会很晚回来。我答应希澈昨天还他的……"墨柳儿略带请求的语气说道。

顾卿紫很是为难，但又不知道该怎么推辞。想必他们是误会她和褚希澈的关系了，但想来想去心里竟然美滋滋的。

"我和褚希澈昨晚只是碰巧一起。不过如果你们需要的话，我会帮忙的。"顾卿紫最后还是答应了，主要还是因为大家是同组的。

第二章 名字很美

后来这个不要脸的理由当即就被小夕以一句"你就是想去看美男子"给揭穿了。

夏辰佑又露出很阳光的笑容，把书交到她的手里，说了声谢谢后，带着墨柳儿离开了。小夕在他们走后回头望了眼，发现墨柳儿也回过头，但她看的是顾卿紫。

顾卿紫看着手里的书，就像是在她手心肆意攒动着火苗，让她又怕又惊讶。

事后，小夕故意阴阳怪气地调侃道："难怪昨晚上完课是打着饱嗝回寝室的，敢情是和褚希澈 happy 去了。"

"是刚好上完课又刚好没吃饭，所以就搭伙去吃夜宵了。"顾卿紫说得很轻松，但又似乎故弄玄虚地补上一句，"我们是单纯的饭友关系。"

小夕若有所思地点点头，不置可否地笑了，缓缓说："嗯，这世上哪有那么多的'刚好'啊？无巧不成书喽。"

顾卿紫强装冷静，默默地低头喝着自己的白粥。忍不住又想起了墨柳儿，和她比起来，自己就像是眼前这碗白粥，而她却是一杯牛奶。

"鬼知道褚希澈现在在哪里啊？"顾卿紫捧着书猛地反应过来，跺着脚懊恼咒骂。

在经过曲折地询问之后，顾卿紫终于掌握了褚希澈的宿舍楼和寝室号。于是她大冬天捧着本书跑来跑去的，整张脸都冻得红红的。叩响房门之后，正巧是褚希澈开的门，在看到顾卿紫满身寒气的样子，他为之一震。

"怎么？"褚希澈微蹙眉，轻声道。

顾卿紫一把将书甩到了他的怀里，很不高兴地说："冻死我了！"

寝室里的男生全都躲在被窝打游戏，听到外面有动静，纷纷探出头来。褚希澈看看怀里的书,眉头拧在了一起。但又看着顾卿紫冻紫的脸颊,心里顿时感觉怪怪的,马上伸手将她拉进了温暖的室内。

"干吗,我要回去了。"顾卿紫抗拒着他的好意,又因看到寝室里的其他三个男生正在用怪异、暧昧的目光打量她时,她冻紫的脸上浮现了浅浅的粉色,抿抿嘴决定不再吭声。

褚希澈望着她,开口说:"手机给我。"

顾卿紫不明其意,伸手就把手机递给了他,顺便接过了他倒的热水。在手触碰到水杯的时候,顾卿紫觉得自己被拯救了。

"以后有事打这个电话就好了。"褚希澈把手机还给她的时候说了这么一句话。

顾卿紫诧异地接过手机,拿在手里犹豫了会儿,最后还是放进了口袋里。她瞟了眼褚希澈,发现他一直在看自己。

"哦,懂了。我马上就走……"顾卿紫察言观色了一番,谨慎地说了一句。

很奇怪的,寝室里的男生不约而同地都"噗"地笑了出来。只有褚希澈一个人似笑非笑地看着顾卿紫不知道该怎么办好。

"这个戴上。"无奈褚希澈把挂在衣架上的一条围巾拿下来给顾卿紫围上,语气很平淡地说,"我没用过。"

褚希澈的这个举动让寝室里的男生再也憋不住了,决定不玩游戏也要先调戏一下,纷纷阴阳怪气道:"哎哟喂——这是褚希澈妈妈特意给儿子织的爱心围巾哟——"

顾卿紫一听,忙伸手要把围巾摘下来,她可不想接受这被人误会的好意。

"要么戴上,要么我送你回宿舍。"褚希澈看着她眼里有些许的狼狈,于是给她出了道选择题。

顾卿紫这个人别扭得很,她仰起头皱紧眉头,望了他许久,问道:"有没有第三个选择?"

再一次,寝室的男生笑翻了。他们可是头一次看见褚希澈在面对女生时无计可施,还被顾卿紫搞得脸一阵黑一阵白的。

"好吧,再见。"为避免事态进一步扩大,顾卿紫决定裹着围巾逃之夭夭。

褚希澈看着她一溜烟跑走的身影,叹了口气,垂目看着床上的那本《中国地理》再次皱起了眉头。

第三章　推理女王

傍晚，顾卿紫坐在阳台上望着手中玻璃杯沿上那一圈亮亮的光晕，甚是朦胧迷离，忍不住盯了许久。但看久了竟觉得眼睛有些发酸，便抬手捂住眼睛深吸了一口气。

想来，再美好的事物也不能对其倾注过多的关注，容易伤身。

过了一会儿后，手机振动了。收到了来自小夕的短信："今天我请假回家了，大概要过三天才能回来。你自己一个人要吃好喝好睡好啊，顺便和褚希澈多来几次'刚好'。"

顾卿紫收起手机，嘴角弯起一个很好看的弧度。褚希澈这样的男生，或许更适合和墨柳儿那样的女生来几次"刚好"。毕竟，她顾卿紫也只是有个漂亮的名字而已。

百无聊赖之下，顾卿紫早早来到选修课教室，发现空荡荡的教室只有最后一排有个人，无精打采地趴在桌子上。

"不好意思，"顾卿紫走过去拿起手中的笔捅了捅男生裸露在外面微红的手，好像在确定对方究竟是死是活，谨慎地问了一句，"你是不是……"

"嗯？"男生抬起一双惺忪的眼睛，嘴里嘟囔着。与此同时呈现出一张温和好看的脸庞，很是干净。尤其是那双眼睛，澄澈明亮。

"啊，真的是你啊，陈博。"顾卿紫抿抿嘴，放下书坐到了他的旁边，开心地问，"怎么这么早？"

陈博揉揉眼睛，再次看向顾卿紫的时候，眼眸便更加清澈无比。他打打哈欠，笑道："顾组长不是也这么早吗？"

"叫我卿紫吧。"顾卿紫这么讲完全是出于不好意思，自己根本就没什么本事居然就当上组长了。

陈博看着顾卿紫有些不自然的表情以为自己说错了话，忙岔开话题问："卿紫为什么选这门课啊？"

"这个嘛。"顾卿紫眯起眼睛笑笑说，"爱看《神探夏洛克》算不算原因啊？"

陈博一听差点笑出声来，他忍不住点头说："原来是崇拜夏洛克的基本演绎推理啊。不过我也挺崇拜的。"

"真是知己啊。"顾卿紫边说边拍了下陈博的肩膀。

教室里的人渐渐多了起来，顾卿紫和陈博两个人仍旧旁若无人一般谈天说地。

"那陈博你呢？"顾卿紫眨眨眼睛，很是俏皮地说，"我推理你是因为脚崴了，为了避免别人看见你一瘸一拐的样子，所以你提早来到了教室。"

陈博本就明亮的眼睛在别人眼里好像瞬间放光了一样，绽放着异样的光彩。他有些不敢相信，这个顾卿紫居然猜对了。

"看来我是答对了。"顾卿紫骄傲地挑眉说，眼神瞥到了他的脚上。

陈博嘴巴微张，但马上问道："破绽在哪？"

于是，顾卿紫清了清嗓子，开始了神一般的逻辑推理，她说："因为我刚刚进来的时候看见你脚上的鞋子居然有一只穿着的是大头鞋！哈哈……"

语毕，陈博也笑了，丝毫不觉得尴尬。反而抬手摸摸顾卿紫的头，笑说："我真的要叫你顾组长了。"

这时，门口进来了褚希澈和墨柳儿，不见夏辰佑的身影。而褚希澈一眼便看见了那两个人亲昵的动作，不由得心头一紧。不知不觉撇下身边的墨柳儿快步地来到了他们的座位旁。

"早。"来到他们身边，褚希澈一张嘴发现自己不知道在说什么。他别扭地想说，"怎么这么早"又或是"你们两个来得这么早"又或是"为什么你们两个坐在一起"，更或者是"顾卿紫，你干吗让其他男生随便摸你的头"，但，一开口居然是这样没有任何意思的一个字。

"嗯，早。"顾卿紫望着他们边说边起身，"你们坐里面吧。"

墨柳儿稍稍有些惊讶，但很有礼貌地笑笑后便走到里面挨着陈博坐下了。然后又看了看褚希澈示意他坐进来。但褚希澈杵在那里盯着顾卿紫，根本没看到墨柳儿的示意。

"夏辰佑怎么没来？"顾卿紫往门外张望了会儿，看向了墨柳儿问。

"他走到门口发现手机忘在隔壁教室了就跑回去拿了。"墨柳儿解释的时候眼睛有些着急地看向门口，"应该一会儿就来了。"

顾卿紫点头应声道："哦，那旁边的位置让给他吧。我坐陈博那边。"

这时，褚希澈终于有反应了，他一把拉住已经扭头的顾卿紫，说："一起。"说完之后，他自己倒先走进去坐在了陈博的旁边，然后再看看顾卿紫，示意她过来。顾卿紫没多想乖乖地坐下了。不一会儿，夏辰佑进来了，挨着墨柳儿也坐下了。

安分地坐下后，顾卿紫本是翻开书准备看今天的讲课内容，忽然压低声音问褚希澈："呃，那个围巾我是洗过了还你呢，还是就原封不动地还给你啊？"

"什么？"褚希澈不看她，轻声问道。

他这句话还是秉承着不轻不重的老样子，但却莫名地让顾卿紫感到压力。她撇撇嘴，耷拉着脑袋，说："我是这么想的。放到洗衣机里的话呢，我怕她们放进去的袜子会把你的围巾弄臭，所以我很纠结……"

褚希澈瞄了她一眼后，说："不用洗了。"

"那，还给你。"顾卿紫明显高兴了，她要的就是这个答案。

褚希澈转过头看着她，还没皱起眉头质问她干吗这么高兴的时候，顾卿紫已经拿出围巾以迅雷不及掩耳的速度把围巾给他戴上了。

褚希澈感受着脖子上的温暖，心里很是想不通。这个女生的思维怎么就那么费解呢？或许更加费解的是他自己，只是因为当初的留恋，让进入大学的他偶然间看到了她名字以及似曾相识的身影，竟做出让自己都想不通的行为来。

逻辑课上，老师拿出了几道逻辑推理的题目。这道题目引起了顾卿紫的兴趣，她赶忙拿出纸研究了起来。

"5分钟到了。"老师一声令下，学生们都停止了手中的推理。

顾卿紫皱着眉头，实在是不知道该从何入手，这个谁是说谎的人的推理题目怎么这么难呢？甲乙丙丁这四个人，陈述的是真是假怎么这么难以分辨呢？

褚希澈望着顾卿紫不高兴的表情，本来了然于胸的答案也没有说出口。也只是闷闷地看着她，希望她会推理出答案。

同组的夏辰佑、墨柳儿和陈博根本就没有在研究这道题目。陈博仅仅是趴在桌子上好像心事重重的样子，而夏辰佑和墨柳儿却在那边卿卿我我，不管不顾。这下，似乎除了褚希澈没有更加可靠的人了。

"答案是C。乙说谎了。"别的组抢先说出了答案，老师满意地点点头,然后那位同学开始陈述自己的分析思路。

顾卿紫竖着耳朵听别人的讲解时,头就一下子沉甸甸地抬不起来了。她一直在说自己有多厉害,可到真正需要实力的时候发现自己根本就是浪得虚名。这种郁闷的情绪一直到下课顾卿紫都没有缓过来,说起来真的和小孩子闹别扭一般。

"你还不走吗?"褚希澈在位置上等了她近5分钟后终于开口问道。

顾卿紫敷衍地看了看他,然后拎起自己的包从位置上离开了,站在过道上,说:"再见。"但是她只是站在那里,一动也不动。

褚希澈无奈走到她的身边,欲言又止。面对顾卿紫敏感的神经,他居然会不知所措。只是不会一道题目而已,全班又不止她一个人不会。但,这种话说出去应该会被讨厌吧。

"卿紫,还不走啊?"陈博挣扎地从位置上站了起来,蹒跚着来到他们两个旁边,奇怪地询问,"怎么了,希澈欺负你了?"

这话一出,褚希澈不干了。他立马回头,面无表情地瞪着陈博,但没说话。因为他这才发现陈博受伤的脚踝已经如此肿大了。

顾卿紫本来低落的心情在陈博无意的调侃中稍微有了些回升,而后猛地想起什么似的,赶紧腾出手扶住了陈博。

"我们一起回去吧,我担心你走夜路会踩到狗屎。"顾卿紫忽然笑了,看看褚希澈示意了下,忙说,"干吗呢,过来一起为残障人士献爱心啊。"

褚希澈不知道他们之间为何如此熟悉,但光是陈博的一声"卿紫"都让他忌妒得快要发疯了。即使心里一百个不愿意,顾卿紫的每一句话他也都听到了心里。于是,不情不愿地伸出手托住了陈博的手臂。

"喂,喂,你们干吗啊?我又不是没有自理能力了,我自己会走的。"陈博有些不好意思地瞎嚷嚷,不仅仅是因为顾卿紫是女孩子,还因为他瞄到了褚希澈那张"臭臭"的扑克脸。

顾卿紫一听，想想也是。一个大男人走夜路踩到狗屎并不可怕，摔了一脸的狗吃屎也不可怕。思来想去，她松开了陈博。接着对褚希澈莞尔一笑，说："褚同学，那麻烦你把他送回宿舍。我还要回寝室洗袜子，再见！"随后蹦蹦跳跳地从他们眼前消失了。

褚希澈喉咙里滚动的那几个字没来得及进出嘴，顾卿紫人已经不见了。于是，褚希澈很是莫名的心里一阵失落。

"希澈，你有点不对劲哦。"陈博阴阳怪气地说道，"对卿紫是不是太上心了一点啊，人家可是单纯地和纯牛奶一样呢。"

"顾卿紫！"褚希澈看着她消失的方向低沉地纠正道。

陈博撇撇嘴，笑笑，投降了。"好吧好吧，顾卿紫。可是人家女孩子让我叫她卿紫的。"

"……"

"啊——希澈，你谋杀啊！你踩这么重是真的会残废的！"

第四章　她的秘密

晚上，顾卿紫闷闷不乐地在微博上写下了一句话：这逻辑课上得我很不开心。结果，很快就有人回复了。

那个人说："因为把大侦探难倒了。"

顾卿紫疑惑地看了眼这个陌生人的名字——CHE。呵，这是什么名字啊？她只听说过"S. H. E"，但是顾卿紫愣了一下，再看了眼那个名字，心底某种感觉告诉自己好像有些过于敏感了。

CHE——澈。

几天后，顾卿紫在宿舍里奋发图强地在键盘上敲打着一篇论文时，忽然接到了一个电话。她不耐烦地拾起手机，非常敷衍地"喂"了一声。

"你是在洗澡吗？"电话里褚希澈的声音飘然而至，语气里带着鲜少的调侃意味。

电话里一开场就来这么一句，顾卿紫顿时不淡定了。总感觉褚希澈和她开玩笑很不正常，于是她脑子抽风地回了一句，"那要给你看下我肚子上可爱的小赘肉吗？"

说完的刹那，她拿脑袋直接砸向了键盘。

褚希澈站在图书馆门口忽然就笑了起来，但是并没有让她听见。他抬眼看看前面若无其事的三个人，侧过身子，清清嗓子说："一起出去吃个饭吧。大家都在。"

"吃饭啊？大家都在是指陈博他们吗？可是我论文还没写好，星期五要交了。"顾卿紫有些为难，支支吾吾地想要拒绝。

她知道想要了解一个人的本性那最好是在饭桌上，自己本身就不是什么大家闺秀，这要是和墨柳儿坐一起，哪个是小姐哪个是丫鬟不是一目了然的事嘛，她才不要去丢这样的脸。

顾卿紫犹豫了下试探性地说："要不你们自己去吃吧，我和小夕说好了一起吃饭。"

褚希澈听到她这么说，便不紧不慢地提了个建议，"可以带你朋友一起来。"然后不给顾卿紫任何反对的机会抢先挂了电话。

顾卿紫隐隐地叹息，回过身望着小夕，有些不好意思地问："褚希澈说让我们一起去吃饭。不过你要是不愿意去，我们可以不去。"

小夕此时正弯腰收拾着衣物，听到她说话便直起身子，脸上的表情似是疑惑又甚是意外，但她很是干脆地点头说："好啊。"

顾卿紫扶额，好惆怅。

"小夕，你百度一下女孩子出去吃饭应该怎么穿着得体？"顾卿紫站在打开的衣柜前，有些焦头烂额地问。

小夕看着隐身于衣柜门后的顾卿紫抓抓自己的头发说："随便啊，你又不是第一天这么邋遢了。"

"和你一起吃饭邋遢点没什么，和一群人吃饭再邋遢的话就是修养问题了。"顾卿紫探出脑袋，一本正经地说，"你不知道一起吃饭的还有个院花级别的墨柳儿吗？"

小夕这才恍然大悟，顾卿紫这么着急敢情是为了在褚希澈面前不被墨柳儿秒杀啊。于是干脆走过去，绕着她的周身打量了一下，隐约地觉得失望，语气冷淡道："临时抱佛脚呢是肯定没有用了。再说人家墨柳儿的等级也不是你这样三下五除二就可以刷上去的。要不提升一下内在气质？"

"……"顾卿紫不语，可在心里已经把小夕的嘴巴给撕烂了。

最后小夕在顾卿紫的威逼利诱之下，一起在衣柜前倒腾了半个小时后，终于皇天不负有心人，总算把顾卿紫打扮得像个淑女了。其实，总结起来不过是把顾卿紫万年不变的牛仔裤风格换成了打底裤，再配上了一双短靴。

走在路上，小夕到底还是忍不住八卦道："你和褚希澈到底有什么事啊？"

"能有什么事啊？"顾卿紫直接翻了个白眼给她，反问道，"你哪只眼睛看见我和他有事了？"

小夕直视着卿紫的眼睛，发现她目光很闪、很认真，挑动着眉毛问道："难道褚希澈瞎了眼看上你了？"

这句话，即便是损人不利己的猜测也像是轻柔的春风将顾卿紫整个人包围住。如沐春风，原来就是这种感觉。有些时候，不明确的事情才会给人带来如此高程度的愉悦。因为怀揣着期待，所以显得那么矜持。

顾卿紫强忍着心底的爽歪歪，郑重地说："呵，他没看上我才是真的睁眼瞎呢。我这么一个安安静静的女子，是被老天爷宠爱的好吗？"

对此，小夕捂嘴偷笑。

"大家都在了。"看到姗姗来迟的顾卿紫，在门口等了半个小时的褚希澈立马迎上前说。

顾卿紫呵着气，脸蛋还是红扑扑的。她拉着小夕的手，看着笔直站立在她跟前的褚希澈有些抱歉地说:"不好意思啊,是不是等很久了?"

"没有。快进去吧。"褚希澈侧身让路道。

秋田馆是家专门做日本料理的饭馆,环境还是不错,很安静也很舒适。围坐在一张桌子上的其他人似乎都等得有些不耐烦了。

"顾组长,你大牌了啊。"陈博首当其冲地发起了牢骚,但却为她们拉开了椅子,笑笑后说,"这顿饭你请吧。"

顾卿紫双手合十更加抱歉地说:"真的非常不好意思。"然后转向小夕,介绍道,"她叫小夕,将来会是个漫画家哦。"

一桌的人看着小夕也是相当友好地点点头,除了墨柳儿没有表态,在她眼里这似乎是件不值得炫耀的事情。毕竟,以她这样的天之骄女,确实没有什么事能让她羡慕的。

小夕被这么一介绍,居然羞怯怯地笑了。旁边的陈博望着顾卿紫疑惑地皱起了眉头,喝了口茶问道:"卿紫,你朋友会画画,那你会干什么?你别不是只会追追美剧吧?"

说到这个爱好,顾卿紫顿时神经紧张。她从来不会也不敢告诉别人那个是她的爱好并且曾经是她的强项,还是她曾经引以为傲的能力。只不过,也都是曾经。

"卿紫可比你们看见的厉害多了,只是真人不露相。她曾经一顿饭能吃三四碗,那绝对是个力气活。"小夕好像找到了话题,便接了话茬。

顿时,夏辰佑、陈博还有墨柳儿都被这神秘的爱好引起了兴趣。褚希澈心里也一惊,但表面还是从容不迫,只是浅笑着等小夕公布答案。

"你闭嘴啊赶紧!"顾卿紫嘴上笑着,眼睛却怒瞪着小夕。说好再也不提那个超技能的,这样子还怎么好好吃饭啊?

小夕撇撇嘴,尴尬地端起茶杯喝起了茶,什么都不说了。

"你这样就不对了啊。我们大家的特长你都知道得一清二楚,不公平的啊。"陈博不怕死地继续追问,"什么特长需要那么多力气,难道你的特长是搬砖块?"

"扑哧"一声,墨柳儿捂嘴笑出了声,眼睛亮亮的,有些戏谑地看着无措的顾卿紫。但是她又下意识地看了眼褚希澈,收敛起笑意安安静静地注视着。

"你才搬砖呢,你用你瘸了的大脚搬砖。"顾卿紫尴尬地沉不住气了,她不是不能说,而是生怕说出来这些人会对她敬而远之,尤其是知道她的一段往事之后。

褚希澈一直在观察她的反应,脑海中不断闪现了几年前的场景。他相信,那个场景绝不是幻觉,而是真相。然后,他一个细小的动作,靠近了顾卿紫身边,用只有他们两个听得见的声音说:"你练过空手道,是吗?"

顾卿紫眼眸一下子睁大了,紧张地盯着褚希澈,一言不发。

被顾卿紫不友善的目光注视着的褚希澈,不仅面不改色,还舒心地笑了。事到如今,他终于百分之百肯定了,他要找的就是眼前这个顾卿紫。

"那个,大家吃吧,快点吃,趁热吃!"陈博察觉到异样,忙扯开了话题。虽然是他挑起的,但是他可没有想惹任何人不愉快。

"我是猜的。"褚希澈到底还是撒谎了,他淡淡地解释说,"上次你还书的时候把书甩到我胸口上,害我足足疼了三天。综上所述,我断定你练过铁砂掌之类的功夫。"

"哦,你早说嘛,吓了我一跳。"顾卿紫终于放心地松了一口气,而后严肃认真地纠正道,"一个女孩子练铁砂掌你觉得合适吗?"

褚希澈笑了笑,看向了卿紫的双手。那么白嫩细长的手,怎么会练过那么粗暴的功夫呢?只是,这样漂亮的双手到底会由谁来保护呢?他低头若有所思地皱了皱眉。

对面的墨柳儿看见了褚希澈那个所谓细小的动作,而她从这个动作中竟察觉到了异样。褚希澈居然也会流露那样惊喜的表情，是顾卿紫太过夺人眼球还是她不懂进取？回头再看看身边只钟情自己的夏辰佑，他同样那般优秀却怎么也敌不过自己喜欢的人。

这算是不甘心还是忌妒？忽然间，墨柳儿的情绪跌落到了谷底。

聚餐结束后，一干人等在学校广场讨论各自接下来的行程。

"哦，那你们接下来准备干什么？"顾卿紫抓着小夕的手准备回寝室前回头问了句，尽管是对大家抛出的问题，但是为什么眼睛只看着褚希澈一个人。

"去图书馆吗？"褚希澈抬眼看了下前方的图书馆，看着顾卿紫没由来地问了一句。

这话一出，让顾卿紫莫名地颤动了一下。她扇动着自己的睫毛，不可思议地看向褚希澈。这个算是"约会"的邀请吗？

褚希澈见她傻愣着望着自己，便主动抬脚向着她往前走了一步，提醒道："你不是在写论文吗？"

"嗯。"顾卿紫有些克制不住自己的心脏狂跳，褚希澈在短时间内已经让自己脸红心跳两次了，其魅力真的不可小觑啊。

一旁的小夕看着他们两个如此亲密的行为，觉得不能够再待下去了，下意识地瞟了眼其他几个人，都各自在往前走。于是，她急忙跑向前，来到陈博的身边，轻声说："赶紧撤吧！"

"啊？"陈博不明其意，还想着回头等下落后的顾卿紫。

"走吧！"小夕没有再给陈博回神的机会，扯过他就从人群中消失了。

此时，墨柳儿也只是用余光掠过一眼，挽着夏辰佑从另一条道上离开了。于是，冬天的夜晚，顾卿紫和褚希澈第二次并肩走在了校园的小道上。

图书馆里，即使是周末还是有很多人在埋头苦读。当然也不排除那些纯粹是为了谈恋爱而来的情侣们。

褚希澈挑了个靠窗的位置,招呼顾卿紫坐下以后,便看了看她正在写的论文主题和写了一点的内容后,便离开了座位。

1分钟后,顾卿紫抓着自己的头发,痛苦万分地呻吟道:"杀了我吧!我根本没办法集中注意力啊,论文是什么东西啊,法的形式正义又是什么鬼啊?"

没过多久,褚希澈捧着四本硬皮书回到了座位上。刚坐下就看见顾卿紫歪着脑袋,论文仍旧是那么几个字,连标点符号都没有多一个。

"刚刚在想什么?"褚希澈伸出食指点了下她微皱的眉心,轻声询问。

顾卿紫神经立马紧张起来,抬头干笑着摇头说:"没什么啊。"继而看见他捧过来的一大摞关于法学还有什么司法原理的书籍,奇怪地问,"呃,这个是……"

"这是我帮你找的和论文有关的资料。"褚希澈说着,翻开了面前的书,又看了她一眼,"你坐过来吧。"

挣扎几秒钟后,顾卿紫果断挪位到了褚希澈的旁边。

接下来,褚希澈拿出水笔和便利贴,只要对顾卿紫有用的地方都仔细描了出来。这一系列认真而又谨慎的动作让顾卿紫疑惑不已同时又心动不已。

这家伙该不是真的像小夕说的那样看上自己了吧?顾卿紫望着他完美的侧脸,陷入自己造成的困惑与惊喜中……

于是,当褚希澈将厚厚的一大摞资料整理好,动了下脖子之后,低头一看发现身边的家伙竟然睡得跟死猪一样了。但不知为何,他竟有些喜欢这样的场景。

这样的顾卿紫真好看。

第五章 面瘫王子

不知道睡了多久的顾卿紫擦擦嘴边残留的口水，蒙眬中有个长得很好看的男生在伏案认真地写着什么。于是，自己痴笑了下，伸伸懒腰然后抬手拍拍自己差点睡面瘫的脸，翻开书超级淡定地拿起笔。

这样的动作持续了将近 30 秒后，顾卿紫陡然低声大叫起来，"褚、褚希澈，怎么是你？"

惊于顾卿紫的尖叫，褚希澈丝毫不为所动，看了她一眼之后继而看向空荡荡的自习室，接着又看向她，超级淡定地说了句："你已经睡了快两个小时了。"

顾卿紫的脸顿时刷地红了，敢情是自己睡太久失忆了？想到这里，顾卿紫恨不得说"我不是顾卿紫，再见"。

"时间也不早了。"看着顾卿紫纠结复杂的神情，褚希澈在心底笑了很久，但是脸上的表情始终没有什么特别的变化，只是淡然一句，"我送你回宿舍吧。"

"呃，你先回去吧。我论文还没写好。"懊恼完后的顾卿紫终于想起自己和褚希澈来图书馆的目的了，再次羞得无脸见人。

褚希澈看看时间，轻叹了口气整理起顾卿紫的书说："还有5分钟图书馆要关门了。你不是想在这5分钟之内完成你几万字的论文吧？"

完败！顾卿紫最后只得神情黯淡地听褚希澈的话打包东西回宿舍了。图书馆离宿舍楼的距离本来就很远，这段路程对于顾卿紫来说简直就像是走了一个多世纪。

"冷吗？"路上，褚希澈看着双手缩在衣袖里的顾卿紫问道。

"不冷啊。"顾卿紫回答得很无所谓。

褚希澈盯着她的样子，那双手缩在衣袖里，可爱的样子就像小狗一样。明明冷得想要哭出来了，却一直对自己笑着。

忽然间，顾卿紫感觉自己的双颊暖和了起来，震惊之余发现褚希澈正捧着她的脸！"你，你干什么？"顾卿紫惊慌失措地低声叫喊，冷得要死的身体陡然间发烫了起来。

"脸上都有血丝了，怎么会不冷？"褚希澈说话口气就这么淡淡的，但是怎么听怎么温暖。

"呵呵，我皮薄嘛。"说着，顾卿紫别过脸挣开了。心想着，这家伙怎么回事？老做些让人不好意思的举动。要是别的男生，她早就一拳打过去了。

褚希澈看着她难为情的一个人大步朝前走去，耸耸肩捧着她的书跟了上去。这条路上，来往的同学还是很多。天气越冷，越让人有想亲近的感觉吧。

"我到了。"站在宿舍楼下，顾卿紫从褚希澈怀里把自己的书拿了过来，冲他挥挥手，也是笑着说，"你也早点回去休息吧。今天，谢谢你。"

褚希澈双手插在裤袋里，望着她，嘴角带着浅浅的笑意说："不用谢。"随后点头表示再见。而就在两个人告别之时，一个声音闯了进来。

"希澈，你怎么在这儿？"这情意绵绵的声音自然就是墨柳儿的，她从不远处走来，穿得很是暖和但又不臃肿。这就是，所谓漂亮的人，一年四季怎么穿都是漂亮的。但，她问出这句话明显没有看见被褚希澈挡住的顾卿紫，所以那声音突然就变得不一样了。"哦，顾卿紫也在啊。"

那是一个失落的瞬间。顾卿紫就算再愚笨，再不懂世故，听到起伏这么大的说话声，自然还是相当明白的。于是她朝褚希澈说："那我先上去了。"

说这话不单是因为尴尬，更因为她不想墨柳儿误会，同时也觉得不应该再站在那里。

望着顾卿紫匆匆离开的背影，褚希澈的脸上也没有什么特别的表情，只是好像忽然之间冷却了本来就不多的热情。想走，又忽然转身看向了墨柳儿，风轻云淡地问："有什么化妆品能不让脸受冻吗？"

第一次听到褚希澈问出这样一个问题的墨柳儿果断呆住了，但是马上收敛了下自己惊讶的表情，说："有一个牌子的化妆品防冻效果还不错……"

"哦。"褚希澈听后，应了声随后又问道，"那是什么牌子？"

"我一时也想不起来，等会儿发短信给你吧。"墨柳儿莫名地觉得兴奋，似乎不久之后她会收到什么惊喜一样。

褚希澈听完，仍旧"哦"了声，转身就走了。走了没几步，又突然停住，站在原地对墨柳儿问："明天下午有课吗？"

"没有，没有！"都不知道自己为什么兴奋的墨柳儿完全顾不了那么多了，忙答应。从某种意义上来说，这简直就是一种约会的邀请！至少她觉得这是个暗示。

然后，就在墨柳儿等着褚希澈说下一句正式邀请的话时，褚希澈却已经不见人影了。而在楼层转角处通过窗户注意到这一情况的顾卿紫果断狠狠地冷哼了几声，虽然没听见他们说了什么。但是从墨柳儿那高兴的表情上，顾卿紫就觉得心里不爽。

"卿紫，怎么了？一脸白菜被猪拱了的表情？"回到宿舍，最关心顾卿紫的果然只有小夕了。她摘下耳塞，关切地来到她的床位旁问："和褚希澈吵架了？"

这一语出，顾卿紫本人还没反应过来，寝室里其他两个室友立马感兴趣地将耳朵凑了过来，顺便把嘴巴也一起凑了过来。"褚希澈？喂喂，顾卿紫你不是吧？和褚希澈这么一个大帅哥谈恋爱都不汇报一下，太过分了哦！"

"帅哥？"正好郁闷着的顾卿紫嘴角抽搐了下，斜着眼恶狠狠地说，"他就是个面瘫！"

呃，其余三个好友听到顾卿紫的话，不约而同地说了句："果然是吵架了。"

"我和一面瘫有什么好吵的啊？啊，你们告诉我，有什么好吵的？"顾卿紫的反应有些意外，因为从没见过她这样。她还是咬牙切齿道，"我和他不熟好吗？七成熟都没有！"

于是，同寝室的蜜儿冲小夕挤挤眼，轻声地说："情绪这么激动还说没吵架，都骂人家是面瘫了。是不是褚希澈勾引了别的女人啊？"

"不排除这个可能。"小夕点点头，随后拍拍顾卿紫的肩膀，道，"你就招了吧啊，我们在这里猜来猜去也怪好奇的。"

"要是面瘫的都长褚希澈那样，我豁出命也要贴上去！"这时另一个室友慧慧不合时宜地发出崇拜的声音。"所以说，八成是别的女人勾引他了。"

"别的女人？"小夕心里头猜准了七八分，便试探道，"别不是已经有了男朋友的墨柳儿吧？"

这话一出，顾卿紫立马安静了。她表情复杂，但看得出来是有些吃醋了。她抿抿嘴,郁闷地说:"是不是很奇怪?墨柳儿就和褚希澈说了一会儿话就高兴成那样。我和他待了一晚上都没有那么笑过,你说墨柳儿是不是讲了什么笑话?"

同寝室的其他人瞬间明白了,明白之后就不再缠着顾卿紫,自顾自地洗脸敷面膜去了。只有小夕坚挺地站在顾卿紫旁边和她分析起关于墨柳儿为什么会笑的一百种可能,虽然这一百种可能里没有一个是真的。

但对于顾卿紫而言,这一百种可能就是让自己的强心脏变成玻璃心。于是夜深人静的时候,她就更加难以自拔了。

此时男生宿舍,褚希澈正在洗手间里准备刷牙洗脸,不知怎的就打了个喷嚏,挤牙膏的动作顿时受到了冲击,一条洁白的牙膏挤到了下床铺同学挂在一边的毛巾上。褚希澈淡定地朝外面瞥了眼正在忘我打游戏的哥们儿,决定不告知其真相,毕竟游戏比沾了牙膏的毛巾要来得重要。

这么安慰自己同时也安慰了那位不知情的男生的褚希澈又准备再次挤牙膏,好巧不巧,鼻子又在此时痒痒了起来。忍不住,根本忍不住。

于是,那条条纹毛巾上赫然多了两条散发着薄荷味的牙膏。

"见鬼了。"褚希澈揉揉鼻子,索性放下了牙膏和牙刷,望着镜子里的自己喃喃自语道,"是不是顾卿紫在想我?"

没头没脑的想法蹦出来之后,褚希澈自己都笑了。如果真的想他的话,打个电话不就好了,暗地想别人打喷嚏都没准备。

结果第二天一大早,男生宿舍楼里突然传来一阵凄厉的惨叫声——"哎呀!是哪个混蛋把牙膏挤在老子的毛巾上,现在老子一脸都是薄荷味啊!还洗到眼睛里了,这是谋杀啊谋杀!我要保留控诉的权利!"

第六章 像胡萝卜

这天，顾卿紫和寝室三个好友上完早上四节课后，下午正好都没课就一起出去逛超市买些生活用品。与此同时，就在顾卿紫她们逛街附近的一个化妆品店内，褚希澈和墨柳儿还有不可少的夏辰佑在一起相当不和谐地挑化妆品。

"真是不敢相信，你居然会自己来买化妆品……"也一起陪同而来的夏辰佑的心思完全不在那些琳琅满目的货品上面。从认识以来，夏辰佑第一次见到了拿着化妆品满脸无力但又认真辨析物品实用性的褚大少爷。

墨柳儿介于现任男友在场，并没有发表任何意见，只是一个劲地推荐各种产品。昨晚那个只认准一个品牌买东西的墨柳儿早就不在了，话说她是真的没想到褚希澈竟然把夏辰佑也叫上了，自己还紧张了一晚上。

"哦，女孩子真是不容易啊。"褚希澈看着墨柳儿介绍的各种化妆品，淡定地给出了这样一个让人大跌眼镜的反应，眼睛看着那些五颜六色的指甲油，表情呆得可爱。

而就在他们几个对着化妆品感叹不已的时候，一旁的服务员也同样兴奋，眨着小桃眼，窃窃私语道："哇，好帅啊。尤其是那个个子高的，简直就是这个大学城的希望啊!"

里面其乐融融的场景被外面不小心路过的人看得一清二楚。

"你看连服务员都被褚希澈迷得神魂颠倒了……喂！顾卿紫，你看没看到？"室友慧慧捅了捅手扶着墙恨不得把墙都捏碎的顾卿紫，见她完全不理会自己，无语地朝一旁的小夕嘟嘟嘴，"完了，要出大事了。"

"呵呵，没准是墨柳儿他们让褚希澈陪同的呢。你不要多想啊。"小夕很是担心顾卿紫情绪暴走，忙安慰道。"你看你看，只有墨柳儿一个人那么兴奋，褚希澈都没有反应，是吧？这事一定不是我们看见的这样。"

四个女生不知为何要躲在化妆品店的门口，神情很是怪异，尤其是顾卿紫满脸的杀气。可是在听到小夕所说的示意她不要"吃醋"的内容之后，顾卿紫突然震惊到了。她立马站直，整理了下面部表情，顺便按住自己的胸口，心想：怎么回事，我为什么这么大反应？明明就和我没关系啊。虽然觉得和我没关系也一样让人恼火啊……

有点想不通的顾卿紫故装轻松地笑笑后对小夕她们说："逛了很久真是累坏了，我们去吃东西吧。"顾卿紫就这样把室友莫名其妙地拽走了。

"嗯？"在店内听到杂声的褚希澈有点疑惑地望外面瞥了眼，但是始终只听见了熟悉的笑声，没有看见熟悉的身影。

"买好了吗？"过了许久，似乎有些疲惫的夏辰佑问道。这次是看着墨柳儿问的，即使墨柳儿丝毫没有半点想走的意思。

墨柳儿听到了这话，下意识地就问了褚希澈一句："怎么样，还要再看看吗？"

"差不多了。"褚希澈转身径直走到了收银台，把东西放到了柜台上，全然不顾收银员那高兴的目光，甩出一句，"请包装得好一点。"

这话飙出来，吓了夏辰佑一跳。他忙上前对一脸茫然的收银员说："装进那个漂亮点的塑料袋就好了。"继而夏辰佑忍不住问道，"希澈，我真的很想知道你买这些女性化妆品是要送给谁。"

"再见。"结果,褚希澈拎走东西我行我素地走了。留下夏辰佑和墨柳儿仍旧百思不得其解。倒是墨柳儿,内心里仍旧对那份"礼物"报以别样的感觉。

尽管那种是要送给自己的信念越来越薄弱,但是对方可是褚希澈,只要是褚希澈,再薄弱都没关系。

晚上9点多了,气温又低了好几度。顾卿紫打了个寒噤,将卡通耳套戴在了耳朵上,和小夕她们唱完歌准备回宿舍。年轻真是好啊,唱歌唱了三四个小时也不觉得累,体检时候的肺活量能量全部爆发了啊。

"喂!快看,天上掉帅哥了!"这话一出,其他三个人都是直接戳中了目标,只有顾卿紫一个人还真的傻傻地抬头朝天看了。于是,碍于顾卿紫的硬伤无可救药,其余几个人只好拉着她装作相亲相爱地来到宿舍楼下。

很是识相的蜜儿当下拽住了顾卿紫,把她直接推向了那个站在她们宿舍楼下等到天荒地老差点成了圣诞老人的褚希澈。

这时候褚希澈看见了愣在那里的顾卿紫,随后就朝她走了过去,其间的距离不过就是褚希澈上前一步。此刻,身边的好友相当识相地松开顾卿紫,纷纷上楼去了。

褚希澈面对着手足无措的顾卿紫叹了口气,语气和温度一样,低到了零下。"你的手机是用来当摆设的吗?"

"手机?"顾卿紫这才把手机从厚厚的衣服口袋里拿了出来,翻腾一下,半张脸都阴沉掉了。这个褚希澈竟然给自己打了十几个电话,所以打电话无望了就在这里等到了现在?"对不起啊,我和朋友在KTV唱歌,所以没有听见……你在这儿等很久了吗?"

褚希澈看着她,接着就把手里拎着的那只小盒子递给了她,说了句:

"脸都变胡萝卜了。天气这么冷，萝卜是会冻坏的。"

"萝卜？"顾卿紫承认对这个用来形容她的脸的名词的第一反应相当不爽，但是看见他递过来的那只手裸露着并且冻得红红的，想必是等很久了吧。但是让她感到好奇的是手里接过来的"礼物"，好奇地问，"这是什么？保护萝卜不受伤的农药？"

"上去吧。"褚希澈拍拍她的肩膀，叮嘱了几句，"早点休息。"

"那个，我请你喝热饮吧。"挣扎了几下，顾卿紫说出这句话。到底还是觉得心里过意不去，一个男生居然等了自己这么久！可是心里觉得好高兴。

到了便利店，顾卿紫买了两听罐装热饮，一听递给了褚希澈。随后两个人来到了便利店的休息室，一坐下顾卿紫就有些木讷地捂着热饮不知道怎么办。好在褚希澈伸手主动将罐装的饮料打开好好地放到了她的面前。

"我有个问题想问你。"顾卿紫琢磨了许久，觉得必须问清楚。"为什么我的脸像胡萝卜？"

"噗——"褚希澈差一点将热饮喷了出来，擦擦嘴角，无语地望着她说，"脸上的血丝不是很像胡萝卜上面的须吗？"说到这里的时候，褚希澈明显感觉到来自顾卿紫相当不友好的目光，于是立马闭嘴喝着热饮看向外面了。

"再见！"说完，顾卿紫拎着小袋子端着热饮火速地从褚希澈眼前消失了。

褚希澈也感觉自己的比喻不太恰当，但是看着顾卿紫那气愤的背影又自言自语道："可是我爱吃胡萝卜啊，对眼睛好。"

"混蛋褚希澈！面瘫！"

回到寝室，室友们再次看到了火冒三丈的顾卿紫，这次气得脸都发红,红到似乎都能滴出血来,不仅如此,顾卿紫嘴上一直不受控制地骂咧咧着。

小夕瞟了眼顾卿紫砸在桌子上的那个小袋子,突然就有点好奇,和同室友的蜜儿、慧慧一起挪到了桌前,伸手将袋子里的东西拿了出来。顿时,那物品的震惊程度远远高于顾卿紫生气的程度。于是,一阵爆炸声在寝室炸响。

"什么情况?褚希澈送你化妆品!"三人异口同声道。

啥?顾卿紫听到这爆炸性的消息,自己也呆住了,睁着葡萄眼傻兮兮地看着被姐妹们捏在手心里的化妆品,褚希澈这是要干什么?

"这产品效果很不错的,褚希澈好会挑啊。"蜜儿对这化妆品也爱不释手,嘟囔着说,"我男朋友要是这么贴心就好了咩——"

不同于其他几个花痴的反应,小夕很冷静地回忆分析道:"哦,原来下午和墨柳儿他们一起是为了给你买化妆品。这么细心啊。卿紫,看样子你误会褚希澈了。"

真相就像猛料一样爆出,顾卿紫果断招架不住,望着那爱心化妆品心里荡漾个不停。有些不自信又有些怀疑地问姐妹们,"他这是要追我吗?"

小夕掰了一瓣柚子递给她说:"他这是在对你实行连环的爱的攻击啊。"

慧慧也点点头道:"他想用好东西收买你的心。但是千万不要因为这一点好处就丧失了人格,一切以褚希澈为准。这将会是可怕的堕落啊!"

顾卿紫害羞地抿抿嘴,害羞地拨弄着自己的手指头说:"他这是欲擒故纵呢,还是等我欲拒还迎呢?我对好东西尤其是免费的好东西免疫力比较低呢。"

"你干脆就说你爱贪小便宜呗。"小夕又给了她一记白眼,瞟了眼那

第六章 像胡萝卜

化妆品，也有些羡慕说，"再看看呗，谁知道他是真的对你好，还是单纯看你皮肤不好呢？"

真的是一语惊醒梦中人啊，顾卿紫急忙挪位到小夕身边，用一种备受屈辱的表情看着她对她说："他居然说我的脸像胡萝卜？我的脸哪里像胡萝卜，我这如花似玉的年纪里怎么可能会有能和胡萝卜那种粗糙的东西相提并论的事情发生，简直就是奇耻大辱。"

全寝室的姐妹看着她陷入了一种古怪的沉默，而后小夕尴尬地干咳几声说："其实吧，褚希澈形容得还蛮到位的。作为姐妹，一直没忍心告诉你……"

"……我要把你们一个个都打成花！"顾卿紫的心一下子怒放了，全然忘记了胡萝卜带给她的不愉快，以及她都没来得及问他和墨柳儿究竟是什么关系。

第七章 避而不及

第二天，顾卿紫顶着两个大大的黑眼圈来到大教室上选修课，全身瘫软无力。趴在桌子上一点也提不起劲来，一晚上就为了那些个该死的化妆品心慌意乱到无论怎么数羊、数水饺都睡不着。

"哟，早啊，顾组长！"陈博依旧露出那个笑嘻嘻的样子，虽然上次的比赛因为脚伤耽搁了，但是没想到后来直接来了个国际围棋大赛，好像已经入围最终极比赛了，所以今天的陈博看起来更加阳光爽朗了。

"呵，早。"皮笑肉不笑的顾卿紫就这样硬生生地回应了陈博热情的招呼。

陈博显然注意到了顾卿紫的变化，坐下后托着脸看着她，然后大笑了起来。问道："卿紫你知不知道你现在的样子就像打怪兽打了一个晚上然后被累垮的美少女战士！"

"……打怪兽的那是奥特曼。"陈博的话令顾卿紫更加颓废了，有气无力地问，"陈博，等会儿你能不能就坐我旁边啊？"

陈博惊讶了一下，但是看着她睁着大眼睛用小狗般可怜的眼神望着自己，实在不忍心拒绝，于是就点头答应了。继而又担心地问道："可是万一希澈他……"

"求你了！一定要坐在我旁边！"顾卿紫双手合十乞求道，很伤神地说，"我一个晚上没睡，想要在选修课上好好睡一觉。他坐我旁边，我又会失眠的。"

陈博隐约间嗅到了八卦的味道，便谄媚地笑着凑过去对有些困顿的顾卿紫问道："你和希澈是不是发生了什么事，所以才搅得你心神不宁的？"

唉，说话都好累啊。顾卿紫一直趴在桌上，把脸埋进双臂中，不再搭理陈博八卦式的追问。和褚希澈怎么了，明明没怎么。发生了什么事，明明就只是送了点东西，所以，就搅得自己心神不宁了。

于是，顾卿紫就这样胡思乱想着直到进入了梦乡。

课堂上，老师的声音、同学的声音以及上下课铃声的声音，她统统都没有听见，似乎是坠入了甜甜的梦乡。

时间嘀嗒嘀嗒无情地向前走着，终于当顾卿紫在梦中走路时一不小心踢到石头就要摔去的时候，她整个人一抖立马醒了过来，先是睁开眼滚动了下眼球，等到眼睛完全适应了才试着动了动自己僵硬很久的脖子，结果一动就痛得叫娘。

"这样也能睡落枕，你真的很厉害。"

顾卿紫歪着脖子不屑地哼哼道："桌子这么硬，你睡几下试试……"说完，她陡然间好像意识到什么地方不对劲，好像她不是直接睡在桌面上的，她的手在哪里？于是，顾卿紫慢慢地把视线落在了自己的双手上，这才发现自己的双手牢牢地抱住了某个人的胳膊，而这个人……

目光一直朝上挪啊挪，顿时石化住……那张冰冷面瘫的脸，为什么偏偏又是褚希澈！

"哎哟。"顾卿紫一激动又弄痛了脖子，赶忙松开双手，红着脸甚是难为情地说，"叛徒陈博，别让我看见他！哎哟——"

褚希澈坐在位置上没有动，书本什么的也早已经收拾好了，看样子选修课是早已经结束了。不过也看得出他陪着顾卿紫睡了很久。他悠悠地说："用了点小手段逼他就范的，不过没守住承诺确实是他的不对。"

听到褚希澈这似有若无的话，顾卿紫顿时心跳加速，这么说陈博这个笨蛋把自己跟他说的话全部告诉褚希澈了？啊，这个笨蛋！

"不好意思。我不知道是你，我这个睡相不是太好，是不是影响你上课的心情了？所以我才让陈博坐我旁边，他不怕丢脸的。"天啊！现在又是在说什么？顾卿紫彻底被自己打败了，哭丧个脸真想一头撞死！

褚希澈捏捏自己的左臂，那被顾卿紫的脑袋压得麻掉了的左臂现在还是麻酥酥的。他边揉捏边说："睡相还挺有定力的。"

老天爷，侮辱人也不带这样玩的！顾卿紫还是无法抑制地在心里大声喊出来。千万别是流口水了被发现，还被擦了口水啊，那样的话真心是在这里混不下去了！

"脸上。"过了会儿，褚希澈又盯着顾卿紫的脸轻描淡写地说道。

脸上？脸上怎么了？顾卿紫一阵紧张，别不是口水流到脸上留下印子了吧？于是，使劲用手摸着，擦拭着。

褚希澈见她慌乱的样子，心情颇好。抬手用指腹轻轻地碰了下她脸颊的某个点说："上面印上了我衣服上的条纹。"

刚刚脸上被碰到的地方是不是有一阵电流经过？顾卿紫"哗"地一下站起来，心脏已经不是狂跳能形容的了，几乎是快要把心吐出来了！不光光是这样，听到他说的话心里就抑制不住地激动，顾卿紫你一定是中邪了！

于是，她捂着脖子，很是痛苦地对褚希澈说："总之不好意思，谢谢你啊！没什么事的话，我就先走了！"说完，风一阵地逃走了。

教室最后只剩下了褚希澈一人，忙着收拾着那迷糊女孩留下来的麻烦。而那边，跑出教学楼的顾卿紫赶巧地撞上了折回来看情况的陈博。一时间，两个人都在寒夜中凌乱了。

"哈哈哈，卿紫，你脸上的是什么啊？"陈博在看到顾卿紫这个狼狈慌乱的模样后，捂着肚子就立马笑开了。继而笑嘻嘻地追问已经吹鼻子瞪眼睛的女孩子："怎么样，用希澈的身体当枕头是不是很棒啊？"

"你怎么不去死啊？"听到这话羞红脸的顾卿紫抬手就朝陈博的脑袋劈了过去，一瞬间保持了许久的小清新的形象毁于一旦。边打边骂道，"陈博你卖友求荣，丧尽天良，今天我不教训教训你，我就跟你姓！"话里句句一针见血，得理不饶人。

此时的顾卿紫已经扑上去掐住了陈博的脖子，两个人瞬间倒进了教学楼前的绿化带中，身体动作的幅度折断了周身的枝丫，扎进了厚厚的棉衣里，还是有些疼痛。但是，最让陈博受不了的是此刻已经黑化了的顾卿紫……

"咳咳，顾卿紫，你，你报仇也得讲讲道理啊……"陈博没料到她力气这么大，掐着他的脖子就是不松手，整个人身体的力量全部压倒在了他的身上，这确实让他动弹不得。于是只能动之以情，晓之以理。"你不知道你睡着后，希澈瞪着我的眼神，可以把我杀向奥特之星了！那恐怖，你真的不知道……"

"啊？"对于这样的解释，顾卿紫丝毫不接受，反倒用了更加重的力道，咬牙切齿地吼道，"那你觉得我现在的凶狠程度够不够你跪下求饶啊？"

就在顾卿紫不依不饶地追究陈博过失的时候，躺在地上的陈博耳朵极其灵敏地听见了那熟悉的脚步声慢慢、慢慢地接近。顿时，全身细胞紧张到膨胀。不管三七二十一，抓住顾卿紫的手腕，一个顺势翻身将她压在了身下。

"嘘！"慌乱之际，陈博还用手捂住了顾卿紫的嘴巴。神色紧张，低声叮嘱道，"不要吵，希澈过来了！"

这警告声果然奏效，顾卿紫当即僵住不再挣扎了。大眼睛转动着，似乎也在静心听着那害人的脚步声是否已经走远。而在3秒钟后，顾卿紫瞬间气势爆发，甩开了陈博的禁锢，一下子就将他推出了绿化带，整个人暴露在了正常的范围下。

"哈，死陈博！刚刚骗我来着吧？"顾卿紫甚是得意地冲他咧咧嘴，站在他的跟前，全然不顾自己身上扎满了杂草。清亮的眼眸就在几秒钟后，刹那间收起了亮光，故作娇小地躲藏在了陈博的身后。还揪住了他的衣角，懊恼地嘀咕道，"前面，你前面……"

"喂，干吗啊？"显然，陈博没有听见顾卿紫后半句话，还拼命扭过头想要将她从身后拽出来，不住地嘲笑道，"竟然还敢泰山压顶，要是让希澈知道……"

"让我知道会怎么样？"

前方5米处，低沉的声音骤然在耳边冷冽地响起。顿时，陈博的脊背一阵发凉，头皮发麻，脖子僵硬着扭过来，赫然看见褚希澈脸色阴郁，眼神发狠地瞪着自己。看那个样子，应该是想活剥了他吧。

"没有啊。"陈博赶忙摆手打圆场，抬头立马说，"今晚的月色怎么那么美？诶，这么巧，卿紫和希澈都在。既然如此，那我就不打扰你们的雅兴了。不送，再见。"

于是，笔直站在不远处的褚希澈浑身都散发着恐怖的杀气，且越加地浓重起来。躲在陈博后面的顾卿紫一时之间也有些搞不清楚自己为什么要这么害怕的原因，她躲起来是准备干什么呢？她，好像不是怕褚希澈，而是恐慌对自己莫名有些好的褚希澈。

"还不滚。"

褚希澈咬牙切齿的警告声就像利刃直指陈博的咽喉，那只要动动分毫的距离就可以置人于死地的可怕感觉，陈博就连袒护顾卿紫的勇气都灰飞烟灭了。想来，大丈夫做事，三十六计走为上！念头一起，陈博果断以迅雷不及掩耳之势撤走了……

面前疾风一过，顾卿紫忍不住打了个寒噤。尴尬地抬起眼看向褚希澈，可笑到连双手都不知道要怎么放。要不她也干脆逃了一了百了！

"你去哪儿？"褚希澈抬手就逮住了想要撒腿跑的顾卿紫，深黑的瞳孔里忽然间出现了化不开的淡郁，这有点奇怪。

"我，我回宿舍啊。"顾卿紫在被褚希澈抓住手臂的刹那，全身鸡皮疙瘩都起来了。很是敏感地抽回了自己的手臂，下意识地后退了一步看着他，扯扯嘴角说。

褚希澈收回空荡荡的手，俊美的五官在月色下显得迫人。他定定地注视着眼前这个躲避自己三分的女孩子，心中感慨万千。他，明明是人畜无害的存在，为什么偏偏会让她对自己表露出一副生人莫近的姿态？

"没什么事的话，我就先回去了。"顾卿紫见他神情骇人，和以往有些不同，就觉得更加担心了。总是考虑着，该怎么避免和他单独相处。

褚希澈走近她，这次却掌握好了分寸。在离她足够让她觉得安全自然的地方，将手中属于她的书递给她，轻声说了声："总是这样冒冒失失的可不好。"

奇怪地，在看到那本书后，顾卿紫一下子没了想要逃开的感觉。很多时候，会不会是自己多心了呢？其实，没有必要如此刻意，聪明如他，想必是不用猜的事实。

"哦，谢谢。"顾卿紫尴尬地伸手接过书。

"其实，你完全可以不用跑那么快的。"擦肩而过的时候，褚希澈似有若无地叹气说道。

　　留着顾卿紫站在原地捧着那本书,想着自己这几日来到底是为了什么寝食难安?或许换作别的女孩子会首先陷入惊喜,继而才有接下来的情感,可是她顾卿紫又是为什么要这样拒人于千里之外呢?

　　他,明明对她很好,所以她到底在恐慌些什么?

第八章 欲擒故纵

晚上冷得要命，顾卿紫整个人蜷缩在棉被里，宁愿窒息也不愿露出半张脸。她很困，可是却怎么也睡不着。被窝里手机屏幕的亮光令她的眼睛很刺痛，但屏幕亮着的内容却有些让她高兴得不知如何是好。

"晚安。"褚希澈发来的短信，这突如其来的晚安着实令顾卿紫招架不住，因为她根本不知道自己应该回复什么。于是就这么和这条短信僵持着，改了又删，删了又改，跟个疯子一样。

"你怎么还不睡？"这时候好友小夕上完洗手间瞥见了顾卿紫被窝里的亮光，直接踮起脚尖，掀起了她被子的一角。而后似笑非笑地调侃道，"怎么，褚希澈又对你发出进攻了？"

"嘘！"顾卿紫立马拉过被子继续捂得严严实实的，她环顾了下熄灯的寝室，好像大家都睡了。便压低声音，极力克制住自己的欣喜与不知所措，对小夕说道，"褚希澈发短信给我说晚安，我要怎么回复他？"

那亮光差点晃瞎小夕的眼睛，可那堂堂正正的"晚安"赫然在上。一个哆嗦，小夕踮脚的力量荡然无存，失控地低喊了出来。"你走狗屎运了，褚希澈这是赤裸裸地看上你了啊！"

你他娘的才走狗屎运！顾卿紫本来张嘴就想如此爷们儿地爆粗口，可是同寝室的好友没有给她机会。以为大家都安然就寝，可是在听到小夕的一声低喊后，那些冻得死去活来的人全部从床上满血复活。

　　"不是吧！快给我看一下短信！"

　　"褚希澈看上你哪一点啊？暴力、贪吃、懒？"

　　室友的恶损令顾卿紫战斗力提升到了百分之百，她现在又故作得意地在被窝里摇了摇手指，稍微探出半个脑袋语气轻飘飘地说道："这就是人格魅力，你们是不懂的。"

　　"哇，我真心看不出来褚希澈原来这么重口味啊！"慧慧一个劲地损道，笑得不亦乐乎，顺带问了句，"我们家卿紫要是嫁给了褚希澈有什么好处？"

　　"自然是不用起床也天天有早饭吃啦！哈哈哈哈——"

　　一群白日做梦的女人。顾卿紫无语地继续蒙头，随后又露出眼睛问还在审视短信的小夕，"短信要怎么回？"

　　小夕咂吧咂吧嘴，摇摇头把手机还给了她，继而站在地上抖了抖，太冷了受不了便上床躲进被窝中。等到体温缓了过来，才悠悠地回答道："你还是先看看他明天会不会发给你吧。女人在这种时刻最容易期待男人的下一次了。再说了，他有明确说喜欢你吗？"

　　"没错。褚希澈虽然表面上挺正经的，没准也和其他猥琐男一样，喜欢欲擒故纵呢！"蜜儿显然看的小说比较多，直接给出了致命的答案。

　　顾卿紫也很茫然，她是挺开心的。但同时就像小夕说的那样，开始期待着褚希澈下一次的举动。其实，她很害羞地不愿承认，她也觉得褚希澈没准真的喜欢上了自己。

　　可是理由呢？应该真的不是因为暴力、贪吃还有懒吧？

　　"我有那么差劲吗？"慢慢地开始怀疑起了自己，顾卿紫郁闷地追问这些姐妹道,"我真的就一点优点都没有吗?比如什么十字绣啦、打蟑螂啦、抬水啦……"

顾卿紫还没一一列举完,直接被小夕喊停。她躲在被窝里,声音很是沉闷地反问道:"打蟑螂和抬水那是爷们儿干的活,你有什么值得骄傲的?还有那个十字绣,你一个三年都织不好一条围巾的女人你活着还有什么用?"

"卿紫,这么听起来褚希澈发你短信的原因只有两个。要么他瞎了眼,要么他发错了。"蜜儿如是说。

"卿紫,节哀。"慧慧如是说。

最后只剩下4号床的顾卿紫郁郁寡欢,暗自垂泪啊。懊悔地想着,当初怎么就没跟堪称村里一枝花的妈妈学习女红啊!

思来想去,最后顾卿紫连她自己都不知道什么时候就进入了梦乡。而那条"晚安"从亮着一直到暗,倒像是真正的晚安。

第二天清晨,太阳懒洋洋地照进寝室里来。顾卿紫翻了个身,瞬间感觉压到了什么异物,闭着眼睛胡乱摸索。最后在床沿摸到了差点掉下去的手机。

"唔,才9点。"眯着眼睛快速地瞟了眼时间的顾卿紫又想懒懒地躲回被窝,可是她的脑袋已经在快速转动了起来。"今天是周四,我只有下午有课,那我是不是可以睡到中午?"

此时此刻的宿舍里,只剩下小夕一人盯着还在床上找各种理由赖床的顾卿紫。她已经等顾卿紫自然醒等了快一个半小时了,这家伙怎么可以这么不要脸!

小夕再也受不了了,上前一踮脚,刷地将被子掀开来,冲着躺在床上蜷缩成和毛毛虫一样的顾卿紫怒喊:"混蛋,起床!我就没见过这么能自言自语的人!快给我起床,我等着和你去图书馆,等着和你去吃二食堂的盖浇饭！听见没有，顾卿紫！"

站在排队买饭的队伍中，顾卿紫依旧是睡眼惺忪，打着哈贝。就连头发都还显得凌乱，不过正值青春的女生，就算素颜朝天都美得可爱。她揉揉眼睛，戳了戳前面的小夕说道："我想吃金针菇盖浇饭。"

"你已经连着吃了两天的金针菇了，能不能换一样？"小夕实在是很无语，卿紫这个人虽然头脑聪颖，却总是在生活方面各种神经大条。

"那……"顾卿紫撇撇嘴，这么冷的天只想吃热腾腾的东西，所以抬头看向了面食。视线也顺带着转移到了左边。

然后看到旁边有人眼睛瞬间亮了。

"嗨，这位同学！"左边排队等着买汤年糕的某个平头男生忽然欣喜地同顾卿紫打起了招呼，两颗虎牙颇为抢眼。

顾卿紫略微扭头看了眼声源本体，直接表示不认识然后继续盯着菜单琢磨。心里纳闷着，莫不是不想吃汤年糕想要插到她这边的队伍中来？

"人家美女可不认识你。"停顿了会儿，又有其他声音蹿了出来。"你这样随意搭讪小心希澈一个眼神杀得你四分五裂。"

"叮——"

顾卿紫混沌的脑海里突然从这句话中捕捉到了重要的信息，立马回头再次仔细观察起了旁边这两个男生。他刚刚提到褚希澈了，所以他们应该是他的室友？

"你看，果然是希澈的女朋友吧。提到希澈，眼神都变了。"男生笑着调侃道，随后毫不别扭地问顾卿紫说，"是不是啊，美女？"

顾卿紫怔忡，他们在说谁是褚希澈的女朋友？嘿嘿，真是好讨厌。

"呃，我不是他的女朋友。"但是，理智还是令顾卿紫如实做出了回答。

队伍缓缓地向前移动着，两个男生颇诧异地望着顾卿紫，然后又恍

第八章 欲擒故纵

然大悟地相视一笑道："原来还没有追到手啊！我们的褚大帅哥也有今天！"

顾卿紫尴尬地扯了扯嘴角，想起什么似的赶紧对小夕说："我还是吃金针菇盖浇饭吧。"

小夕彻底无语了，轮到后掏出饭卡替她点了金针菇盖浇饭。

"哦，对了。希澈生病了，你不去看看他？"其中那个瘦高喜欢开玩笑的男生末了追加了这么一句话。两个男生率先买好了中饭撤出了长长的队伍，估摸着是打包着回寝室好边吃边打DOTA（某网络游戏）。

这时，顾卿紫的盖浇饭也打包好了交到了她的手里，小夕和她并肩走着。听到这话的时候，顾卿紫着实担心了下。紧张地问道："生什么病了？"

"相思病呗！哈哈哈！"虎牙男生这会好似领悟到了搭讪技巧，果断接过话茬自乐了起来。

顾卿紫眉头一皱，看向了那个瘦高的男生，见他也不耐烦地捅了那个男生一下。这才道出真相说："感冒发烧了，昨晚就好像不行了。"

不行什么啊，一点感冒发烧怎么就不行了啊！顾卿紫差点把手里的盖浇饭直接盖到那男生的头上，小夕拽着她的胳膊，也好奇地问道："没去看校医吗？"

"看病这种事情必须要女朋友陪的呀，否则还不如死了一了百了。"男生说得大义凛然，女生听得却是瘆得慌。"好像是上次在你宿舍楼下等了大半个晚上，那次就有点感冒的征兆了。没想到他居然扛了这么久……"

出了食堂分道扬镳的几人都若有所思，尤其是内心挣扎的顾卿紫。小夕看在眼里，心里明白。褚希澈如果真的生病了却没有告诉卿紫，要么他不想让她知道，要么就是他压根儿没想让她知道。这确实是两个层面的意思。

　　下午上必修课的时候,全班同学都在认真地听课。只有顾卿紫拿笔戳着课本上的内容,老师讲着的重点她一个字眼都没有听进去。然后就犹豫着掏出了手机,思忖了很久后编辑了一条短信给褚希澈发了过去。

　　短信内容不过就是——"你同学说你生病了。"然后就是等,一个劲儿地傻等。顾卿紫那个时候不觉得等待短信有多煎熬,至少那会儿她比较关心褚希澈是不是真的生病了。

　　而等他回了条"没事,不要紧"的简洁短信,顾卿紫又回了句"我下午上完课来看看你"之后,褚希澈便再也没有响动了。

　　结果这一等,直接就等到四节课后。顾卿紫上课期间几乎就出现了幻听,总觉得口袋里的手机在震动,可是每次拿出来都是失落。

　　等顾卿紫上完课的时候天都黑了,她从未觉得四节课如此漫长,如此难熬。铃声一响,她拎着包第一个从教室跑出去。那个时候,连老师都没收拾好走人。

　　她倒腾着手机,一度想要拨通褚希澈的电话,可是脑海中不断回响着关于"欲擒故纵"的种种。觉得自己好像已经被擒了,这种心甘情愿的感觉真的有些糟糕。

　　顾卿紫拎着包,因为跑步的缘故使得手更加僵冷了,她连放手机这么一个动作都显得笨拙。可放回去的一瞬间又忽然想起自己还是应该给褚希澈打个电话,纵使不打他电话的理由有千万个,但是只要一个"他生病了"的理由其他的都可暂时不理会。

　　于是,硬着头皮翻到了褚希澈的号码,在摁下拨通键之前,褚希澈的电话却抢先进来了。顾卿紫承认自己在看到来电显示的时候,兴奋地就要跳起来了,可是她拼命地抑制住自己暴走的心,假装漫不经心道:"喂?"

"这么冷你为什么总是不戴围巾也不戴手套?"

褚希澈的声音传入耳朵之后,顾卿紫愣了愣,犹豫了下转过身就看见了寝室楼下路灯处那个帅得掉渣的褚希澈,精神抖擞,全然不像是生病的样子。

褚希澈朝着顾卿紫走去,走到她跟前的时候,很是仔细地打量了她一番。确认她衣服是穿得适当,足够暖和了才露出了微笑。

"身体好些了吗?"突然两个人面对面,顾卿紫还是有些不习惯。所以,她又下意识地往后退了一步。

褚希澈看着她的举动,轻皱了下眉头,没有表示异议,只是颇带味地说了一句:"和陈博就能满草地打架,看见我就避之不及。"

"啊?不是啊!"顾卿紫听到这赤裸裸的酸话,一时间紧张得无以言表。一颗小心脏扑通扑通地跳个不停。"我那是和陈博打架,打架。难道你想和我打架?"

"不想。"褚希澈倒是回答得很干脆,为了防止顾卿紫再自作主张地离他一米远,他伸手直接抓住了她的手腕。说,"不是说上完课要来看看我的,这会儿到底是谁看谁?"

顾卿紫真的是害羞到极点,褚希澈这是在干什么?她都看到了,看到他好好地,还要看什么?呃,不过……顾卿紫这会却看见他手背上打过吊针的针孔,泛着新鲜疼痛的青黄色,一时间好似联想到了什么。

"你不会是……"顾卿紫的心骤然缩紧,说出来好像是故意在证明什么。可是不问,又免不了一阵胡思乱想。

碰巧,这个时候夏辰佑送墨柳儿回宿舍,墨柳儿一下子就看见了拉着顾卿紫的褚希澈。从远处看,以为他们在牵手,眉心一阵刺痛。

"哟,顾组长和希澈在干吗呢?难不成约会?"夏辰佑是继陈博后第二个喜欢拿他们两个开刷的对象,好像大家都很喜欢聊八卦。

但墨柳儿不喜欢。

她就像是冬日里绽放的玫瑰，笑得艳丽，眼睛看着顾卿紫，声音甜美。她上前一步说："卿紫也刚回宿舍啊，我们一起上去吧。"说着，伸手就想去拽被褚希澈牢牢禁锢的顾卿紫的手。

可是，褚希澈不让。他执拗地告诉半路杀出来的夏辰佑和墨柳儿说："我们还有事。"

说完，硬是拉着顾卿紫从宿舍楼下消失了。留着墨柳儿望着他们融入黑夜的背景，心里忽然悲愤了起来。而不知情的夏辰佑笑着很坦然地认为，他们已经在交往了。

"不是，褚希澈你干吗？"顾卿紫被他拉着手腕，同他并肩走着，虽然不是第一次了，但是每一次都觉得比上一次两个人的关系要更加微妙了。

待走到靠近校园南门的三食堂门口的时候，褚希澈停了下来，对着疑惑不解又有些在意周围人目光的顾卿紫说："你还没有好好看过我，想让你看个清楚。"

"我，我看什么啊看！"终于顾卿紫忍不住暴力回击了，她羞红了脸怒视着说着露骨肉麻话的褚希澈，居然开始结巴了。"我只，只是……我就是确认下你到底怎么样而已，你不要老是强调'我要看你'好不好？"

褚希澈接受着顾卿紫的咆哮，脸上的表情也不明显，只是淡然地说了句："开个玩笑。"就算是开玩笑，他自己却半点都没有笑意。

这样的状态莫名地令顾卿紫害怕。

"一起吃饭吧。"末了，褚希澈对着三食堂说了这样的话。

这话顾卿紫听起来很耳熟，就像是第一次听到他说——"不介意一起吃夜宵吧"。但感觉又似乎已经是很久远的事情了。

第九章 十字路口

一连几天，顾卿紫都始终没办法从那个暧昧的夜晚抽出神来。就好像是他给了你冬日的阳光，赐给你夜晚的繁星，赠予你一场与世无争的欢喜。

只是，从那以后褚希澈就真的没有给自己发过第二条"晚安"的短信。好像是还没有开始就已经结束了。顾卿紫心里很着急，也有点生气，但是每当上选修课时看到他依旧雷打不动地要坐在她身边的位置又觉得格外安心。

"真的是贱到骨头生水了。"小夕很是痛心地对着一天到晚把褚希澈挂嘴上的顾卿紫大骂。"有没有骨气的啊你！他不就是为了晚上见你挂了一下午的点滴不说，还拖着虚弱的身子硬是陪着你吃了顿饭，你至于这么魂不守舍吗？"

说完之后，全寝室的人都安静了。顾卿紫坐在凳子上也悠悠地抬头，无语地看着双手叉腰语重心长教育她的小夕。显然，小夕也觉得自己的话好像是道出了这个世界上绝无仅有的好男人的形象，立马舌头打结了。

"好，好吧。我承认褚希澈确实用心良苦，也确实是爱得很辛苦……

呸！我不是这个意思，我没说褚希澈有多好，也没说他长得很帅……我只是……算了！不说了！"结果最后，小夕和自己闹起了脾气。

寝室里的众姐妹也无不沦陷到褚希澈无言的温柔中，得知真相的时候一个个都点头承认褚希澈是真的喜欢上顾卿紫了，否则干吗把自己弄得这么辛苦？

凳子与瓷砖产生了摩擦，发出了略显刺耳的声响。顾卿紫从座位上站起来，脸上的表情忽明忽暗，嘟嘟嘴有丝怀疑地问道："你说褚希澈会不会是在拿我寻开心？"

"寻开心这么风流快活的事情哪轮得到你啊，这种美差全校女人都争着去做好吗？"慧慧讲话总是这么一针见血，不带情面。

听到这话，顾卿紫立马收脚坐回到椅子上，义正词严地反问道："全校女人，也包括你们对不对？"

"废话，要不是姐姐已经有男朋友了。铁定加入到褚希澈强大的后备粉丝团中啊！"没想到慧慧和蜜儿居然异口同声，真是令人意外。

唯有小夕默不作声，只是看着顾卿紫咧着嘴笑，于是也笑着说："所以你多幸运，得到了全校女生的最爱。"

是吗？顾卿紫问在心里，这样的爱如果是真的，会不会太突然了？而且，她总是想不通褚希澈喜欢上她究竟是为什么。她照过很多遍镜子，美人这个词绝对没办法用在自己身上。要是喜欢美人，他当初干吗拒绝墨柳儿？

所以褚希澈是不是有什么目的？

陡然间蹦出来的想法令顾卿紫自己都寒毛直竖，这么想人家多少显得小人之心了。算了算了，既来之则安之吧。

离下午的课还有一个多小时的时间里，顾卿紫居然接到了墨柳儿的电话。要知道，自从交换了号码，她和墨柳儿之间可从来都没有要打电话的理由。所以和墨柳儿通了电话的顾卿紫惴惴不安地来到学校小假山那边同墨柳儿见了个面。

"你有事找我？"在见到宠辱不惊格外美艳的墨柳儿的刹那，顾卿紫有种自己像是个丑陋的第三者的感觉，没有那个资质却妄想着上位。这种视觉上带来的差距让顾卿紫都觉得可怕，说话没了底气。

墨柳儿亲和地笑笑说："其实也没什么事，只是都是女孩子，有些话我也不能找别人说。卿紫，我想我也只能和你说说心里话了。"

还没正式开始说什么，顾卿紫就有种不好预感的，她甚至想要逃走。因为她知道，墨柳儿即将和她说的内容肯定和褚希澈有关。

"你也一定听说过我喜欢希澈这件事吧。"

墨大美女，你说话能不能不要这么开门见山？顾卿紫心里顿时一阵紧张，她还没有做好十足的心理准备就被墨柳儿一句话给说得哑口无言。

"尽管我现在和夏辰佑在一起，但你知道我喜欢希澈的心从来没有变过。这些话，我不能和别人说，他们会觉得我三心二意，吃着碗里的看着锅里的。"墨柳儿说这话的时候，没有犹豫，没有思考，像是准备过的。

你这不就是想脚踩两只船吗？顾卿紫狠狠地鄙视了她一把，但是仍旧没有作声。

墨柳儿上前一步，站在顾卿紫的跟前，突然很亲昵地拉住她的双手说："我想你一定能理解我喜欢一个人的心情。我和夏辰佑在一起是因为我不懂拒绝，可是我放心不下褚希澈，我知道这对夏辰佑不公平，但是喜欢一个人本来就是件不公平的事。"

顾卿紫微怔，她说的这些话究竟是什么个意思？理不清的时候，她轻声地问了句，"所以你这是……"

没等顾卿紫说完，墨柳儿接着说："其实我毕业后想和褚希澈去同一个城市。那天我们一起出去逛街的时候,他也和我讨论了这件事情。我们的志向差不多,所以毕业后在一起的可能性还是很高的。卿紫,你一定会支持我们的对吧?"

那天?顾卿紫脑子里忽然蹦出那天褚希澈和墨柳儿一起买化妆品的场景,所以褚希澈是顺带给她买化妆品,实则是在和墨柳儿讨论将来?

"卿紫?会支持我们的对吧?"她重复问了一遍。

"嗯?"顾卿紫回过神,脸上没什么表情,却也回答了一句,"我为什么要支持你们,这又不关我的事。"

说完,转身就走。

凭什么要支持你们?好像我支持了你们就能成一样的?我就是不支持你们!就不!顾卿紫愤愤地想着,却气得眼眶泛了红。

回到宿舍,顾卿紫一反常态,将褚希澈送的化妆品扔到了垃圾桶里,一想到这些东西是墨柳儿挑的,她就忍不住难过。

所以说,明明有和墨柳儿计划将来,为什么要来招惹她?

晚上,在顾卿紫去上选修课的时候,小夕等人在垃圾桶里发现了那还没有开封过的化妆品,顿时疑云满布。

"我们中午不在那会发生了什么事啊?"慧慧伸手将化妆品从垃圾桶里捡了出来,"这么好的东西她居然给扔了。这是赏给我们的意思吗?"

小夕撇撇嘴,数落道:"全寝室就你是乞丐。"

这时,蜜儿也推门进来了,一见寝室里的人都围在一起,立马兴奋地凑上来,大喊着,"什么好东西,让本姑娘也看看。"

众人退散,蜜儿看了之后,神情黯淡,扯了下嘴角问了一句,"顾卿紫这厮是要和褚希澈恩断义绝啊。"

于是,众人点头。

选修课上,上课老师似乎心情也不大好,频频点名叫人回答问题。

第九章 十字路口

没到的同学都被记了名字，就连那些后来跑来上课的人也一概不放过。

座位上，顾卿紫一脸的沉郁，面无表情地看着黑板。其间，没有和褚希澈交流过半句。因为她一来就一个人挑了个别的组的人的旁边剩下的最后一个位置，其他组员都只好坐在了她的后面一排。

别人可能不知道发生了什么事，但知情的墨柳儿也选择沉默。

坐在顾卿紫后面的褚希澈隐隐觉得有什么问题，但是顾卿紫显然不愿意和他说话，要不然她一定早就回头问他，为什么今天老师看起来脾气那么差。

但是，她什么都没有说。

"顾卿紫怎么了？"一旁的陈博也纳闷，好端端的一个小姑娘为什么突然蔫掉了，很反常啊。"是不是又有其他小姑娘勾搭你了，惹得她不高兴了。"

褚希澈听到这样的话，出人意料地没有反驳，反而反省了起来。好像最近没有这样的事情发生过啊，就算是收到了别的姑娘的求爱短信，他也第一时间照删不误。

"哈，你还真的在想啊？"陈博忍不住笑了，捅了捅他的胳膊肘说，"人家还不是你女朋友呢，你还想着她会吃你醋啊。"

"……"

听着身后碎碎念的声音，顾卿紫越加烦躁了。褚希澈根本就没把她放在心上，也没有考虑过她的感受。要不然，这个节骨眼上为什么还和陈博嬉笑打闹？

真是够了！

于是下课铃声一响，顾卿紫就迫不及待地起身离开了座位。后面的褚希澈根本都还没来得及做任何反应，只是皱着眉头看着她急匆匆的背影。

"希澈，一起吃饭吧。"墨柳儿走到他身边，不知怎的有些神采飞扬，连身边的夏辰佑都有些不明所以。

褚希澈一直望着顾卿紫，只是淡淡地说："不了，还有事。"说完，也快步离开教室。不用说，自然是去追那个闹别扭的人了。

陈博也拿起自己的书笑呵呵对墨柳儿说："你们小两口继续享受二人世界吧，我回去还得研究下棋谱。"

"好的，大师再见。"对此，夏辰佑倒是很自然，笑着同他们一一说再见。

只有墨柳儿，不由自主地叹了一口气。想要在一起的那个人奔向了别人，而这个不受自己重视的人却始终陪伴左右。

"顾卿紫。"来到教学楼下，褚希澈大长腿一步上前抓住了顾卿紫的胳膊，拦在她的跟前，"出什么问题了？"

说回来，褚希澈这样子追过来倒是吓了她一跳，顾卿紫立马挣脱开来，抱着书左顾右盼很是不安地说："没有啊。你要是没什么问题，我就先走了。"

"我有。"褚希澈再次拽住她的手臂，阻止了她再次想要逃跑的行动。

顾卿紫微微蹙起了眉头，抬头看他，眼里有很奇怪的情感。不是讨厌，不是喜欢，而是莫名其妙的距离。

"那关我什么事？"不知道为什么，顾卿紫喉咙里艰涩地滚出了这么几个字。

轮到褚希澈怔住了，他注视着顾卿紫，脸上写满了"别碰我"的字眼，于是他渐渐松开了手。获得自由的顾卿紫先是一愣，然后毫不犹豫地转身快步走了。

"这是在干什么？"褚希澈捏捏鼻梁，心里也是翻滚着没办法安定下来。顾卿紫一定是发生了什么事,要不然怎么会对自己敬而远之,一副生怕自己生吞了她的表情?

可是,到底是发生了什么事情?

第十章 我不需要

有个人，你嘴上说不见，眼里心里却始终在找寻他的身影。不是真的不见，你不过是为了确认那个人是不是也同样放心不下你。

天朗气清的下午，顾卿紫碰巧来大姨妈又碰上了体育课。一直都不曾肚子痛的顾卿紫相当坦然地面对着体育课的各项运动。在变态老师心情格外舒畅的情况下，非常变态地给他们测试了400米。

在做准备动作时，也就是几次高抬腿之后，顾卿紫隐约觉得自己有点不对劲，以至于后来在轮到她测试的时候，才来回两次便觉得累得很，双腿也没了气力，肚子也越加闹腾起来。终于，咬着牙测完之后，她靠着主席台的墙面，脸色惨白。

"卿紫，你怎么了？"小夕在不远处见她很是疲惫，便立马快步走过去询问。但是，由于卿紫背对着她，她看不见她脸上的苍白无力。

顾卿紫深呼吸，装作十分轻松地说："没事，年纪大了跑几步就喘得厉害，我休息一下就可以了。"

"哦，那我去洗个手，刚刚动手把泥巴扔进男生鼻子里了。"小夕乐呵呵地说着跑开了。

此时，顾卿紫的视线开始渐渐模糊不清，就连耳朵也嗡嗡作响，胃里翻江倒海，难受得要命。

校园的一条石子路上，刚从图书馆出来的陈博正向褚希澈分析着顾卿紫态度突变的原因，且一语中的。"你说会不会是卿紫误会了什么，所以才对你那么敬而远之？"

褚希澈双手插着裤袋，心里想着要是有什么误会就好了。光是看着顾卿紫那个样子，好像是讨厌他本身啊。如果是讨厌他本身，那他要怎么办？

走到了操场外围，眼尖的陈博一下子就戳中他的心窝，喊道："那不是我们家顾组长吗？怎么能背影都这么好看，是不是，希澈？"

褚希澈听见便停住脚步顺着他指的方向望了过去，只一眼他就看出了顾卿紫的不适以及她头重脚轻快要站不稳的样子。于是，褚希澈当即就抬脚走进了操场，踏上了橡胶跑道。

正在上体育课的女生看见金光闪闪的褚希澈顿时眼睛雪亮，纷纷更加卖力地展现自己的运动天赋。只是她们一直没发现，褚希澈从始至终都在看着一个人。

"那些人都打了马赛克是怎么回事？"顾卿紫有些滑稽地嘟囔着。因为耳朵也嗡嗡作响，什么清晰的声音通过她的耳朵都变得不实际起来。她挣扎着转过身，却忽然什么都看不见了。冬日阳光那么好，却在一瞬间令她陷入了黑暗。

洗完手回来的小夕震惊地看着不知为何出现的褚希澈抱着不知为何晕倒的顾卿紫大步流星地朝着医务室方向走去。来不及想太多，小夕也跟了上去。

周围泛着消毒水的气味，有些重，但是闻着挺让人安心的。顾卿紫在昏昏沉沉的状态中这样想着，她没有睁开眼，因为太过于疲乏，只是脑子有意识在持续运转着。

"她是不是没事了，眼睛不停地转动。"陪在病床边的小夕轻声地问道。

褚希澈松了口气，也轻声回应道："应该没事，不过可能在做梦。"

第一次和褚希澈对话的小夕颇感神奇，因为他说的话听起来意外温柔，就像是不敢吵醒自己睡梦中的公主那般柔情。真的和外界传闻的冷淡完全不符，但是长得帅是真的百闻不如近身一见。那眼睛，那鼻子，那嘴巴，统统没得挑？

小夕仔细想了想后觉得，顾卿紫真的是踩了好大坨的狗屎。

"卿紫平常挺闹腾的，怎么跑个400米就变林黛玉了？"陈博在一旁毫不掩饰地嘲笑着，当然没敢大笑。第一下大声说话的时候差点被褚希澈扔出去喂狗。

不过这次就连小夕也忍不住了，做了个严肃的嘘声动作后，十分鄙视地再次强调道："我家卿紫饮水机上的水都是自己扛的，怎么可能是林黛玉？还有你刚刚没听医生说昏倒是因为痛经啊，懂不懂啊？"

"我又没有，怎么懂？"陈博纯粹是为了拌嘴搞笑，竟然还冲着小夕做了个鬼脸，全然不顾自己围棋王子的形象。"话说，顾卿紫真的自己扛水？简直是女汉子啊。"

褚希澈无声地叹了口气，一手抓住小夕的手臂，一手拽住陈博的胳膊，非常快速地将他们两个同时送出了医务室，毫不留情。

"什么意思，他把我也扔出来是几个意思？"小夕震惊地低喊，就算褚希澈再怎么喜欢顾卿紫，那她还是顾卿紫最好的姐妹，好不好！

到底是身经百战的陈博，很是潇洒地扯扯衣服，对着小夕说："他就那样，对喜欢到不知如何是好的事物就会暴走。不如我们去买点吃的回来，估计那会儿卿紫就会醒了。"

小夕显然听进去的东西不多,但有那一点就非常足够了。她突然反问道:"所以褚希澈一开始就喜欢卿紫,是不是?"

陈博笑了笑,随即问道:"你刚刚说想喝什么饮料?"

"你拿问题回答我的问题,这是赤裸裸的敷衍表现。"小夕也不是吃素,当场就戳穿了陈博的把戏,"褚希澈对顾卿紫是一见钟情吗?"

"你猜?"

"……"

医务室里,褚希澈默不作声地看着闭眼休息的顾卿紫,状态看上去不好,但是也没有那么憔悴了。当时抱着有气无力的顾卿紫,褚希澈有那么一下子恍惚地觉得自己要失去她了,就像几年前失去了所有消息一样。

听起来很夸张,但是他真的就那么想了。所以即便现在自己的手紧紧地握住顾卿紫的手,他也丝毫不觉得尴尬或者是犹豫。

顾卿紫突然梦醒,挣扎了几下睁开眼睛,还满足地打了个哈欠。继而想抬起手揉揉眼睛,却发现右手提不起劲,侧头一看——混蛋谁啊,握着本小姐的手!

"感觉怎么样?"褚希澈见其清醒,便立马关怀备至地询问道。

顾卿紫听到声音为之一震,缓缓抬眼。在看到对象是褚希澈之后,她几乎惊讶到说不出话来。想不起,她昏倒的时候有看见褚希澈。

"还有没有觉得哪里不舒服?"

面对着褚希澈的关切,顾卿紫彻底凌乱了啊!她是因为大姨妈作祟才痛得晕了过去,这种事情说出来还有什么颜面活着?女人的经期,真是个坏东西。

"没,没有啊。"顾卿紫说话的时候又恢复了活力,吞了吞口水,说道,"我有点口渴。"

刚说完,褚希澈就立马起身,给她倒热水。想来大姨妈的丰功伟绩他已经非常清楚了,于是顾卿紫就哭丧着脸把整个人都埋进了被子里,暗暗咬着自己被褚希澈握过的右手,拼命地想要证明这也是个梦啊!可是,咬到自己的肉还是很痛的啊!

"怎么,肚子又痛了吗?"褚希澈倒好水看见顾卿紫整个人缩在被窝里,顿时紧张万分地问。

顾卿紫这会儿都想哭出来了,在被窝里纠结地嘀咕道:"我没事!我就是觉得有点丢人,不想说话。"

"这……"褚希澈怔了怔,似乎是知道她在说哪件事,停顿了会又说,"痛经有什么好丢人的。"

竟然这么明目张胆地说出来。顾卿紫真的快愁死了,无奈只好放弃矜持羞着脸从被窝里探出头来,在褚希澈的帮助下,坐起了身子,接过那杯热水。

"你怎么在这儿?"顾卿紫小心翼翼地喝了口水,终于还是忍不住问了。其实她想问的根本不是这个,对于他为什么出现可以有好多种解释。可是对于他和墨柳儿之间的事情却只能有一个解释,而她希望那个解释是褚希澈亲口说的。

即便是真的,也好方便死心。

医务室里忽然就变得挺安静的,就连医生是不是在办公室都感觉不到。好像是在为褚希澈说的话做铺垫,所以褚希澈说的话顾卿紫听得格外清楚。

他神情严肃,黑眸沉敛,嗓音低沉地说:"我想照顾你。"

时间近乎停止,顾卿紫感觉自己好像忘记了呼吸。她听见这样的话,表面上风平浪静的,心里早已海浪咆哮。但是,一想到墨柳儿,那荡漾的心又变成了死海。

第十章 我不需要

第十一章 错过牵手

"你脑子进水了啊!"寝室里的三个女人对着顾卿紫不可思议地大吼。

身体无大碍的顾卿紫在室友们的迎接下到了三食堂进行滋补,正吃着汤年糕的时候,室友们各种威逼利诱顾卿紫说出和褚希澈独处时发生的种种。

于是顾卿紫就一副无所谓的样子说了起来,说着说着就想起了褚希澈说要照顾她的那句话,然后就抖了出来,结果被众姐妹联合炮轰。

"人家说要照顾你,你回一句'不用啊,我可以照顾自己'的这样伪清新的话是什么意思?"慧慧撕扯着嗓子大喊。

蜜儿则是相当轻蔑地看了顾卿紫一眼,无语道:"拜托,傻子都听出来褚希澈说的是'请你做我的女朋友好吗'。"

"所以你无视了褚希澈的告白,错过了和他手牵手的机会。"

结合大家的吐槽,小夕得出了最后的结论。三个人无语地盯着安心自得吃着年糕的顾卿紫,真当是有些恨铁不成钢。本来可以给全校觊觎褚希澈的女人一个很好的下马威的,可是这个傻丫头居然错过了。

于是当顾卿紫听到结论后,立马没胃口了。

介于姐妹们说的告白一事,她一直在很努力地回忆当时褚希澈是用怎样的一种口吻说出"我想照顾你"这样的话来。她又是怎样扭曲了人家帅哥一番好意,回了句"不用啊,我可以照顾自己"这样杀千刀的话来。

"我那个时候脑子一点都转不过弯来,而且我确信他说的只是想要照顾我啊。"都到了这样的地步,顾卿紫还在为自己的脑残找各种借口。但是她能不这么想吗?一个和另一个女生有着未来计划的人居然说要照顾自己,这个现实吗?

"白痴,你就作死吧啊!全校女生这下可高兴了,褚希澈喜欢上的是个脑残,连被告白了都不知道,蠢不蠢呀你?"慧慧都急了,这香饽饽都主动送到她嘴里来了,她居然还嫌烫,不要了。

顾卿紫试着将自己从那个痛经事件中脱离出来,把褚希澈说的那句话放到正常状态下来感受,果然不同于那个时候心跳立马加快了。

"Oh,my God!"顾卿紫果然慌了,她兴奋紧张加懊悔地哭丧着脸对室友说道,"怎么办,万一他说的就是那个意思,我总不能死皮赖脸地求着人家再说一次吧?"

一直有些冷静的蜜儿望了慧慧一眼,继而想到了一个严重的问题,她严肃地问道:"当时你说完那句该死的话后,褚希澈什么反应?"

突然间,人声嘈杂的食堂在瞬间寂静。顾卿紫的耳边只留下褚希澈略显低沉的声音,眼里也只有他很是无奈的表情。

"他说,'白痴'。"末了,顾卿紫沮丧地轻声说道。

众姐妹一致无力吐槽,继续埋头吃着她们原本因为顾卿紫干着急而顾不上吃的汤年糕。看看,就连一向淡然的褚希澈都忍不住骂人了好吗?

"可是,褚希澈好像和墨柳儿有什么关系。"最后,顾卿紫不得已同姐妹们说出了那天和墨柳儿发生的小插曲。

听完之后，寝室其他三个人再次异口同声地骂了句："无耻！"

斗转星移，很快晕倒事件就这样翻页了。依旧是个风和日丽的好天气，又到了上选修课的日子。

早早来到教室的顾卿紫拿书挡着自己的脸，亦步亦趋地小心谨慎地朝自己瞄准的座位走去，确认褚希澈他们没有出现。就一个人偷偷地躲到教室最后靠墙的两个座位，坐在了里面，贴着墙，尽量不让人发现。

"卿紫，你干吗一个人坐这么远？"才一会儿的工夫，陈博就扯着嗓门靠近她，硬是想要扯掉她头上戴着的帽子。边动手动脚边说，"你以为戴帽子我就不认识你了啊？"

顾卿紫拼命护着头不让陈博扯掉帽子，可是这个白痴非得这么大动作地惹得别人的注意，顾卿紫只好一个伸手将措手不及的陈博给拉到了自己旁边的位置上。然后掐着他的手腕厉声道："别逼我动手揍你啊。"

被扯倒在位置上的陈博怔忡地看着顾卿紫发狠的眼神，一下子不敢多嘴了。只是愣愣地瞥了眼门口的方向，很快褚希澈、墨柳儿还有夏辰佑就一个接着一个走进来了。

"喂，快放我走！被希澈看见会出人命的，我可不想一而再、再而三地被你们两个折磨得精神分裂了。"陈博挣扎不开索性放弃了，把脸埋进双臂里。

顾卿紫顿时也紧张了，贴着墙更近了，但是决计不撒手放陈博走。她斩钉截铁地说道："要走大家一起走，要死大家一起死！"

这是要殉情吗？可是要殉情你也得拉上褚希澈是不是？我一个打酱油的怎么还摊上这样的事情了？陈博暗自叫苦连天。

另外一边，夏辰佑倒是先觉得奇怪了。环顾了教室一圈，似乎没能认出角落里的顾卿紫和陈博，就问看起来脸色不怎么好的褚希澈。"顾卿紫还没到吗，平常都是像兔子一样第一个到的。"

墨柳儿这个时候也搭腔道:"陈博也没来呢,是不是两个人有事啊?"说完,小心地看了眼褚希澈的脸色,果然更加阴沉了。

褚希澈掏出手机,先是翻到了顾卿紫的号码,犹豫了下还是拨通了陈博的电话。结果几秒钟后,教室里某个角落很是清脆地响起了陈博十分有个性的电话铃声。

于是,三个人齐齐朝那边望了过去……

望着手机屏幕上亮着褚希澈的来电显示,陈博倒霉地想着这下不死也得死了。

"你脑子短路了啊?还不快挂电话!"顾卿紫压低声音,十分紧张地催促道。

陈博无奈,在褚希澈和顾卿紫两者面前,他暂时选择听了顾卿紫的话,只好挂了电话,朝着顾卿紫说:"大小姐,你为什么总要拉着我陪葬?这里面明明没有我什么事的好吗?"

"不行!"顾卿紫抬手狠狠地给了陈博一掌,小心翼翼地拉着帽檐,"就目前来说,只有你是我的朋友。两肋插刀的事情不都是朋友干的吗?"

"你这哪是要两肋插刀的朋友啊,分明就是想插朋友两刀好吗?"陈博耷拉着脑袋说。

褚希澈已经不知道什么时候发现了他们并且径直朝他们走过去,笔直地站在了他们位置边的过道上,面无表情地盯着陈博的脑壳看。当时陈博就感觉头顶上一阵刺骨的冰凉。

"我想走的啊,希澈!你信我啊!"陈博无辜地哭丧着脸喊着。在这样的情况下,陈博明白不能再帮顾卿紫了,于是他抬起手,将顾卿紫死死抓着他手腕不放的证据呈现了出来。

褚希澈看到了,继而望了一直没有和他对视的顾卿紫一眼,竟然意外地没有对陈博动粗,只是默不作声地回到了先前的位置上。

于是陈博傻眼了,看着同样沉默的顾卿紫,隐约觉得这次事情玩大了。可是不到10秒钟,褚希澈居然拿着他的书本直接坐到了顾卿紫和陈博的前一排,正对着顾卿紫的座位。一时间,所有人都凌乱了。

搞不明白什么情况,夏辰佑和墨柳儿也随之坐了过来。总之,情形一下子就变得复杂起来了。顾卿紫面对这样的状况各种心不安啊,冲着陈博挤眉弄眼的。

"你要不还是直接告诉我,你和希澈又闹什么别扭了。"

陈博的用词很是暧昧,光是"闹别扭"一词就足够令顾卿紫灵肉分离了。于是,为了保持自己大脑的清醒,顾卿紫很是大力地掐了一把陈博,正色道:"有什么好闹别扭的,我和他也不是很熟。"

"卿紫,你说这话就有点没良心了啊。你晕倒的时候,可是希澈抱着你去医务室的,全校师生都看见了。都这分上了,你说什么熟不熟的有什么意思?"

顾卿紫撇撇嘴,始终没有说什么。望着褚希澈岿然不动的脊背,顾卿紫一阵惆怅。只是觉得自己更加无法自然地和他说话了。再加上,那天姐妹们听说了她和墨柳儿之间的事情,一致都认为墨柳儿居心叵测,不怀好意。但,这都是猜测。

"我说你啊,怎么就能这么迟钝呢?"陈博都无语了,腾出空余的手,敲了敲顾卿紫的木鱼脑袋叹息道。

上课后,顾卿紫看着褚希澈的后脑勺一度失了神,老师说的什么重点她全都没听进去。一堂课下来的笔记全都是陈博帮她完成的,敢情上这堂课她就是来过个场。

发呆的时间就像是自来水,一下子就过去了。等到她浑浑噩噩反应过来的时候,身边的陈博又逃之夭夭了,留下的又只有她和褚希澈。怎么感觉这选修课好像就只有他们在上一样,整个阶梯教室就似乎成了他们的媒人。

顾卿紫陡然间苦笑了声,收拾了下桌面上的东西,然后瞟了眼坐在自己旁边转着笔一言不发的褚希澈,有种怕到想翻桌走人的冲动。

"我要走了。"除了说这样的话,顾卿紫想破脑袋也找不出第二句了。

褚希澈听到她的声音,手中转动的笔很快就停住了。他坐正身子,双手放在桌子上,看着她问了句:"生气了?"

"我为什么要生气?"显然,顾卿紫也想不到褚希澈会问出这样的问题来。束手无策,然后也问了句,"你呢?"

褚希澈忽然间想到一句话"喜欢你都来不及,怎么舍得生你的气"。这样的情话很好听,也很应景,只是连他自己都起了鸡皮疙瘩。倒不是因为话本身肉麻,而是他真的很想这么说出口,又担心顾卿紫的反应会惊为天人,让他手足无措。

"那你愿意给我一个机会试着照顾你吗?"褚希澈终究还是问了,那神情比起第一次要来得更加真诚。"当然你如果觉得我太直接了,我还可以换个再委婉一点的说法。"

顾卿紫再次听到这话时,激动到脑袋一片空白,光留着小心脏狂跳着,这只剩他们两个的大教室居然能清晰地听到自己没原则的心跳声。

于是,她当下狠狠地掐了一把自己,愣是把自己给疼哭了。

第十二章 挡刀挡剑

冬天,什么都是冷的。但是从眼睛里流出来的眼泪滚烫滚烫的,令顾卿紫那张总是冻得通红的脸颊有了丝刺痛。

她不敢相信美好的幻想会成为现实,但是现实总是让幻想变得可以接近,甚至触摸。顾卿紫的不自信,让她迈向褚希澈的每一步都显得战战兢兢。

"你这是干什么?"褚希澈有些慌张,第一次看见女生掐自己掐到流眼泪。心疼地揉着被她掐红的手臂,顿感无措。

顾卿紫抽回了自己的手臂,擦了下眼泪。望着褚希澈不知道为什么开始说起了小时候的故事,她说:"从小到大,即使是在玩游戏的时候,他们也说'卿紫,你先上去干掉那些坏人,我在后面掩护你'。从来没有人说过要在我前面为我挡刀挡剑,说要保护我照顾我。虽然我真的不太需要照顾……"

"呵,你啊。"褚希澈第一次笑出了声,摸摸她的头说,"以后,你的前面有我。"

也是第一次,顾卿紫乖乖地点头说了声:"嗯。"然后心里居然纳闷,这个时候男女主人公是不是应该抱在一起？但是她感动之余又考虑着另外一个问题，褚希澈说"前面有我"又是什么意思？和"我想照顾你"是一个意思吗？

正在情意绵绵中，褚希澈抬起想要抱住顾卿紫的手才刚举到空中到一半，陈博却出人意料地杀了回来，后面居然跟着行色匆匆的墨柳儿。

"有没有看见我的手机啊？"一进门就闭着眼睛乱喊的陈博在睁眼的瞬间吓呆了，忙捂上眼睛矫情地瞎嚷嚷。"喂喂，十八禁啊！你们能不能回家抱啊？"

身后的墨柳儿陡然间停住，震惊地望着褚希澈，她能想象他下一步想要干什么。顾卿紫眼眶有点红，他们说了什么，在这短短的几分钟内。

顾卿紫瞬间从感动中抽出神来，意识到自己正在忘情地和褚希澈对视，还当着陈博和墨柳儿的面，于是立马尖叫了起来。随后竟然撒开手直接从桌子上翻过去，麻利地从现场逃开了。

这一切发生得太快了，褚希澈都愣住了，可陈博却笑得岔气了，他捂着肚子大笑道："哈哈，希澈你女朋友简直就是女侠啊！"

"女、女朋友？"墨柳儿在身后尴尬地笑着问。

"现在还不是。"都怪半路杀出来的陈博！褚希澈恨恨地收回手，冷哼道。随后从抽屉里拿出陈博的手机二话不说就朝他扔了过去。

幸好陈博眼疾手快，正好接住了手机，一瞬间感觉接住了小心肝。忍不住感叹道："希澈你也不是盖的，你们真的好般配。"

墨柳儿听着褚希澈那句"现在还不是"的话，心里五味杂陈。现在还不是，过了不多久就会是了吗？看样子从顾卿紫下手也没什么用，因为褚希澈好像喜欢顾卿紫多一点。

从教室走出来的一路上，陈博也没有追问，自始至终都在阴阳怪气地笑着。他确实很好奇，但是他知道这应该就是希澈想要的结果。

可是待要回到宿舍之际,陈博还是笑着多嘴了一句:"希澈,按照顾卿紫的情商,如果你不和她说清楚,就单纯地说要保护她,我想她没准不会往男女朋友那方面去想。"

听到这个的时候,褚希澈的脸瞬间就黑了。

下午3点50分,顾卿紫顺利地回到宿舍然后死人一般地趴在桌子上一动不动,但是又偶尔发出奇怪的笑声。

令当时在宿舍的蜜儿浑身起鸡皮疙瘩,忍不住暂停了视频播放器里的电影,回过头很不耐烦地问道:"我说卿紫,有什么事情说出来大家一起笑不是更好吗?你一个人间歇性地笑,我可能下一秒就会打120。"

可是当顾卿紫抬起头傻兮兮地冲着她笑的时候,蜜儿寒毛都竖起来了!二话不说立马拨通了寝室里其他人的电话,就连在外头约会的慧慧都没放过。

20分钟后,寝室四人又关门闭窗神秘兮兮地聚在了一起。神秘程度就是连寝室窗帘都拉上了,对于她们来说朋友间的秘密就是国家机密。

"你看她那两面桃花相映红的样子,我赌八成是褚希澈又跟她表白了。"慧慧果然是聪慧过人,围着顾卿紫看的时候,一针见血地给出了答案。

小夕接到蜜儿电话的时候正在图书馆找历史资料,于是索性就将借来的资料全部带了回来,一路小跑也让她消耗了不少卡路里。"我现在也两面桃花相映红好吗?什么事非得这么急啊,我捧着这么厚的史学资料,手都差点废了。"

于是,整个寝室奔着顾卿紫的事儿来,却没等到顾卿紫自己开口说话。一直都在做各种推测。

差不多闹了有些时候,顾卿紫很是犹豫地欲言又止:"其实就是,我也不知道怎么说。就是……还真的讲不明白呢。"

三个人面面相觑了几秒钟后,不约而同地上前架起了顾卿紫,将她拖离了位置。由蜜儿和慧慧架着她的双臂,小夕搜出了她的手机。虽然此等行径非常不道德,公然挑战个人隐私权,但是顾卿紫已经有些懵了。

倒腾了很久,似乎也没有发现什么有价值的线索。小夕无奈地只好作罢,还没等手机重新塞回她的衣袋里,准备对她严刑逼供。手机忽然震动了起来,不是短信,而是电话。

"哇,褚希澈打电话来了!快接!"小夕大叫,慌乱中把手机扔给了慧慧。

慧慧也仿佛接过了一个烫手山芋,连忙脱手给了蜜儿,瞪着大眼睛说道:"给我干什么,我又不是他要找的人。"

"那我也不是啊!"蜜儿惊叫,索性摁下了通话键放到了顾卿紫的耳朵旁,然后自己的耳朵也紧贴了上去。

顾卿紫怔忡,才分开不过半个多小时。她轻声地"喂"了下,而后听见褚希澈磁性的声音通过手机传来,他说:"晚上有时间吗?"

"有,有,有!"在旁的姐妹立马点头帮她附和。

顾卿紫很纠结地冲她们挤挤眼,示意她们别说话。而后自己又轻声细语地回答说:"应该有时间。怎么了?"

"我还有事想当面和你说,那晚上见。"

挂完电话以后,顾卿紫终于扛不住兴奋大叫起来。她很期待,不知道褚希澈会说什么。于是急忙问旁边的姐妹们:"你们说他会找我说什么事情?"

听到这话,慧慧愣了愣,抓着她的胳膊问道:"褚希澈没向你表白吗?"

顾卿紫回答得很干脆,摇头也摇得很淡定。"没有啊,他没有向我表白。"

"那你之前那么淫荡地笑是为了什么?"结果小夕也不淡定了。

顾卿紫想了想,然后很认真地说:"他也没说要让我做他女朋友,只是说给他一个试着照顾我的机会。"

"Oh,shit!"不外乎的三个死党给出了这么一个不雅的却又准确表达了心情的字眼,一致给她翻了个白眼后继续各干各的,想来在她们心里顾卿紫应该是属于没救了的级别。一个女生可以蠢成她这样的情商也真当是世间少有的。

作为当事人,顾卿紫也并非愚蠢到不可救药。她只是觉得一切有些不可思议,她到现在都不明白褚希澈喜欢她的理由是什么。都不知道原因,怎么能心安理得地认为那是告白?

后来又恍惚间想起,那个时候墨柳儿好像也在。她逃走之后,不知道墨柳儿和褚希澈说了什么,又或者没说什么。那晚上褚希澈找她难道是要坦白他和墨柳儿之间的事情?

黑夜如期而至,顾卿紫变得惴惴不安。她想要开口让寝室的好友陪同她一起去赴约,但是又觉得褚希澈想要告诉她的事情应该是只希望她听到的。

但是话说回来,在这么重要的场合下,居然只有顾卿紫没有课。思前想后,她叹了口气,从衣柜里将大衣拿了出来套上,又穿上了棉靴。这个时间点的外面可是非常具有杀伤力的,什么美丽、苗条这个节骨眼上都是过眼云烟。

慢慢来到楼下的时候,顾卿紫却意外地碰见了在宿舍阿姨那里借钥匙的墨柳儿。停顿了下,顾卿紫本能地选择了无视,或者说是逃避。

"卿紫?"可惜,对方还是叫住了她。

哎!顾卿紫在心底吼了声,然后微笑着转身看着总是很美丽的墨柳儿,说:"哦,这么巧啊。"

"嗯，刚要出去，忘记带东西了。"墨柳儿说话很轻柔，脸上还带着垂柳拂面的亲和感，令人总是忍不住将视线停留在她的身上。

"哦，我还有事，那我先走了。"顾卿紫点头，急着想要脱身。有种直觉就是再接下去，估计墨柳儿要谈话的内容就会不知不觉扯到褚希澈身上。更何况，她一点也不希望墨柳儿知道关于他们的任何事情。

直到走出宿舍楼很远，顾卿紫还是有种错觉，那就是墨柳儿一直在身后看着她。听起来很是瘆得慌，但是就是这种令寒毛直竖的第六感。

远处操场，灯光下。有好多对男男女女腻歪着绕着操场散步，时而窃语，时而偷笑，冬日的夜光冰冷的，却也因为他们多了层暖暖的雾气。

但是褚希澈终归不是一般人，他约顾卿紫见面的地方就是他们第一次喝热饮的超市。顾卿紫当时真的很想问，褚希澈你是有多高调？

走近喝热饮的小店，已然看见褚希澈坐在那里手里握着两罐热可可。见到顾卿紫来了，褚希澈笑着站起身，替她拉开椅子，伺候她坐下。那时候的褚希澈不像是他们嘴巴里的冷脸帅哥，顾卿紫甚至都想问，冷脸帅哥是谁？

"哦，谢谢。"顾卿紫受宠若惊地从褚希澈手中接过打开的热饮，捂在手中。才刚见到他，脸颊就有些绯红了。

褚希澈一开口没有说话，只是若有所思地看着她，似乎在想用怎样的措辞能让顾卿紫听得明白，也能将自己的情感表达得一清二楚。

"那个……"在褚希澈还没想好的时候，顾卿紫居然首先开口说话了。她略微抬头看着褚希澈那棱角分明的俊脸，"褚希澈，那个下午的事情，你就当没发生过吧。"这种掐了自己居然哭了的戏码传出去还要不要做人了？

小店来来往往的人比较多，两个人的对话其实只要留心就能听得清楚。所以顾卿紫稍微有些顾虑，反倒是掌握主动权的褚希澈一点都不介意。他将欲言又止的顾卿紫收入眼底,继而点头道:"嗯,下午的事情忘了吧。"

"嗯。"顾卿紫的心忽然不知为何瞬间破碎,慌乱掩饰不了,眼睛里的困惑与受伤表露得明明白白。但是,她忍着没有追问。

褚希澈表情很严肃,丝毫没有半点开玩笑的成分。这时他又说:"我想照顾你,但是……"

话到这里,任谁都期待他的初衷。可惜,不知道为什么关键时候总有人出现打乱了一切的节奏。而那个人就是墨柳儿,从一开始到现在就只有她。

"这么巧,原来是你们啊。"墨柳儿手里拿着从学校后门那条街买回来的泡芙,热情地递给褚希澈和顾卿紫,问道,"要吃吗?"

这时候,顾卿紫因为听到褚希澈的那番话彻底没了心情。她没听到重要的话,她只听到了不重要的话,所以顾卿紫那时候觉得自己真的很难过。

"那个,我忽然记起来还有事。我先走了。"顾卿紫起身,在看到墨柳儿站在离褚希澈近点的地方微笑着站着,两个人的郎才女貌,视觉上的冲击过于强烈,令顾卿紫很是无法坦然接受。

见顾卿紫态度再一次急转而下,褚希澈不想事情一次次搞砸,当即就伸手拉住了顾卿紫的手腕。看了不请自来的墨柳儿一眼,又看着表情失落慌乱的顾卿紫,想着豁出去了,于是深吸一口气说道:"顾卿紫,我是想照顾你。所以——"

所以?然后就没有然后了。

顾卿紫显然没有如愿听见褚希澈后面想要说的话,因为就在这千钧一发之际,墨柳儿抽筋似的上前挡在他们中间,强吻了褚希澈。

强吻啊!这是在小店门口啊,墨柳儿这么做是几个意思?夏辰佑呢?!

褚希澈不知道墨柳儿在干什么,顾卿紫也不知道墨柳儿在干什么,只有墨柳儿心里明白她在阻止褚希澈告白。是的,她知道褚希澈要说什么,因为她太懂男生了。

愣在原地的顾卿紫简直傻了眼,墨柳儿这出戏是不是尺度大了点?简直看不下去的顾卿紫一把甩开褚希澈的手,慌不择路地往宿舍楼跑去。

褚希澈狠狠地推开墨柳儿,瞪着她,不想和她废话,但是实在是气在头上便冷冷地问道:"夏辰佑知道你是这样的人吗?"

"我就是这样一个人。我喜欢你这件事不需要告诉别人,因为谁都知道。"墨柳儿红着眼眶,心里难过到了极点。"你也知道的,不是吗?"

褚希澈厌恶地拿手背抹了下嘴,瞥了眼她动情的样子,"我不想知道。"说完,迈开步子就同她擦肩而过。

"褚希澈!"不甘心的墨柳儿追在他身后,在花坛的路灯下从后面抱住了他。埋藏在心底已久的爱慕到底还是宣泄了出来。"今天是我错了,可是我真的很喜欢你。你一开始不接受我,我以为只是你还没有到要敞开心扉接受任何人。但是我看到你对顾卿紫,我就知道,并不是我想的那样。我也会害怕,害怕失去你。"

"失去?"褚希澈一把扯开了她的手,往前一步后又停住,没有转身,声音冷酷。"像你这样的人,拥有的不珍惜,挖空心思抢别人的,到头来会是什么下场。"

寒冷的夜晚,因为墨柳儿的私欲,她让自己陷入了一个怪圈中。她喜欢褚希澈,甚至可以为了他放弃一切,可是这份爱为什么就给不出去?泪水模糊了视线,终究是丢了那个人,也丢了自己。

墨柳儿第一次在晚风中哭得不能自已,即使被路过的好多人都看见了。

"真是一场春梦了无痕啊。"顾卿紫回到宿舍,冷冷地自嘲着。想着要冷静,却还是觉得难受到不能自拔,心里堵得慌。于是拿出手机看着褚希澈的号码,默默地拉了黑。从此,和这个面瘫划了三八线。

第十三章　忘了也好

　　醒来，好像事情便已经过去了三天。今年冬天的第一场雪就这样下了起来，飘飘洒洒地将宿舍楼前面的花坛覆盖成了白色，纯洁无瑕。

　　就连喜欢的人都好像被覆盖在白雪下面，看不见了。

　　"卿紫，你今天没课吗？"慧慧抱着选修课的书站在顾卿紫的床边，现在都9点多了，她还躺在床上。"我记得你今天也有选修课的，再不起来会迟到的。"

　　顾卿紫窝在被窝里，其实根本没有睡好。她听见了慧慧的关心，但是怎么办，她一点都不想说话，一句话都不想说。

　　慧慧见她不吭声，把目光落在了小夕身上，示意帮忙。小夕从位置上站起来，一脸无奈。寝室里的人都看在了眼里，那天晚上回来之后，顾卿紫就不大一样了，不是平常闹别扭的情绪，而是好像受了什么打击，整个人一蹶不振。

　　"你的逻辑课老师不是变态吗？你不去上课，下次会把你吊起来打的。"小夕竭尽全力地用自己平常的说话腔调鼓励她。

　　但顾卿紫依旧以沉默回应。

慧慧低头看了下时间,只好和小夕轻声说:"我先去上课了,你好好劝劝她。虽然不知道发生了什么,终归不是好事。"

"嗯,知道了。"小夕比了个OK的手势。

刚打开宿舍门,慧慧又补充了一句,"要是和墨柳儿有关,我跟你说那丫头我打定了。其他地方都不打,我就打脸。"

对此,小夕明白地点头笑笑。回过头再看看缩在被窝里的顾卿紫,她只好拿手拍拍她的被子说:"肚子饿了告诉我一声,我给你去买饭。"

整个宿舍的人因为顾卿紫而显得小心翼翼,气氛都凝重了起来。小夕叹了口气,回到了自己的位置上,安安静静地陪着顾卿紫。

已经三天没有和除了寝室之外的人联系过了,顾卿紫也懒得去看手机。事情都发展到这样的地步了,顾卿紫还需要听什么解释呢?更何况,墨柳儿都那样"警告"过她了,她还执迷不悟的,怀抱着不该有的期待。

所以何必自欺欺人,活在别人的臆想中,又或者活在自己的梦里。

"这什么节奏?"上课铃声都过了1分钟了,还不见顾卿紫的踪影。陈博东张西望了一会儿,不免感慨。"她这翘课翘得是不是太会赶时间了,今天可是期中考试啊。"

右边位置空荡荡地让褚希澈也感觉到了隐隐的不舒服,他无声地叹了口气,把手机揣回了口袋里。这几天,不论他怎么想尽办法地联系顾卿紫,得到的永远是这样未知的状态。想想真是该死,表白什么的果然也应该查查黄历啊。

"她的试卷我来做。"最后褚希澈捏了下鼻梁,挤挤疲劳的眼睛,轻声道。

与此同时,陈博余光捕捉到了旁边墨柳儿注视着褚希澈,又欲言又止的样子。他暗暗地捅了捅褚希澈,神秘地问道:"顾卿紫不来上课该不是和墨柳儿有关系吧？"

听到这话的时候，褚希澈明显懊恼地骂了句"该死"。他转着手中的笔，非常嫌弃地看着陈博说："你去和墨柳儿聊聊，让她解释一下为什么顾卿紫不来上课。"

明白了。陈博这么想，于是果断坐直身子，不再和那个眼神犀利，想要把他生吞活剥的褚希澈说话了。但是，显而易见，这事和墨柳儿脱不了干系。

陈博想了想，突然间恍然大悟，又不怕死地朝褚希澈凑了过去，更加神秘兮兮地问道："该不是墨柳儿还喜欢着你吧？"

"还？"褚希澈挑着眉反问。

"喂喂，你不是吧？"陈博故作捶桌子低声哀号，"当时校花喜欢你的时候，多少男生心碎啊。你就这么轻描淡写地忘了这件事了？你可真的是男人最讨厌的生物，我想墨柳儿也应该是蛮讨厌你了。要不然她为什么总是偷偷地斜视你。"

陈博说了一大串，褚希澈只听到了一句"墨柳儿也应该是蛮讨厌你了"。简直太棒了好吗？褚希澈脸上这才有了些浅浅的笑意，他看向陈博，拍了拍他的肩膀说，"平生第一次觉得被人讨厌的感觉这么好。"

"顾卿紫不在，你失心疯了吗？"陈博连忙甩开他的手，嫌弃万分地说。男女关系这么乱是要演给谁看啊？陈博郁闷地想。

"确实有点。"褚希澈愣了半晌后回答。

这边，试卷发下来，夏辰佑看着墨柳儿在分数那一栏上居然写了自己的名字，不禁觉得好笑。"你怎么了，魂不守舍的？"

墨柳儿惊觉，尴尬地笑着重新在名字一栏上写上了名字。这些天，她一直在想自己那晚对褚希澈强吻。脑子里想了很多东西，但任何一件都没办法让褚希澈喜欢上她。本来这场暗恋早就止步于第一次的表白，现在怕是已经让他很讨厌自己了。

喜欢一个人，真的要这样一错再错，回不了头吗？

"是不是有心事？"夏辰佑见她仍旧走神，便轻声问道。"这个周末我们出去玩玩吧，你想吃什么想要什么都告诉我。"

"嗯。"多好的夏辰佑，眼里只有墨柳儿的夏辰佑。可是为什么这么好，这么喜欢自己的男孩子不是自己最喜欢的人呢？墨柳儿看着试卷上的那些题目，有些想哭。

逻辑推理选修课的期中考试并不是什么能翻书抄抄的作业，不过只是期中考试，老师宽宏大量地给了开卷。但是老师也补充了一句，期末考试反正是闭卷，让大家看着办。不及格就等着补考到毕业吧。

多么狠的老师啊。

陈博和褚希澈虽然不是一个类型的男生，但是奇怪，聪明人好像就只和聪明人做朋友。但是，也有例外，就像是褚希澈会喜欢上顾卿紫一样。

这点，褚希澈本人并不觉得是个意外。因为，这是必然事件。

下午，校园里林荫道上来来往往的学生、老师都很多。即便这是个下雨的天气，这天气预报最近越来越不准了。

"老天爷都代我哭泣了。"顾卿紫总算是下了床，本想好好地坐在阳台上思考下人生，却被无情的风雨给打回了里屋。

陪了顾卿紫一整天的小夕拉过最近的椅子坐在她旁边，皱着眉头有些心疼地问："什么事能让我的女侠流眼泪啊？你告诉我，说出来我帮你揍他。"

顾卿紫脸也没洗，牙也没刷，更别提什么发型了。这会儿，她完全不觉得自己哪里有错，总之没有那个心情，好像吃口饭都会觉得被人下了砒霜。

"没有人让我难过,是我自己太不自量力了。"顾卿紫面无表情地自嘲,随后拍拍自己褶皱的衣服看着小夕说,"我就是觉得心里好像有根刺,扎得我生疼,我却没办法拔出来。好像拔出来,我也照样活不了。"

小夕听罢不语,这样的说辞不就是在形容爱情吗?她这样委婉的说法不就是在说"本姑娘失恋了"吗?唉,就知道,一定和褚希澈有关系。

这男人总是要惹女孩子伤心干什么?难道女孩子掉的眼泪能够让他齐集七颗龙珠召唤阿拉丁神灯吗?

但是,生活就是这样。你爱他,他不爱你。他爱你,你不在意。她爱他,你介意。太多的伤心难过,不就是因为爱的路途中有太多不肯定与不信任吗?

你的一滴泪,他的一杯酒。

"怎么不说话?"顾卿紫倒是受不了小夕这样的沉默,勉强地扯出一丝笑意,"我知道,你担心我。可是,我现在没办法说粗话,没有那个心情。"

"我知道。"小夕轻轻地拍了一下她的背说,"肚子饿吗,我去给你买份汤年糕。"

顾卿紫摇摇头,视线抛向了对面的那幢宿舍楼。她和褚希澈之间隔着的不仅仅是一个花坛,还有一个比银河还厉害的墨柳儿。

可是自从那一晚之后,她觉得她才是隔在褚希澈和墨柳儿之间的王母娘娘。

"吃点吧,要不然你这样下去会变成哲学系的那个身高一米六五,体重却只有七八十斤的女生的。你不觉得高个子女生体重却只有两位数很可怕吗?她就是因为太瘦了,至今还在过光棍节。"

话音刚落,顾卿紫的眼神就悠悠地落在了小夕身上,她问:"那你没有一米六五,体重破三位数,为什么从出生到现在都在过光棍节?"

"顾卿紫,还能不能让我好好地安慰你啊!"

"……"

被逼无奈之下,顾卿紫随着小夕来到了二食堂。其实,她特别怕来到这里,因为她怕碰上褚希澈。

但是墨菲定律又说,怕什么来什么。

因为下雨天,食堂里的吵闹声更大了。熙熙攘攘的人在排队打饭,还有人徘徊在各个窗口犹豫纠结着到底该吃哪样填饱肚子。

"你走路悠着点,下雨天这食堂地滑。"小夕在前面走着,果真是一步三滑,只好叮嘱跟在身后漫不经心的顾卿紫。

顾卿紫根本顾不上低头看,很是不安。她怕一个抬头自己的身影就会撞进某个人的视线里,又或者是某些人的视线里。今天,她特别地怕听见别人喊她的名字。

"卿紫!"到底还是有人看见她了,而这个人就是嘴巴快得和刀一样的陈博。

在听见有人喊她的瞬间,小夕愣住了,但是顾卿紫却加快了脚步,第一个时间里就好像是脚底板抹了油,失去了重力,整个人都好像飞起来了。

"卿紫!"小夕在叫她,陈博在叫她,还有一些无关的旁观者在喊上帝。

完了,这一摔真是倒霉到家了。可是,这个糗样居然被褚希澈看见了。怎么偏偏会被他看见?所有人都在惊呼她的名字,唯独听不见他的声音。

可是,想象当中的疼痛并没有如期而至,相反意外地被人给接住了。

"卿紫,你吓死我了,都跟你说走路要小心了。"小夕担惊受怕地看着好好躺在褚希澈怀里的顾卿紫,有些紧张。

一旁的陈博也是吓了一大跳，就是喊了她一声，没想到把她吓得整个人都飞起来，差点摔了个狗吃屎。好在，手长脚长的褚希澈一把搂住了顾卿紫，否则后果不堪设想。

"小心点。"虽然及时保护了顾卿紫，没有让她受伤。但是，看见她差点重重摔到地上的那一刻褚希澈的心都差点从嗓子眼跳出来了。现在抱着她都还感觉到他自己的心脏在紧张快速地跳动着。

顾卿紫一眼看见褚希澈，明白过来自己正在他的怀中，便急着想要挣脱。挣脱开来的时候，又因为该死的地板滑了一下，到底还是被他好好地抓住了。感受到褚希澈的存在和对自己的温柔后，顾卿紫竟然觉得又恼又难过。

为什么要扶住她？让她摔一跤没准脑子就灵清了，不会再执迷不悟，一个人胡思乱想了。多好，摔伤了就可以请假，请假就不用再因为会遇到他们而东躲西藏了。

这么想着的时候，顾卿紫眼眶都红了。

"卿紫，没事吧？"小夕见状，连忙从褚希澈手里拉过她，好好地打量着。因为不知道他们到底发生了什么事情，小夕也只能愤愤地瞪了一眼陈博，至于褚希澈她不敢瞪。

顾卿紫使劲忍住鼻子处传来的酸楚感，她难过到说不出话来。只是摇摇头，转身就往楼梯口走去。小夕一下子无话，也只能跟上去。

看着顾卿紫那个模样的褚希澈心疼得不得了，可是这个时刻他能想到的安慰就是抱住她，但显然她现在看都不想看到他，更别说是什么安慰了。

"不是，卿紫她朋友什么意思？你们两个闹矛盾，你是肇事者，她瞪我干什么？"陈博大呼冤枉，只好向褚希澈大吐苦水。

褚希澈看着下了楼梯不见踪影的顾卿紫，心里盘算着到底这场误会

第十三章 忘了也好

该怎么解开。就算是解开了,他又要怎么样弥补给顾卿紫带来的伤害。

"我有事,你先吃。"说完,褚希澈就快步向楼梯口走去。

陈博站在原地,环顾了下四周,鼻子嗅到了很香的食物,便也耸耸肩不理褚希澈了。反正这个节骨眼上,心上人一定比填饱肚子要来得重要。

可等他追下去,顾卿紫等人早就已经没有身影了。站在绵绵细雨中,冬日的寒冷便沁入了骨髓里,忍不住牙齿打战。褚希澈拿出手机,拨通顾卿紫的电话,得到的依旧是暂时无法接通的声音。

最后,他望着暗下去的屏幕总算是想明白了。顾卿紫,不给对方申述的机会就擅自拉黑的行为真的是很残忍的。

褚希澈喃喃自语:"顾卿紫,再怎么生气也千万不要在心里下定那个忘了我的决心,千万不能。"

灰蒙蒙的天空下,那个修长的身影有些落寞地站在那个花坛前。楼上就是顾卿紫望下来的视线,不清楚,可是她知道是他。

最后,顾卿紫背对着站在阳台上,慢慢蹲下身子,把脸埋进双臂中。

第十四章　衣带渐宽

最近几日一直是阴沉沉的天气，让大家都有些懒洋洋的。但对于某些一直沉浸在悲伤中的人来说，即使是今天这样的艳阳天也犹如阴霾天，完全让人提不起兴趣。

已经不知道多少次了，顾卿紫删了黑名单里拦截下来的短信和电话。她一次次地告诉自己不要去看，可是褚希澈发来的短信她还是一个字一个字地看了。好像就是褚希澈的风格，他不愿意将事情在短信里告诉她，总是希望顾卿紫能和他见个面。

每次，顾卿紫都假装不知道。

"你们能不能给我个机会让我去会一会这个校花？"慧慧一副"老娘真是想削了那个恶人"的样子，愤愤不平地说。

全寝室里的人也算是知道了顾卿紫、褚希澈还有墨柳儿三个人之间的关系。但是慧慧是这种分分钟都很冲动的人，小夕只好拦住。

"你别添事了。"小夕摆摆手，不耐烦道。

蜜儿从阳台上晒完被子回来，单手叉腰对姐妹们说："我赞同慧慧的做法。我们要不要往她衣柜里扔蟑螂？或者是当着她的面把夏辰佑给引诱走了？"

"扔蟑螂我可以。"慧慧举手，继而把视线抛向了不言语的小夕，直愣愣地看着她说，"小夕你还没有男朋友，所以色诱夏辰佑的任务就交给你了。"

牛奶只剩最后一口了，小夕直接喷了出来。

"你们还是不是人？"小夕都没有来得及擦擦嘴巴，嘴角还拖着一条牛奶渍，气急败坏地指责起好闺密们。"色诱这么专业的任务应该交给你们这两个女人好吗？我要是有那个能力，我还会一直单身到现在吗？！"

蜜儿和慧慧相视一笑，像是恶作剧成功的孩子。蜜儿回到自己的位置上坐下，往手上抹了护手霜。

"开玩笑呢。再说了夏辰佑对墨柳儿痴心一片，你也没那个机会。"蜜儿漫不经心地说，随后注意到一直趴在桌子上无精打采的顾卿紫，故意朝她们几个挤眉弄眼地说，"干脆还是去打褚希澈吧。女人欺负漂亮的女人，一般都会觉得我们丑人多作怪。但是去打男人，正常人就会觉得一定是男人做了对不起女人的事。"

对此，慧慧和小夕不约而同地对蜜儿竖起了大拇指。唯有顾卿紫有些紧张地望着气定神闲的蜜儿，过了一会儿才说："有没有不打他也能帮我出气的办法？"

"有啊。"蜜儿回答得也很爽快。

顾卿紫怔忡地望着她，还真的有些期待。

"只要你过得比他好，就分分钟出气了。"蜜儿甩下了这么一句话，第一次感觉要喊她一声"女王大人"。

小夕这才记起要擦擦嘴巴，然后凑到有些不知道该怎么办的顾卿紫旁边问："其实我觉得这事说不准是个误会。褚希澈明显就是被强吻的啊，按照你当时的描述。"

"现在已经记不起细节了。"顾卿紫轻轻地叹了口气。

慧慧倒是挺大义凛然的，拍了下桌子说："与其在这里坐以待毙，不如出去好好潇洒一番。话说顾卿紫你知道自己的头发长不长、短不短的很难看吗？还有，你看看自己的肤色都暗黄了好吗？人家不知道的以为你被我们虐待了。"

顾卿紫起身到全身镜前照了照后说："没那么糟吧？"

"走吧走吧，姐带你出去搓顿好的。哎哟，我这小姐妹怎么那么让人心疼呢。"慧慧上前搂过顾卿紫，对其他两个招招手说，"蜜儿女王把钱包带上。"

"What？女王从来都是吃别人的，哪有自己掏钱的道理？小夕，带钱包！"蜜儿拎上外套就跟上了慧慧。

小夕顿时那个目瞪口呆啊，迷迷糊糊地拿出钱包追了上去，最后大喊，"你们有没有人性啊？都是有男朋友的人，为什么要剥削我这样一个弱女子？"

"闭嘴！"

"……"

寝室几个人出门之后，没有立即从后门出去，从宿舍转战进了水果店。顾卿紫自然是明白她们的，当即就无语了。这家水果店墙上四面都是镜子，估计是为了让摆放在那里的水果看起来更多。但是，慧慧她们几个硬要把这里当成化妆间。

"卿紫愣在那里干吗？过来照张相。"听到声音的时候，慧慧已经掏出手机想好了 Pose，直接对着门口站着的顾卿紫招手。

顾卿紫先是东张西望了一下，确定没有什么熟人后犹豫地走进了水果店。除了她，其他几个完全是理直气壮，眉眼间透露出一股"天下第一舍我其谁"的自豪感。真是不明白，对着一堆水果有什么好嘚瑟的。

"姐妹们，笑一个。"慧慧将手机调成了自拍模式，拉开了距离，非常讲义气地站在了最前面，好让其他姐妹们的脸显小。这种大无畏的精神让蜜儿很是高兴，因为每次和慧慧拍照，她都能呈现完美的瓜子脸。

至于顾卿紫，一直很上镜，却每每拍完都要说一声"会不会拍照啊，又把我拍成了东施"。对此，慧慧破口大骂，"质疑我拍照技术的都是人渣！"

于是，顾卿紫对拍照有了恐惧症。

"OK，真的是四朵金花啊。美得不得了。"摆弄了几下之后，慧慧心满意足地看着成品，对自己啧啧称赞。

水果店的老板是个大好人，看着这几个姑娘如此高兴也是喜笑颜开，还特别热情地让她们再多拍几张照。小夕倒是一把就将不能自拔的慧慧拉出了店里，戳戳她的脑袋问，"还让不让人干正事了？我们出去吃什么？"

蜜儿拿出手机随便搜了下附近的美食，又回头扫了眼对吃什么根本不感兴趣的顾卿紫，一锤定音道："去吃鸡煲吧，这个够补。"

"这个绝对可以有。"小夕立马赞成，还顺便拉过了顾卿紫。"我觉得我们可以点一只本地鸡，这个营养。"

等到她们在高教园附近找到一家好的鸡煲坐下的时候，时间已经是下午2点了。慧慧不知道怎的觉得口干舌燥，抬手就招呼道："老板，这里来瓶啤酒。"

豪放的语气一下子吸引了旁边在座的人，好在这个点没多少人，慧慧觉得看了就看了。都是成年人了，喝点酒干吗这样子大惊小怪，还觉得她没教养的？

"你是酒鬼吗？"顾卿紫和慧慧坐一排，赶忙拉拉她说，"大冬天的喝什么啤酒啊，来点心飞扬透心凉的雪碧啊。"

听罢,慧慧眯着眼睛打量着顾卿紫,然后向对面两人抛去了一个问题,"这顾卿紫还会吐槽,应该还有的救。我以为失恋把你整抑郁了呢。"说着,老板娘拿来了一瓶啤酒放在了桌面上。慧慧接着说,"大家一起喝。"

老板娘刚往回走了几步突然招呼伙计说:"给这桌同学们再来一瓶酒。"老板娘回头,笑着对她们说,"喝开心点,这瓶送你们。"

意外之余,四个人对于这免费的啤酒受宠若惊。小夕连忙回身道谢说:"哎呀,真的是不好意思。谢谢老板娘,我们以后饿了就来吃鸡煲!"

对此,老板娘笑着给她竖了个大拇指。大概是看着这几个姑娘很是讨喜吧,现在这个大学城里最不缺少的就是青春,但是也有一些青春的姑娘少了那股青春的冲劲。何为矜持,矜持不过是自己给自己的一个借口,在陌生的场合不知所措的借口。

而她们似乎并不屑执着于矜持。

下午的天气依旧是多云,很是阴冷。临近晚上的时间,走在路上会因为不经意间飘过来的一阵风就成了缩头乌龟,裸露在外面的皮肤顿时起了鸡皮疙瘩。

"哈欠——"陈博打了个喷嚏,揉揉红红的鼻子说,"学校打印店这个时候关什么门,害得我要去外面打印。"

一旁的褚希澈相当冷淡地说:"既然这样,你拉我出来干什么?"

"大哥,我没有记错的话你愿意出来的原因可不是因为我吧。明明就是自己在阳台上看见了顾卿紫和宿舍里的人一起出去,心里着急吧。"陈博也相当有力地反击道,顿了顿后冲着那个快步向前走的人喊道,"褚希澈你不肯面对自己内心的习惯真的很不好,难怪顾卿紫会躲着你了。"

褚希澈这时想到,我就是太直面自己内心的感受才会把事情发展到这个地步的。好几天了,顾卿紫显然没有把他从黑名单里放出来的意思。

这样下去,不要说是解释了,就连话都不要说了。

往前走了没几步,褚希澈忽然停住了脚步。那个心心念念记挂的人现在就在前面那个药店里,身体摇摇晃晃地站在体重计上,脸上带着不明朗的笑意。

众人看着顾卿紫站在体重计上,望着那个缥缈的数字悠悠地说了一句:"卿紫,你的体重轻出了我们宿舍的新高度。告诉我们,那个鸡煲你到底吃没吃?吃了怎么可能只有90斤,还差一点就89了!你以前明明有96斤的!"

顾卿紫倒是记不得她有没有好好吃鸡肉,只是依稀记得自己大概是喝了好几杯啤酒。要不然,她为什么会站在体重计上还任由这些损友喊出了她的体重?对于女人而言,唯有年龄和体重是不可侵犯的自尊。

但这会儿,她完全不生气,笑着从上面下来,推开她们说:"我没有你们那么心宽体胖,我肚子里撑不了船,所以我容易难过。这会儿你们要是还愿意帮我去打褚希澈,我一定说好。并且,我希望你们能从他身上割下6斤肉给我。"

"呃,她这是在撒酒疯吗?"慧慧略微害怕地往后退了几步,然后后脑勺正巧撞到了不动声色站在她身后的褚希澈的胸膛上,顿时吓了一跳。

与此同时,小夕也看见了,但是没有说话。因为褚希澈看起来相当不好惹,那双本就锐利的双眸牢牢锁住了顾卿紫,不知道是在生气还是在担心。

"呵呵,那个卿紫说我们要打你的事情不是真的啊。我们都是淑女,干不出这事来的。都是她异想天开,跟我们一点关系都没有!"身为女王的蜜儿当即撇清了自己和顾卿紫的关系,双手一伸开拽着小夕和慧慧的手臂就跑开了。

顾卿紫也不在意周围的姐妹,犯着迷糊准备往药店外面走去,却怎么也迈不开步子。回头一看，却见身材高大，神情冷峻的褚希澈正抓着她的手臂。

"你啊，好久不见呢。"顾卿紫说的时候，脑子里还没有回过神来，她现在和褚希澈的状态完全就是冷战。再这样一个寒冷的冬季里，她居然还要和他冷战。

褚希澈眉头皱得更深了，手上一用力，将顾卿紫整个人拉进了怀抱中。他就站在学校后门的那个药店门口，第一次拥抱了顾卿紫，以这样一个非浪漫的形式。在遇见顾卿紫之后，他的胸有成竹，他对任何事情的笃定都被她一个眼神给推翻了。

"那么讨厌我吗？"褚希澈在她耳边低声地问，"可即便这样，我也还是喜欢你。"

顾卿紫却在此时轻声地嘀咕了一句，"难受。"

听闻此的褚希澈立马松开她，赫然看见她满脸通红，不只是脸就连脖子也是。而且还起了疹子，这大概就是传说当中的酒精过敏。

说时迟那时快，褚希澈立马拉着顾卿紫走到路边拦下一辆出租车火速赶往了医院。

"喂，有没有人性啊？我不过是去打印了下文件，你们怎么就都走了啊。"干完自己事情出来的陈博才发现自己孤身一人，顿时无语。

入夜，顾卿紫昏昏欲睡却在睡着前看见了自己一直想着的人，就坐在自己身侧，搂着她，让她舒服地靠在他的肩膀上。

即便这是个梦，她也感激。

第十四章 衣带渐宽

第十五章 梦醒时分

次日，太阳稳稳当当地从东方升起，那种阳光普照，恩赐苍生的感觉让一群发霉的人差点泪流满面。

"早上没有课吗？"墨柳儿走下宿舍楼刚好碰见自己的男朋友夏辰佑和旁边的褚希澈，她这话像是问夏辰佑，但实则也连带问了褚希澈。

夏辰佑笑着上前先是给她递了盒酸奶，对她说："褚希澈要去医院，我顺路去下外面的超市，买点洗衣粉。寝室里的那些混蛋，不知道是不是把洗衣粉拿来吃的，才一个星期就没有了。"

三个人站在女生宿舍楼下，褚希澈望着前方，心思全然不在夏辰佑的话上。而对于墨柳儿来说，夏辰佑说的洗衣粉完全不重要，重要的是——

"医院？褚希澈你哪里不舒服吗？"墨柳儿也不知道自己怎么会在男朋友面前关心另一个男人的健康状况，但是就算是朋友也好，关心则乱啊。

褚希澈抬起手腕看了下时间，脸上没有露出焦急的神色，不过明显不想多停留，也不愿意回答墨柳儿的话。

"不是他,是我们的顾组长。这不,大清早的褚希澈就要赶着去看她。"夏辰佑没有多想,眼神是暧昧不清的。"看来我们的希澈也快要结束单身的生活了。什么时候要是和卿紫成了,记得请客吃饭。"

墨柳儿听到这话,脸一沉,喉咙里似乎卡着什么东西,让她难以忍受,可是又不得不忍受。她手里拽着那盒酸奶,拼命地挤出一个浅浅的笑意说:"卿紫生什么病了,有没有事?我也一起去吧。"

褚希澈有了点反应。他微微扭头,看着墨柳儿,冷冷地说了一句,"你就不要去了。"

顿时,墨柳儿脸颊泛红,默默垂头咬着唇,心如刀绞。这下子是彻底被褚希澈讨厌了,而且还在夏辰佑面前被他讨厌了。

"是啊,柳儿你就不用去了。顾卿紫有褚希澈就够了,应该不是什么大病,要不然褚希澈昨晚就不回宿舍了。你不要担心了。"夏辰佑依旧笑脸温和,劝慰道。

褚希澈收回视线,拿出手机拨通了顾卿紫的电话,当然接的人不会是她本人,而是彻夜守在病床前的小夕。反正趁着顾卿紫打点滴的时候,他已经把自己从她的黑名单里放出来了。要不是自己动手,恐怕这辈子都没有重见天日的时候了。面对着顾卿紫,褚希澈笑自己,居然连这点自信都没有了。

"她醒了吗?"

褚希澈先是这样问了一句。电话那边小夕说了什么墨柳儿不知道,她只看到褚希澈露出了笑意,就像这冬日的阳光,温暖人心。

还是很想拥有这样的褚希澈,可这样不甘心的自己确实已经输了。

"哎呀,不好意思,来晚了。都怪卿紫平时不爱收拾衣柜,我翻了好久才找到几件能够穿出门的衣服……"慧慧大大咧咧的手提袋子从宿舍楼上冲了下来,却忽地发现不止褚希澈一个人。眼一瞟,还看见了墨柳儿。顿时,一个刹车刹不住,脱口而出,"你个坏——"。后面的音还没有发出来,就被褚希澈及时拦住了。

"走了。"褚希澈这样说,估计是知道慧慧想说什么。走到她面前,接过她手中的袋子,语气也变得不再那么冷淡。"早饭吃了吗?"

一下子被这样一个帅哥关心,就算是强心脏的慧慧也瞬间变成了玻璃心,她扭捏着说:"6点开始就帮你女人收拾东西了,当然没有吃啦。"

我的女人。听到这样的话,褚希澈心情大好,笑得有些得意忘形,他说:"走吧,给她们都带点。"

一旁一直没有插上话的墨柳儿和夏辰佑就这样干站着看着褚希澈和慧慧从前面出去,应该是打车去医院。墨柳儿的脸更加阴沉了,说不出口的难过溢满在心尖。

"怎么了,柳儿?"夏辰佑感觉到了墨柳儿的不对劲,摸摸她的头依旧那样子好脾气。

墨柳儿却不知道怎的一把甩开了他的手,眼里噙着泪,冲他发火道:"你什么都不知道!我从不爱喝椰子味的酸奶,你却连这个都不知道!你到底知道些什么?!"

那盒牛奶就这样赫然地从墨柳儿手中坠落,狠狠地摔到了地上。乳白色流质染了一地,狰狞难堪。而那个漂亮骄傲的女孩却掩面哭泣着跑开了。

来往的人打量着愣在原地的夏辰佑,不明所以,窃窃私语。不要说旁人,就连夏辰佑自己也不明白为什么突然之间发生了这样的事情。他不敢想,不敢想墨柳儿到底是不喜欢喝椰子味的酸奶,还是不喜欢他了。

早上8点40分的时候,顾卿紫总算是心满意足地睁开了眼睛。这是她自从"失恋"以来,第一次睡到了自然醒。

"你可算是醒了。"第一时间,小夕说话了。接下去赶忙又追问了一句,"饿不饿？昨晚吃的你都吐光了，起来洗洗，换件干净的衣服。然后吃早饭。"

顾卿紫倒是觉得自己现在脸没洗、牙没刷，浑浑噩噩的，怎么那么听不懂小夕在说什么呢？不过，等一下！

"这是哪儿？我是谁？"顾卿紫夸张地摸了摸自己的脸颊，然后紧张地环顾四周。床旁边站着小夕、慧慧、蜜儿还有褚希澈……What！褚希澈！顾卿紫立马把视线重新挪回到褚希澈身上，这个大清早就散发着各种诱人气息的男人果然是如假包换的褚希澈。这么说，昨晚没有做梦，而是真的？

"你叫顾卿紫，于昨晚5点多喝醉酒闹事，后，卒。"

听到了慧慧不紧不慢的陈述语句后，大家不约而同地沉默了半晌，后集体冲她吼了一句，"Get Out！"更有顾卿紫直接将枕头扔了过去。

被不偏不倚砸中脑门的慧慧整理下刘海，又嬉皮笑脸地凑近她，拿出手机打开了照相机，笑呵呵道："恭喜你酒精过敏成功获救，拍个照留念一下。"

"你滚开。"顾卿紫毫不客气地拒绝，后又想起一边的褚希澈，顿时整个人又不好了。为什么来大姨妈痛经晕过去正好被他看见，这喝醉酒过敏还被他看见了，这人生能有几件糗事啊，都被他撞见了，还让不让人好好地活下去了？

褚希澈见她气色已恢复，身上的疹子也都退了，倒也松了一口气。思量着，要怎么和她说会话。

蜜儿眼力见儿特别好，手上拎着褚希澈买的早点同其他几个招呼道："我们出去吃早饭。姐几个照顾这个发酒疯的女人一晚上了，是该歇歇了。"

"有道理。她倒是轻而易举地为了情伤瘦了好几斤，我可不要因为她

第十五章　梦醒时分

操心过度瘦了。我可爱我肚子上的小赘肉了,为我保暖,为我存在。"小夕恶心地作着诗,脸上还做出了陶醉的表情。

但是顾卿紫一听她们都要出去,连忙伸手说:"我,我是不是可以出院了?"

结果,没有一个人理她。相反,褚希澈倒是泰然处之地坐在了床沿,注视着她。然后开口问道:"看来你只有在医院才能好好听我说话。"

顾卿紫连忙捂住眼睛,她实在是见不得褚希澈用这样子澄澈的双眼望着她,再加上如此柔柔地说这话。好像只是看到他,她之前所做的一切努力都会付之一炬。"这位同学,要是没什么事的话能不能也出去,我想换……"

衣服二字还含在嘴里,却怎么也说不出去了。褚希澈也觉得自己真的是够了,明明是想要解释,想获得她的原谅,可是这般情难自禁,居然这样吻了她。

怪她太可爱,怪自己太沉迷。

"喂喂,做人要厚道。你拍照片干什么?"小夕对慧慧的行径嗤之以鼻,几个人根本没有出去吃早饭,而是躲在门外,借着门缝窥视起来。

慧慧乐此不疲,瞟了眼她冷笑道:"我不厚道,你更不厚道。你录视频干什么?"

"呃。大家彼此彼此啦。"

蜜儿则在一旁提议道:"你说我们要不要拿照片去给墨柳儿看一下?"

慧慧立马点头表示同意,只有小夕若有所思。三个人直起身子,站在了靠墙的一边,商议了起来,"这么正经地拿给墨柳儿看,她肯定会装出一副我不关心别人的事的样子。所以,这事一定要出其不意,攻其不备。"

听完小夕的一番话,其余两个人眯着眼睛打量着她,然后缓缓说了一句,"果然,最毒妇人心哪。"

"……"

小小病房里,爱意浓浓,一下子让白色变成了粉红色。顾卿紫全身僵硬在那里,捂着眼睛的双手都不知道什么时候松开了垂在身子两侧握成了拳。她不知道褚希澈为什么亲她,但她居然也未曾想过拒绝。

似乎过了许久,褚希澈总算是放过了她。有些意犹未尽,又感觉自己很是唐突。他干咳了声后对顾卿紫说道:"下次不要抿着嘴巴。"

"……出去啦!"顾卿紫红着脸,立马重新躺下拉高被子钻了进去。这该死的褚希澈!让她好不容易劝自己平静下来的心再次泛起了涟漪。

这下子轮到褚希澈颓废地捂眼睛了,心急吃不了热豆腐是这个道理吧?可是,他已经吃到了。接下去他应该担心的事,绝对不是怎么能长此以往地吃到豆腐,而是顾卿紫将会怎么对待今天发生的事情。

唉,头又痛起来了。

对于躲在被窝里咬着自己的手,不愿意相信这是真的的顾卿紫来说,简直是春梦一场啊有没有?这个褚希澈,没有想过要对她解释什么吗,突然亲上来是闹哪样?亲一下就可以把墨柳儿那件事情一笔勾销了吗?简直不能忍!

但是,顾卿紫隐隐地觉得自己没出息地原谅了褚希澈。

第十六章 回归日常

已经逃了三四节课的顾卿紫这次重新鼓起勇气走进了那个教室,想到之前在寝室里惴惴不安的自己,顾卿紫都觉得丢脸。

"有没有出息的啊,回去上课你怕什么?"小夕坐在自己的椅子上,边吃着曲奇边数落顾卿紫,"你交学费过的,你愁什么?老师不会赶你出来的,顶多让你期末不及格。"

顾卿紫泪奔。

另一边忙着画眼线的蜜儿,仔细地对着镜子检查自己的妆容,淡淡地说道:"我是要出去约会了,你自己慢慢纠结吧。再不去上课,小心墨柳儿又给你戴绿帽子,我们501的姑娘个个都是有出息的,你可别丢我们的脸,否则就清理门户。"

顾卿紫再一次泪流满面。但唯一令她欣慰的是,慧慧当时不在宿舍,要不然她都不知道自己会被折磨得怎么个体无完肤。

于是,本着"横竖都是死"的原则,顾卿紫大步地走进了教室。在她抬头的一瞬间,果断愣住了。怎么回事?换老师了吗?不仅老师换了,就连同学也换了?!顾卿紫顿时凌乱了。

"同学，你是不是走错教室了？"讲台上的老师也有些好笑，忍不住问道。

顾卿紫孱弱地问了一句，"逻辑课是在这个教室上的吧？"

"是。"老师回答得很干脆，"我还有两分钟就下课了，不介意的话要不要来听一听我的国际政治？"

"谢谢，不用客气。"顾卿紫点头表示抱歉，立马从这个教室退了出来。关上门的刹那，听见教室里的学生都在笑。

真的是丢脸不分内外啊。顾卿紫蒙羞般地转头却被吓了一跳，褚希澈就这样不动声色地站在了她的身后。

"怎么不进去？"他问。

这个声音像是胸腔里发出来的，顾卿紫离褚希澈太近，不一会儿就觉得难为情。只好硬着头皮说："国际政治课老师在拖堂。"

褚希澈垂目看她，怎么顾卿紫好像越来越漂亮了。忍住内心感到满足后嘴角上扬的笑意，褚希澈轻轻抓住了她的手腕，对她说："陪我买瓶饮料。"

"哦。"果然类似于"你自己不会去买啊"又或者"我干吗要陪你去买啊"的拒绝的话对褚希澈来说简直是没办法说出口的。

教学楼大楼外的走廊上放着一架自动贩售饮料的机器，褚希澈顺手投了几块钱的硬币，然后里面就滚出了两罐热饮。他蹲下去拿了出来，打开一罐递给了顾卿紫。

"谢谢。"顾卿紫手捂着热饮腼腆地说。忽然之间想起她第一次见到褚希澈的情景。有点羞愧，但更多的是好笑。

褚希澈自己也打开喝了起来，他喝的是咖啡。几口下肚之后，褚希澈觉得自己恢复了精神，昨晚通宵写论文实在也是要了命。但其实没有任何事情比得上他在教室门口看见顾卿紫要来得振奋人心了。

第十六章　回归日常

"以后少喝点酒。"褚希澈冷不丁地说了这么一句。

顾卿紫一愣，急忙摆手解释说："不是，我不经常喝酒。那天老板娘故意又送了一瓶给我们，我就只是随便喝了几杯，真的。"

看着努力说明的顾卿紫，褚希澈内心的满足感再一次膨胀了。他笑着抬手摸了摸她的头，实际上他倒还是忍住了更加冲动的行为，毕竟这是在教学楼。

"啧啧，你们两个能不能不要当众秀恩爱？"陈博的声音就像是一道闪电，劈得顾卿紫外焦里嫩的。

"我那个什么，我先进教室。"顾卿紫撂下一句话后就慌忙逃走。

褚希澈见顾卿紫走了，两三口喝完咖啡就把空罐子扔进了垃圾桶，大长腿一迈开就准备追上顾卿紫。

陈博赶忙上前同他并肩走着，忍不住问道："你和卿紫没事了吗？话说，你到底和她表白了没有？"

"表白？"果不其然，在听到这个词之后，褚大少爷的脑内显然少了对于"表白"这个词的深刻理解。他停住脚步，想着他都那么强烈地表白过了，难道不算数？

陈博见他犹豫的样子，摆摆手说："我明白你的意思了。你每次都以为你已经表白得足够清楚了，但是希澈，女人心海底针。你就算是吻了她，她也不会肯定你在表达的是喜欢的意思，她会以为你只是在调戏。"

一语中的。褚希澈微怔，然后淡然道："你最近在看什么书？"

"什么《爱情三十六计》《女人到底要什么》之类的。我跟你说，看完这些，你都可以当心理咨询师了。"陈博完全沉醉于自己最新的研究中。

对此，褚希澈只有省略号可以给他。但是，心里却想着，看样子还真的要去借几本心理学的书看看呢。

课堂上，逻辑课的任课老师同顾卿紫有过几次目光接触，眼神里有着隐约的好久不见的感觉。顾卿紫急忙低头假装认真做着笔记，其间看见老师发下来的算是期中试卷的东西，望着自己的试卷，她疑窦丛生。

这么苍劲有力的字体根本不是她能写得出来的好吗？她的字虽然也算得上漂亮，但女性的字体大体是清秀的，不像她试卷上的字体，男人味十足啊。

"呃，谢谢。"不假思索的顾卿紫对着旁边的褚希澈道了声谢，然后想着这份试卷干脆裱起来好了，没准以后能卖个大价钱。

褚希澈单手托住脸颊，目不转睛地看着她问："请我吃饭。"

"啊？"她耳朵没问题吧？褚希澈一秒钟变无赖是怎么回事？顾卿紫囊中羞涩道，"你也知道，我还欠你医药费呢。这饭还是等到我飞黄腾达了再说吧。"

"医药费不是抵消掉了吗？"褚希澈依旧保持那个姿势，嘴角略微带着笑意。看起来那个魅力无边啊。

顾卿紫不敢看他，只是纳闷，"怎么就抵消掉了呢？"

"哦，这个啊。"说话间，褚希澈伸出手抬起了她的下巴然后大拇指轻轻地在她下唇瓣摩挲了一下。

顿时，顾卿紫的天灵盖都快打开了！她震惊到拍案而起，喘着气不可思议地盯着褚希澈。他脑袋是坏掉了吧？一定是坏掉了！

"这位同学，有什么问题吗？"对于制造了这么大动静的举动，任课老师很是淡定。

顾卿紫一下子没晃过神来，周围的陈博他们几乎都被她的举动给吓了一跳，褚希澈倒是不紧不慢地，更甚至置顾卿紫于不顾。因为对于那个吻，褚希澈一直觉得相当美好。

"我，我就是觉得老师你说得太好了！"顾卿紫脑子一定是抽风了，

第十六章 回归日常

当即就鼓起了海豹式的掌。

陈博到底是聪明人,脑筋转得那叫一个快啊。也学起她,拼命地鼓掌,还示意夏辰佑他们也赶紧地表示起来。不知不觉,整个教室的人都莫名其妙地向老师鼓掌了。

"都是好学生,有觉悟。"老师笑意盈盈,半晌后说,"你们那一组下课后留一下。"

"……"顾卿紫和陈博面面相觑,哑然失笑。什么叫作马屁拍在了马腿上,这个就是了。

那一排坐着的人各怀心思。墨柳儿和夏辰佑不曾交流过半句话,尽管他们依旧坐在相邻的位置。大概是那场冲突来得突然,夏辰佑都不知道该从何做起。或许只是习惯了,看见墨柳儿长发垂下遮住了视线,他就会情不自禁地伸手为她将头发别到耳后。

下课后,许是老师健忘,居然忘了要把顾卿紫他们留下来的事情,直接下课铃声一响,布置了一下课后作业就走出了教师。

当然,也可以理解为这是老师的善良。

"等一下。"眼看得以保全自身的顾卿紫又想逃,褚希澈这次倒是很警觉地一把抓住了她,单手拿起桌上放置的书本。"一起。"

顾卿紫觉得很是别扭,因为墨柳儿也在。她自然是无法揣测墨柳儿在吻了褚希澈那晚之后的心情,但是她看得出墨柳儿和夏辰佑之间发生了什么事情。

"不一起了吧,我还要回宿舍整理资料呢。"顾卿紫有些退缩,事情发展到现在,她都不知道该说些什么。换作以前那个敢作敢当的顾卿紫,估计早把褚希澈打残了,敢这么折磨她。当然,还包括那个墨柳儿。

可惜,好汉不提当年勇。

陈博倒好,走到顾卿紫旁边,大手一推,直接把顾卿紫送到了褚希澈怀里。还笑得别样灿烂说:"千万别谢我,好人从来不留名。"

"你就不是人!"在陈博潇洒转身之后,顾卿紫给了他最后一击,但是好像没有什么杀伤力。

"我也先走了。"墨柳儿沉默了半晌后,轻声道。没有做片刻的停留,只是似乎在门口那里站了一会儿。想来是因为看见了比陈博还早走了一步的夏辰佑吧。

这边,因为顾卿紫那会儿突然被陈博推了过来,出于本能,褚希澈抱住了她。然后褚希澈又本能地打起了算盘,想着什么时候可以这样名正言顺地抱着。

嘀,怎么感觉自己越发地猥琐了起来?

等到人去楼空之后,顾卿紫才调整了姿势从褚希澈怀里挣脱,拉一把从肩膀滑落的毛线外套。脸颊微红,撩了下头发问道:"可以走了吗?"

"当然。"褚希澈笑着回答。

唉,这情势看起来越来越不对劲了。顾卿紫想着,可嘴角带着笑。明明这个褚希澈已经离自己十万八千里远了,可忽然之间好像又没有了距离。仔细想想,那晚和墨柳儿发生的事情会不会真的是个误会?

两个人走在教学楼之间的道路上,很久没有这样心平气和地一起走路了。顾卿紫想说点什么,又舍不得破坏了这样的气氛。

"以后选修课还是来上吧。"纠结了半天,还是褚希澈开口了。意外的是,他今天戴了围巾,那条给顾卿紫戴过的妈妈牌爱心围巾。

说起这个顾卿紫倒是惭愧了,她没来的那几堂课估计也把他们害得够呛吧。于是,她小心翼翼地踢着地上的小石子,略带内疚地说:"我不在的时候,老师有没有点名?"

"有。"褚希澈走在她的身侧,顺手拉了一把将她固定在自己的旁边,但是抓着她手腕的手却没有再松开。

此刻对于点名这事紧张到胜过褚希澈和她的接触的顾卿紫着急地问："然后呢?"

"然后，"褚希澈看了下时间，笑道，"不如我们边吃午饭边聊?"

"……"

突然之间，拒之于千里之外的生活又重新绕回到了自己身边。顾卿紫明白自己心里是欢喜的，对于未来有太多的不可抗力，她或许也不能一一化解。但是，就像今天这样，能正常地接触，正常地说话就足够了。

第十七章　关于告白

　　针对顾卿紫和褚希澈两个人关系时好时坏,寝室几个人趁当事人顾卿紫去图书馆借书的机会在宿舍里开始操心了起来。

　　"我跟你们说,问题不在于他们两个现在到底是什么关系。问题在于顾卿紫的脑子根本不太好使,关键时刻总是能掉链子。"小夕咬了一口苹果,俨然一副爱情顾问模样,头头是道地分析了起来。"你看看,那晚墨柳儿强吻了褚希澈,换作我早就一巴掌扇过去了,不带半点犹豫,不做任何的挣扎。"

　　"请问你一巴掌扇过去扇谁?"蜜儿刚涂了指甲油,正轻轻地吹气希望指甲油能早点干。她瞟了眼小夕,不屑地问了这么一句。

　　这个问题可算是难倒小夕了,她明显愣住了。那个情况下,好像扇谁都不太好吧?首先,褚希澈是果断扇不得的,鬼知道他还手了自己会怎么死?再者如果扇了墨柳儿,没准第二天就被她的男朋友对折成两半扔在操场上了……

　　"我选择扇自己。"最后,小夕投降。

　　对此慧慧更加嗤之以鼻,撇撇嘴道:"就是你这个德行才把我们的卿紫女侠给带成了柔软的女子。不过我也奇怪啊,这个顾卿紫学过空手道,怎么好像从来没听说过她加入了什么社团啊。她到底什么时候学的空手道?"

小夕抓了抓自己乱糟糟的头发,回忆道:"听她自己说很小的时候就学了,直到高中那会发生了什么事才终止了。具体什么原因我也不知道,卿紫好像对这个也蛮忌讳的。"

这会儿,蜜儿伸开双手,鲜艳的红色把指甲点缀得异常妖冶。她起身,拉开落地窗的窗帘,站在玻璃门前,单手叉腰说:"我们的目的在于怎么快准狠地让他们之间的关系升华。褚希澈费尽心思要表白,第一次已经成了炮灰,第二次又被墨柳儿给搞砸了,至于第三次在医院直接亲了上去……估计成效也不大。不是褚希澈没有能耐,而是我们的顾卿紫实在是朽木不可雕。所以作为顾卿紫的应援团队,我觉得我们应化腐朽为神奇。"

这时候,正午的太阳光线正好落在了阳台上,透过玻璃折射在蜜儿身上,简直就是维也纳啊。再加上顶皇冠,真的是要给她跪下了。

于是,三个人凑在一起这样、那样耳语了很久。

坐在图书馆看书的顾卿紫毫无征兆地打了个喷嚏,安静的阅览室里顿时有了很大的响声。让顾卿紫难为情地埋下了头,肯定是有人在骂她。

没一会儿,放在口袋里的手机就振动了起来。她拿出来一看,是褚希澈的短信。她心里还纳闷呢,说好的拉黑呢?这手机难道有自动解除黑名单的功能?

"在哪儿呢?"简洁明了,是他的风格。

顾卿紫回复立马摁下了"图书馆"三个字,但是想了想又删掉了。就这么告诉他自己在图书馆会不会让他觉得她好像非常乐意告诉他关于她的所在地?

正当顾卿紫纠结的时候，褚希澈的短信再一次地进来了。他说："一起。"看到这条短信的顾卿紫还眯着眼睛想了一会儿，什么意思呢这是？结果，一双大手就这样撑在了她对面位置的桌面上，指骨分明，修长好看。

"呃？"顾卿紫只发出了这样一种声音，当然她也没办法同时发出各种声音。等待褚希澈坐下之后，她才讪笑着问，"什么风把你给吹来了？"

褚希澈两手空空，看起来也并不像是来图书馆看书的。这阵势似乎是专门来看她的，只听他说："东南西北风。"

这冷笑话说的。顾卿紫尴尬地笑笑，忽然间又想起自己当初和褚希澈在图书馆的不期而遇，那个时候的褚希澈简直不苟言笑，拒人于千里之外。现在，居然还会对她说冷笑话了。

褚希澈十指交叉放在胸前，用像是研究什么古物一般的认真程度注视着顾卿紫。他缓缓地说道："你看的书里面有教怎么谈恋爱吗？"

"我看的是外国小说，西方人谈恋爱的方式我还真的是……"等等，褚希澈问的是什么问题来着？顾卿紫有些目瞪口呆地看向对面淡定的提问者。

褚希澈仍旧面不改色，眼眸澄澈却略带着犀利的意味，他启唇，"西方人怎么谈恋爱？"

这家伙是吃错药了吗？顾卿紫面对着这个短短时间内出现了过高频率的"谈恋爱"三个字有点不知道该怎么面对。偷偷瞄了下他，发现他的目光始终在自己身上，并且带着那种形容不出来的感觉看着她。

"这个，西方人嘛比较直接，有喜欢的对象直接告白、牵手、拥抱、接吻然后就结婚了。"顾卿紫也豁出去了，反正她看到的肤浅的解释来说就是这样子的。"总结起来，就是这样的高效率。"

听罢，褚希澈反倒流露出了一副"哦，原来如此"的表情，这更加

第十七章 关于告白

让顾卿紫摸不着头脑了。这什么情况啊到底?

"这么说来,其实我也就差了最后一个步骤。"

"啊?"

褚希澈低笑,伸手合上了她的书,一本正经地问了一句:"我说我对你好像只剩下最后一个步骤没有进行了,在你所理解的西方式谈恋爱的节奏里。"

脑袋里忽然地"嗡"了一声,顾卿紫顿时脸颊绯红,这个大冬天的皮肤都要烧起来了好吗?她的小心脏突突地跳着,怎么也掩饰不了对于褚希澈说的话感受到的惊慌与莫名其妙的暗爽。

"你哪有?"后来不知怎的,顾卿紫鼓起了勇气,假装很是义正词严地否定道。

褚希澈隐隐蹙眉,反问道:"漏了哪一个环节?"

算了,一不做二不休。反正这事是他先挑起来的,跟她完全没有关系!顾卿紫坚定地说:"告白啊,你简直就是漏了最重要的一个环节。"

啨。褚希澈都差点想叫上帝了。不过,他自认为告白过的片段在顾卿紫眼里根本就不等同于告白,有些受挫,不过他也认了。

"那我现在给你时间考虑。"停顿了一下,他说。

"考虑什么?"

"考虑'我喜欢你'以及'你愿不愿做我女朋友'之类的事情。"

"……"顾卿紫再次脑袋一片空白。只因为褚希澈将以前的告白词"我想照顾你"换成了"我喜欢你"。

当然还有"女朋友"这三个掷地有声的字。

"一部电影的考虑时间够了吗?"褚希澈不知道为什么开始从面瘫转成了面带邪恶笑意的腹黑男人,他似乎在心里笃定了她会作的决定。

顾卿紫弱弱地竖起了食指,用商量的口吻说:"一个星期。"

"太久。"

"三天？"

"不行。"

"一，一天半？"

"一首歌的时间。"

"OK，就一部电影的时间考虑，成交了！"权衡之下，顾卿紫最后还是选择了妥协。没办法，到底是褚希澈，她其实从一开始就没有招架住他对自己做的一切事情。所以，才会陷入一种自我纠结与自我折磨的深渊中。

可是她好像从深渊里出来了，就是他救了她，或者说是那个吻。

褚希澈看着顾卿紫红着脸无处可躲的样子甚是喜欢，继而发现她的头发好像又长了一些，比他记忆里的更加明艳动人。

幸好，到底还是遇见了，到底还是被他遇见了。

"以后头发不要再剪了吧。"末了，褚希澈语气淡淡地，眼神里却有着浓烈的情感。

顾卿紫"哦"了一声，有些不放心地确认道："一般男生都会喜欢女孩子头发留到像墨柳儿那么长吗？"

听到墨柳儿这个名字，褚希澈神色一敛，很是认真地纠正道："我不是一般的男生。"

"哦。"真的是自找没趣。

顿了顿后，褚希澈补充道："所以我只喜欢你。"

"……"

今天这表白还真的有点来势汹涌啊，顾卿紫每次听到"喜欢"这个词都能起一身的鸡皮疙瘩。不是说没被感动，而是总觉得这样的话不应该从他嘴里说出来啊。

第十七章 关于告白

"考虑好了吗？"

"说好的一部电影的时间！"

"我是想问，你考虑好要吃什么点心了吗？"褚希澈忍住笑，"你的肚子又开始叫了。"

"……"顾卿紫扶额，现在要是说不想做他女朋友，估计是见不到明天的太阳了吧？怎么办，感觉现在这个笑的次数比较多的人和面瘫褚希澈完全没有关系了。

但是对于褚希澈而言，这无非是近几日最开心的一天了。

这阴冷的冬日，即便是有太阳，也让人走一步就想停下来抖三抖，这不，这样的大冷天，陈博居然赶时髦只穿了两件衣服，冻得他的鼻涕都快流出来了。本来好好地窝在宿舍里研究棋谱的，一个电话就被叫出了宿舍。

这个世上有这么大能耐让他动身的也就褚希澈了。电话里听起来那家伙好像非常开心，估计是和顾卿紫表白成功了，否则陈博也想不出能有什么事情让褚希澈可以说话都时不时地带着笑声。

"嗯，嗯，我知道了。放心吧，这事交给慧慧，她绝对是骗人的高手。"迎面走来一个肆无忌惮打着电话根本不看路的姑娘。

正巧，陈博也没有在她的视线范围内。于是，姑娘想走那边，陈博就刚好让路到那边，姑娘再次选择方向，陈博又刚好堵住了她的去路。这下子，姑娘不干了。

"我说你是不是缺心眼啊？"小夕一抬头就开骂了。

陈博觉得好笑，抬起手直接在她脑门弹了个脑瓜崩，笑问道："你骂人都不睁眼的吗？你们寝室的人是不是都一个样啊？"

随后，小夕愣住了。忙换了一副笑脸，笑呵呵地解释，"我这不是忙着打电话没有注意到嘛。怎么，你有事？要出去？那你请。"说着，赶忙让道一边，还相当绅士地伸出了手。

陈博被她说的话给呛到了，只好干咳几声说："以后走路不要打电话，注意安全。"说完，冲她笑笑后，自管自地往前走了。

留下小夕一个人在原地，手机那头的人还在继续说着话。不管三七二十一，小夕有些受宠若惊地对着电话那头的蜜儿说："我刚刚碰见褚希澈的好哥们儿陈博了，就是那个围棋高手，我怎么才发现他好像长得也蛮帅的。而且刚刚我好像被他关心了。"

同样走在大街上的蜜儿立马不留情地抨击道："能不能先把顾卿紫的事情解决了再来接着解决你的事情？不要因为男人随便的几句关心的话就觉得自己被温暖了，他没准对全世界的姑娘都这样。"

"可我感觉他不是。"小夕不知道为什么，突然一下子有些走火入魔了。

紧接着，她就听见蜜儿掐断电话留下的嘟嘟声。

喜欢就是如此，看起来特别的简单，没有道理可言。有时候或许只是因为对方的一句话、一个动作甚至一个简单的眼神，就轻而易举地被俘虏了。

但，被征服了也不是什么坏事。

至少，你觉得不是坏事就够了。

第十七章 关于告白

第十八章 已是情侣

借着吃点心的时间，顾卿紫和褚希澈有了第一次约会。虽然彼此感觉模模糊糊的，但是意外的非常享受。更甚至顾卿紫竟然会像只小鸟一样乖乖地走在褚希澈的身侧，安安静静的不怎么说话，偶尔走神也只是因为此刻陪在她左右的人是褚希澈。

肤浅的承认，她垂涎他的美色。同样，她也希望，如果可以的话，褚希澈也能垂涎下她的美色。

下午的时光，伴随着柔和的太阳光线，显得异常地妙不可言。顾卿紫穿着一件宽松的白色毛线衣，搭配着蓝色的牛仔裤，脚上那双雪地靴还是前不久下第一场雪的时候蜜儿帮她买的。现在头发已经长到齐肩膀了，戴着围脖的时候感觉发梢戳到了脂子，痒痒的。

"书店，要去逛逛吗？"街的对面是大学城里最大的一家书店了，褚希澈拉着身旁的顾卿紫，没有让她先向前一步。

顾卿紫点点头说："要去的。"

得到同意后，褚希澈才牵着她的手等到绿灯后才一步一步地朝对面走去。平生第一次被男生光明正大地牵手，顾卿紫觉得这个世界变得不一样了。

男生宽厚的手掌给了不少的温暖还有安全感,这么说来简直可以叫家里的爸爸放心了。顾卿紫在心底笑,眼睛却始终离不开褚希澈牵着自己的手。好像一不小心就能和他走到天荒地老。

"想什么?"褚希澈轻声地问。

顾卿紫一愣,抬头同他对视,原来他也有一直在看自己。不知怎的,很想告诉他自己的想法,那是关于爱与誓言的。她说:"在想未来。"

被握着的手感觉到了一股力量,褚希澈紧张了一下。听到她说的话与其说是紧张,不如说是激动。那个未来里,应该有他吧,就在现在。于是,他粲然一笑道:"谢谢。"

那一笑像是认可了什么,默认了什么,让顾卿紫心动不已。但是她却骄傲地说:"谢什么?我又没说什么。"

你同我说的每一句话,我都充满感激。因为,能这样和你在一起并且说话,已经是上天给我的恩赐了。褚希澈想,这些话留着以后再告诉她吧,此刻他想做的也不过是牵着她的手一心一意地漫步在这青春洋溢的世界中。

进了书店,顾卿紫很自然地朝自己感兴趣的专区走了过去。似乎看见书就忘了身边的褚希澈,连招呼都没有打一声地就走开了。褚希澈见状也只是轻轻一笑,这么物质的世界里,顾卿紫还追求着精神食粮,也实在是难能可贵吧。

他不紧不慢地来到柜台,询问了一些事情,办妥后才走到畅销书的专区,拿起一本名为《Older》的书翻阅了起来。

两个人在一起不光要有共同的语言,还应该能有可以分享的精神世界。但这个世界应该是独立存在的,它不存在分歧,不存在强制干涉。这就像是和平的净地,让互相吸引的两个人除了彼此之外还有可以成长的空间。

"讲什么的?"这时候,看着专心致志的褚希澈,那边流连忘返于各个书架的顾卿紫便暂时先走过来,探出头好奇地问。

褚希澈把书放到了顾卿紫的眼前,给她看了下书名,然后解释说:"关于年老、死亡和生存。"继而,他的眼睛被顾卿紫手里的书给吸引了。

褚希澈感到意外,便瞧了眼隔壁书架边聚拢着看各种言情小说的女生和挑着玄幻小说的男生,再收回视线看着自己身边这位挑了本弗洛伊德大师著的《梦的解析》的顾卿紫,有种描述不清的喜欢再次泛滥起来。

"顾卿紫。"末了,他低声唤了她的名字。

顾卿紫没有把视线从他的递过来的书中抽离出来,只是随便应了一声。却忽然感觉到褚希澈倾身过来,等她反应过来的时候,他的吻已经轻轻落在了她的额头上。

"谢谢你。"褚希澈轻声说着。

魂还没有回来的顾卿紫抬手捂着自己的额头,诧异到说话都结巴了。"什,什么?"

"谢谢你能让我这么喜欢你。"

心脏那里感觉被丘比特射了好几箭了,再折腾下去,小心脏要受不了了!顾卿紫转而捂住了胸口,那里不得安宁。

"不,不用表白这么多次的。"最后,顾卿紫难为情起来。在空无一人的阅览室里表白也就算了,公共场合这么高调地简直是要羞死人嘛!

褚希澈抬手摸摸她的头说:"怕你忘了。"

"……"怎么办,现在好想扑上去亲他一口的蠢蠢欲动的念头是怎么回事?顾卿紫咬着唇,告诫自己要矜持,一定要矜持!

"你要不要……"

"不要!"顾卿紫忽然反应很大地红着脸低声拒绝,管他要说什么呢,万一他说要不要亲他一口，那要她怎么办?!

褚希澈怔了怔，按住她的头宠溺地说:"我是问你还要不要再看看，如果还要继续看的话，这里还有二楼，我可以陪你上去。"

呃……顾卿紫尴尬地笑着，脸上是掩饰不了的紧张和懊恼。他可是褚希澈啊，要是都能被她猜中了心思，这个世界就乱了啊。唉，真的是好丢脸。

等到结账的时候，店员直接递给顾卿紫一张 VIP 卡，称这是褚希澈刚刚办理的。对此，顾卿紫心怀感激。也学他，省去了很多话，只道了声"谢谢"。

走出书店的时候，褚希澈依旧牵着她的手，比起第一次试图牵起她的手时的紧张感与纠结感，现在坦然很多了。顾卿紫除了是他的，不能是别人的了。他想，这样的事情不值得考虑再三，认定的人就一定要在离她最近的地方保护着。

"那会儿在书店的时候，你'不要'什么?"都快走到学校后门了，褚希澈突然又扔出这么个问题。吓得顾卿紫把喝进嘴巴里的奶茶都给呛了出来，褚希澈急忙拿出餐巾纸递给她，有些恍然大悟，轻笑道，"看来你'不要'的东西是我期待的啊。"

当时，顾卿紫的脑子里什么都没有，只有一个大大的感叹号!

"呵，这个期不期待我还真的说不准呢。"走进校园里，顾卿紫尴尬地笑道。随后很及时地接到了慧慧的电话，她看了眼褚希澈才接了起来。

"在哪儿呢，姐妹?"慧慧大大咧咧的样子从来不曾改变过，即使交了个学霸级别还各项都非常出色的男朋友。

"现在已经走到操场了。"顾卿紫如实汇报。

这下子慧慧来劲了，抓住不放问:"如果和褚希澈一起的话就赶紧来教学楼 C 楼三楼的多媒体教室，今天学校电影院的负责人是我。我请你

第十八章 已是情人

们小两口看一场免费的电影。"

咳咳，小两口什么的也说得太肉麻了吧？顾卿紫小心地瞥了眼褚希澈，居然见他冲着自己竖了个OK的手势。意思是他都听见并且同意了？！

"真的免费吗？你以前给我买个早饭都要跑腿费，我简直不敢相信这是真的。"顾卿紫也毫不客气地戳破了慧慧"虚伪"的嘴脸。

"顾卿紫，做人要凭良心！我什么时候收过跑腿费？我不就是多吃了几口你的饭吗？还有吃光了你桌子上放的柚子，偶尔拿几袋咖啡泡泡，我基本上就这样两袖清风了。"

"……你居然背着我干了这么多事情。"顾卿紫艰难地扯动了下嘴角。

"呃，那个啥，赶紧过来啊，给你们的专场，我保证免费！"说时迟那时快，慧慧麻利地挂掉了电话。

顾卿紫当时就有点凌乱了，这个贪吃鬼居然敢吃了她最爱吃的柚子！回去一定要严刑拷问，要让她洗一个月的臭袜子，然后补光所有的破袜子！

"去看电影之前，需要去超市买点零食吗？"褚希澈提议道。

顾卿紫再次点头，"那再好不过了。"

其间，当顾卿紫掏出钱包想要付钱的时候，被褚希澈用右手按住了。他说："以后遇到这样的情况都应该交给你的男朋友来做。"

男、朋、友。

那一瞬间，顾卿紫的脑子再次炸了。但是当时的情况却不止她一个人炸了，排队结账的其他同学也炸了有没有？纷纷伸长脖子打量着顾卿紫，这个学校基本上没有人不认识褚希澈，但是学校基本上没什么人认识顾卿紫。

这下好，三下五除二就成了众矢之的了。

但是，只有褚希澈一个人乐在其中。本来早就该如此，兜兜转转至今浪费的时间也确实够多了。只是希望意外不会再出现，顾卿紫仍旧是快乐的顾卿紫。

就像是他知道她的秘密，他希望能把那个秘密化成不悲痛的回忆。

"说，说好的一部电影的时间呢？"在通往教学楼 C 楼的路上，顾卿紫含糊不清地埋怨道，"男朋友……"

"嗯，叫我？"褚希澈心情大好，浅笑道。

"没有！"顾卿紫忽而别扭了，主要是太害羞了啊。哪有半路上就变成情侣的啊，前半段路还不是呢，后半段路就确定身份了啊。那还要看电影干什么，都回宿舍洗洗睡了好吗？

之后褚希澈笑而不语，一路上看着顾卿紫的各种纠结不好意思，内心得到了大大的满足。曾经以为的被讨厌，看来也是多虑了。不过，向来不愿多想的他，却总是为了顾卿紫成了那个最会胡思乱想的人。

为了一个喜欢的人，就算是坐立不安，就算是患得患失，只要她的一句话，所有的烦恼都像是不曾来过，终以温柔相待。

折腾了许久总算是到了多媒体教室，两个人在慧慧的带领下挑了个靠后略显黑暗的位置坐下。刚一坐下，顾卿紫就相当不安地对褚希澈说："要不我们别看了吧？慧慧这个人你不了解，无事献殷勤，非奸即盗。我有不好的预感。"

"那我倒还真有点好奇了。"褚希澈笑笑安抚她说，"有我呢。"

今天的校电影播放室居然座无虚席，2 块钱一张门票也是赚得妥妥的。周围坐的好多同学呢，不过这黑乎乎的也不知道是前辈呢还是晚辈。

"那个好像是褚学长。"

"不会吧，他怎么也会来看电影？旁边好像有个女的。"

"你看错了吧，我觉得像是男的。"

尽管黑，还是有人一眼就认出了光芒四射的褚希澈。如果不是因为褚希澈身边没有多余的空位置，想来那些倾慕于他的小姑娘们一定果断地换位置了。

回头想想，如果顾卿紫听见了她们的对话，估计现在已经揪着人家小姑娘的领口，用黑道大姐大的口吻逼迫人家"你再说一遍"。但是，幸好。

"嘿嘿，你们就安生地把两部电影看完，我跟你说最后的彩蛋可了不得。"慧慧上去播放影片之前如此和他们两个交代道。

因为慧慧穿着黑色的呢子衣，天气冷她还在室内扣上了帽子，黑漆漆的顾卿紫完全看不见她脸上的表情，于是就听她的话点了点头。

"我姐妹就交给你了，你要把持住啊！"最后，慧慧郑重其事地对褚希澈叮嘱道。还故意强调了"把持住"这三个字。

于是，等到慧慧上去确认播放无误之后，笑着便躲到了一边。顾卿紫和其他人一样调整好了坐姿，迎接着这伟大电影播放的时刻。目光锁定大屏幕的时候，惊喜的事情发生了，慧慧刻意取消了之前定好的两部电影的内容，大胆选择播放了享誉世界的恐怖片——《贞子》。

"林慧，我要杀了你！"这是顾卿紫观看完整部电影后唯一能说完整的话。当时整个人的身体就差点没缩到了桌子底下。还好旁边作为人肉垫子的褚希澈一直忍辱负重地任她撕扯，任她敲打。

不过还好有收获，通过这部电影，褚希澈加深了对顾卿紫的了解。那就是，顾卿紫在兴奋或是紧张的时候，喜欢不停地打人，而且力道几乎出了九层。不至于将人打成二级残废，起码一个星期被打的地方是不会好了。

但正是因为这部电影，褚希澈趁着最恐怖的镜头出现时凑在了顾卿紫耳边说了一句，"我喜欢你，顾卿紫。"

明显感觉到顾卿紫身子僵硬了一下后,听见她"嗯"了一声,而后看了眼屏幕,吓得突然大喊道:"啊啊啊,我也超级喜欢你的!"

终于,褚希澈得偿所愿。

第十八章 已是情人

第十九章 众人皆知

一大早,当寝室里的人收到来自褚希澈的爱心早餐之后,顾卿紫觉得这事太没有实感了。尤其是,她被叫作"褚希澈的女朋友"的时候。

"这褚希澈简直就是全世界男朋友的楷模啊。"小夕吃之前先大大表扬了他一番,而后鄙视地望着已经大快朵颐的慧慧和蜜儿说,"我说你们两个是不是应该让你们的男朋友反省一下?这找到女朋友了不等于就功德圆满了,还得把女朋友身边最好的闺密给喂饱了。"

蜜儿喝着最爱的紫薯粥,完全不介意小夕的抱怨,反而提醒道:"我男朋友当初为了追我,可是没少给你好处。你这个动漫社的社长不就是我男朋友给你推荐上去的吗?你现在可还坐在那个位置上呢,别睁眼说瞎话啊。"

不说这个动漫社社长还好,一说就来气。结果小夕干脆先不吃了,搬过椅子理论了起来。"当个名不副实的社长我笑都笑不出来好吗?那些学弟学妹们简直就是动漫界的大神啊,一个个漫画画得妙手回春啊。我一个只会看动漫的社长还不如死了。而且,每次有活动,他们都是果断把我撇下的,就比如上一次的动漫节,他们……"

这边一大早就吃着炸酱米线的慧慧咂吧着嘴，特别不淑女地打断小夕说，"你就够了吧。你说你一个社长连张宣传海报都不会设计，尽让学弟学妹们操心了。他们不叫上你完全是正确的选择，你简直是他们动漫社的拖油瓶。"

"那是我的动漫社好吗?!"小夕站起身义正词严道。

终于，那边望着丰盛的早餐，迟迟不肯下筷子的顾卿紫有些难以置信，她坐在椅子上的身子缓缓地移动，后向吵得不可开交的三个人咬咬唇说："你们谁能再告诉我一声，这些东西是谁送的?"

"跟你说了一百遍了，是褚希澈送的啊!"小夕这会儿可没有那个耐心来陪着顾卿紫抽风，直接怒吼了回去。

顾卿紫略微害羞地摆弄着手指头，低低地笑道："不是，我就是想确认一下。嘿嘿。"

到底是蜜儿心细如针啊，撇开小夕不说，直接对着顾卿紫说了句，"是的，没错，就是你男朋友褚希澈送的。赶紧吃了吧，否则他的爱情要凉了。"

"男朋友……哈哈哈，好害羞。"听到想要的答案，顾卿紫捂脸跺脚害羞地低吟。

一边那三个姐妹站在一起，不要说是心情，就连画风都和顾卿紫不一样了好吗？那边是纯爱镜头下羞红脸的少女，这边是港风不良女学生忌妒时散发的阴郁气息。一比较，果然比较好区分，恋爱中的女人是神经病。

"所以这么说来，寝室里我是落单了是吗?"最后，小夕才恍然大悟。

于是，蜜儿、慧慧立马选择了阵营站在了顾卿紫那边，趾高气扬地望着她说："再不找男朋友请你搬离我们这个宿舍，你已经没办法融入我们，并且和我们有严重代沟了!"

如此的嫌弃让小夕顿时肝肠寸断，她哭丧着脸求助于顾卿紫，"你觉得我和那个陈博有可能吗？"

"唉，谁？"顾卿紫愣住了，瞪着大眼睛，糊里糊涂的，因为她现在满脑子都是褚希澈，除了褚希澈还是褚希澈，其他人一律被屏蔽了。

这下子连蜜儿也看不下去了，伸出食指无语地戳戳她的脑袋，"就是褚希澈的好哥们儿，那个围棋高手。平常不是和你关系也挺好的嘛。"

"哦——你说陈博呀！"顾卿紫总算有了点反应。

"啧啧，一说褚希澈啥都明白了。"慧慧吃完了最后一口米线，把外带的盒子扔到了垃圾桶里，顺便去洗手间漱了下口。再出来时，又补充了一句，"万一，我是说万一褚希澈不要你了，你会不会去死？"

"你现在就给我去死！"这种关键时刻，顾卿紫很好地转换了"朋友"和"女朋友"之间的角色。骂起人来毫不含糊，气势恢宏，底气十足，堪称典范。

慧慧反正吃饱喝足了，心满意足地拿起桌子上的书本，一溜烟地跑到门口，对着她们挥挥手说："我可能会晚点回来，想吃什么夜宵记得打我电话。"说完，以光速消失在了她们面前。

"她不是才去上第一堂课吗？怎么晚上的时间都安排好了。"小夕纳闷，后又觉得操这份心干什么。回归正题道，"说真的，陈博有女朋友了吗？"

顾卿紫这边自己才刚刚落实，小夕的问题倒是也让她担心了起来。"这个我还真的不太清楚。怎么，你看上人家陈博了？"

寝室里现在就只剩下她们三个，小夕也觉得没什么不能说出口的。倒不是说喜不喜欢的，只是就在那个瞬间她觉得陈博的体贴让她有些心动。而这样细微的心动在她脑海里反复出现了 N 遍之后，小夕觉得如果这都不叫喜欢，那她还真的中了邪了。

于是，她郑重地点点头。

顾卿紫刚想说些什么，褚希澈的电话就进来了。她看到他的来电才猛然间从美好的状态中苏醒过来，等会儿还有逻辑课呢。"小夕，你放心，我帮你去探探口风，到时候发短信给你。不过，要是……"

"没事，我小夕不是那种拿得起放不下的人。"对此，小夕很是大方地应诺道。

"那就好。"顾卿紫这才放心地接起电话，对褚希澈说第一个字的时候，脸上真的是笑开了一朵花啊。

蜜儿很是理解地露出一个笑脸，随后终于拉开窗帘，又是一个好天气。伸了伸懒腰之后对小夕说："就我们两个早上没课，去理工大学的后花园逛逛怎么样？"

"嗯。"不知道为什么，小夕心里隐隐有了期待。或许，那本该就不存在的期待不是她能奢望的，可是有些时候心不由己，在意了还能怎么办呢。

比以往更闹腾的教室今天好像弥漫着一些浪漫的气息，当褚希澈和顾卿紫挨着走进去的时候。尽管也有很多人不清楚他们已经开始了，但是有些事还是旁观者清不是吗？

掠过一双双诧异惊羡的目光之后，顾卿紫忐忑地和褚希澈坐在了平常小组会坐的那一排座位上。鬼知道当时手上空荡荡的她看见那些异样神情的时候有多么地紧张，这紧张还来源于自己的书都被褚希澈拿着。

顾卿紫撩了下耳边的头发之后，赶忙把书从褚希澈那边夺了过来，埋头拼命不去理会那些闲言碎语以及不怀好意的八卦目光。

"自然一点。"褚希澈掩住笑，靠在她耳边轻声说，"你这样人家会以为是我胁迫了你非要做我女朋友的。虽然从某种意义上来说，也确实是这么回事。"

第十九章 众人皆知

"你不要说话。"女孩子就是容易脸红,平常看那些纯爱的动漫还一个劲地嘲笑人家女主角什么脸皮啊,动不动就脸颊晕红的。但事实上,这脸红的频率还真的不是自己能控制的。一和褚希澈有关的事,脸就会开启非常红的模式,根本停不下来。

被无辜噤了声的褚希澈倒是神态自若,因为他巴不得全世界的人都知道了。只是被学校里一部分的人知道而已,这算什么。

"卿紫。"他温柔地唤了下她的名字。

"干吗?"

"书拿反了。"

"……"就说了不要和她说话!再这样下去,手和脚都要分不清楚了。

与此同时,陈博等人也悉数到齐了。自己组里的人倒是没什么特别的表示,对于顾卿紫和褚希澈在一起这事。

几个人正常地坐下之后,陈博发现本该在他旁边的褚希澈居然换成了顾卿紫。这什么节奏,成了女朋友就不担心自己亲昵地称呼她为"卿紫"了?这么放心地安排在这里?

似乎是感应到了陈博的讶异,褚希澈身子往后仰了仰,隔着顾卿紫对他说:"和你说说话,或许她能快一点接受并且适应她是我女朋友的这个身份了。"

"哼,到头来还要利用我。"陈博嗤之以鼻地想着。但是当顾卿紫转过头真的同他聊起来的时候,他又忘乎所以了。说实话,顾卿紫这样的女生谁不喜欢?

上课期间,坐在陈博旁边的夏辰佑递给他一张纸条。陈博先是警觉地望了眼讲课的老师,而后伸出手摁住了纸条慢慢地朝自己这边划过来。

"柳儿给顾卿紫的。"夏辰佑轻声说。其实他和墨柳儿的关系也有些不正常，上次的争吵好像有了后遗症，夏辰佑总觉得墨柳儿有什么心事，却怎么问她也不说。有时候他甚至想发短信问问顾卿紫，不知道她会不会有什么线索。

一听到是墨柳儿给顾卿紫的，陈博又警惕了起来。这个墨柳儿平时和顾卿紫也不来往，这时候传纸条会说些什么。怎么办，好想看！

碍于自己是大男人这样的存在，陈博选择了不看。碰了碰顾卿紫之后，把纸条推到了她的面前。对，他选择在顾卿紫打开看的时候偷看，简直机智。

顾卿紫也和陈博一样，先是瞧了眼老师，确保万事OK之后才把注意力放到纸条上。但是还没来得及打开，就被褚希澈大手一盖，纸条就到了他手里。

"干吗？"顾卿紫低声质问，"还给我。"

褚希澈眼睛看着黑板，嘴里却对她说："下课了再看。"说完这句就没了下文，其实他心里再清楚不过了。这是墨柳儿给她的东西，不管好坏，总之不能再出差错了。

真的是交了个既严格又冷冰冰的男朋友，顾卿紫撇撇嘴，委屈地扭头看向陈博，没头没脑地悄声问道："有女朋友了吗？"

"咳咳——"问题来得太突然，陈博都没有做好心理准备。他咳了几声后，尴尬地看向顾卿紫问，"没有的话，你是不是想做我的女朋友？卿紫，不是我不要你，而是我只有一条命。要了你之后，我可能会死在褚希澈手里。"

顾卿紫额角顿时三条黑线挂下来，她小心翼翼地趴在桌子上，纠正道："不是我要做你女朋友，是其他姑娘要做你女朋友，所以问你有女朋友没，真是的。"

"其他姑娘啊，那我有女朋友了。"陈博笑着回答。他笑得特别地好

第十九章 众人皆知

127

看，那种有别于现在男生痞痞坏坏的笑。他的笑特别干净，好像能治愈人心。

顾卿紫"啊"了一声，有些遗憾。不过这也是没办法的事情，喜欢是两个人的事，那些总说是自己的事情的人真的是太伟大了。独自承受着，又念念不忘。

"不过你女朋友是谁啊，怎么从来没听你说起过？"末了，顾卿紫再次追问。

陈博这会儿可不看老师了，调整了下姿势，瞟了眼褚希澈，看样子好像在替顾卿紫认真地记笔记，于是放心地说道："围棋就是我的女朋友啊。"

"那你晚上是抱着棋盘睡觉的吗？"顾卿紫冷不丁地反问。

结果换来陈博相当狠毒的反击，"卿紫，你太下流了。"

"……"

这时候，褚希澈把笔记推到顾卿紫手边，碰碰她的手背说："友好的聊天到此结束。现在你应该能正常地和我说会话了。"

顾卿紫哑然失笑，"正常"两个字要怎么写？

陈博见此，笑笑后自顾自地看起了书。但是在面对书上那密密麻麻的字之后，脸上的笑意消失不见了。

那个问题应该换成"你有喜欢的人吗"，这样他就可以回答"有啊"。

可惜。

下课铃声响后，顾卿紫因为社团还有些活动就没有和褚希澈一起走，同时好像也忘记了纸条那回事，冲他们挥挥手后就朝着另一个方向跑走了。

陈博和褚希澈站在教学楼下面的一条走廊上，看着来来往往的同学们，忽然间都失去了说话的力量。褚希澈好像只有在顾卿紫面前才会变得柔和,那些如钻石一般坚硬的棱角只有在面对其他人的时候才会彰显得格外分明。

"为什么不给她看?"陈博淡淡地问道。

褚希澈这会儿才拿出纸条,想来是他已经看过了,干脆地递给了陈博说:"墨柳儿好像之前有做了不该做的事,还了什么不该说的话。"

陈博摊开那小纸条,褶皱分明,好像几经挣扎。那上面有几行清秀的字体,写着"卿紫,忘了我之前说过的话吧,希望你们快乐"。

"唉,女人会这么做,无非是觉得她对那个人的爱不亚于其他任何一个女人。"那些心理学的书陈博倒是没白看,不过他苦笑了一下说,"但是我们男人好像就不这样。喜欢,可以放在心里。越喜欢,越藏得住。"

褚希澈皱着眉头回望着他,好似想说什么,但最后归于沉默。

不经意间路过的墨柳儿在看到褚希澈和陈博的背影之后选择躲在了石柱子的一边,其实她本可以大大方方地走过去打声招呼,可是却在听见自己的名字后将自己隐于黑暗。

全天下都在庆贺他们,她也想的,也这么做了。可是,为什么总是事与愿违?她好像真的再怎么做都成了褚希澈眼里的坏女人了。

可是明明最开始的时候,一切根本就不是这个样子的。

第十九章 众人皆知

第二十章 面目全非

大一,刚进校园那会儿,墨柳儿还未褪去青涩的外衣,长长的头发散落在肩上,只是站在校门口,就有好多的学长们围了过来要替她拎行李。

她害羞地笑笑说不用,其实行李箱真的很重。墨柳儿硬是逞强自己拎着行李一步一步费劲地朝图书馆走去,报名注册啥的都被安排在了图书馆一楼大厅。但是广场通往图书馆的路中间还有一段台阶,墨柳儿突然有点后悔了。

墨柳儿咬着牙几乎是走一步歇一下,就当她停下来稍作休息的时候,行李箱在狭窄的台阶上没有放稳,便直直地朝后面翻去。

墨柳儿当时那个表情完全是"来不及了,就这样吧"。但是,事情并没有如她所想那般糟。走在她后面的高个男生只是伸出手就稳稳地抓住了行李箱,然后拎着她的箱子往上走了一步,同她并肩站着。

"谢谢。"墨柳儿承认自己当时看着男生的模样出了神,她以为自己已经过了那种见到帅哥会犯花痴的年纪,可是没想到开学第一天就犯了。

男生淡漠地看了她一眼,好像是明白这姑娘是孤身一人,于是便擅自拎着她的行李箱继续往上走。不得不说，即便是同龄人，男生的力气也是女生望尘莫及的。

墨柳儿见此，只能不好意思地跟在他后面走着。来到图书馆门口，他就把行李放下，没有墨柳儿想象中的任何一个情景发生。他既没有说话，也没有再次看她，好像这些根本就不重要。

"那个……"等到墨柳儿想要再次道谢的时候，他已经走进了大厅内，自行去办理各种手续了。于是，她再次跟了上去，不知道是内心驱使还是有意为之。总之那个男生做什么，她也跟着做什么，不需要别人的带领，光是注视着他，就能很快地把事情处理好。

待填表格时，墨柳儿无意中瞥见了一边放着的上一张表格的内容。顿时眼睛一亮，上面的字体很是好看，不像是这个年纪的男生会写出的字。重要的是，她知道了他的名字，甚至还包括了电话号码。

一切办妥之后，墨柳儿拎着行李箱快步地追了出去，总算是在他下楼梯之前截住了他，冲他喊了一声："褚希澈，我叫墨柳儿，谢谢你。"

男生怔住，侧了下身子，然后望着那个浅浅笑着的女生拎着行李箱往女生宿舍楼走去。阳光下，微风中，女生飘起的长发就像是编织起来的一场美丽的梦，任谁都会心动。

可是，也有人并不这么觉得。

墨柳儿不会知道，当时排在褚希澈之前办理手续的人就是顾卿紫，她也不会知道，褚希澈那么麻利地处理所有的事情，只是为了追上顾卿紫还当时借来的笔。

细微的风拂过脸颊，没有那时候夏天的温度，倒是让墨柳儿打了个寒战。她眨眨眼，终于是垂下头，一只手漫无目地搅拌着面前的那杯奶茶。

冬日里，最容易凉透的东西就是原本温热的。就好像，她那颗炽热的心，也慢慢地变得冰冷了起来。

此刻奶茶店里没有多少人，墨柳儿倒也不关心，满脑子想着的都是有关于褚希澈的事情。回忆太美，她好像被蒙住了双眼。因为她想不通，顾卿紫究竟是何时闯进了褚希澈的视线里，又何时占据了他的心。

"唔，四杯红豆奶茶，谢谢。"这时候，奶茶店里响起了熟悉的女孩的声音。墨柳儿抬头望了过去，真的是冤家路窄。

顾卿紫百无聊赖地站在柜台前等着姐妹们点名要的奶茶，还忽然想起什么似的，从口袋里拿出了一张积分券交给老板说："正好差四个章就集满了，帮我盖一下。"

老板接过积分券，笑着给她盖了章说："集满十个可以任意换一杯店里的奶茶。"

"那还用说吗？肯定是最贵的啊！"顾卿紫笑着就指了指那个福满堂，里面可是加了好多料的呢。顾卿紫这么想着，拿回去给褚希澈喝，一定会感动的。

而坐在那个小圆桌前的墨柳儿冷笑下，这样的女生学校里一抓一大把，为什么偏偏是顾卿紫？她到底哪里好？她甚至还不及她身边的那些朋友。

"老板，帮我分成两个袋子装。"最后，顾卿紫还嘱咐了老板一句，毕竟还有要送给褚希澈的，不能让姐妹们发现了，不然说自己重色轻友，这个罪名太大了一点。

墨柳儿不想再听见，也不想再看见顾卿紫了，起身便要走。

"拿好，慢走。"顾卿紫从老板手里接过奶茶，笑着同他告别。可就在这样的时刻，两个人却在门口互相撞在了一起。

"哦，我的天。"顾卿紫轻声叫了出来，她并不是叫别的，只是在叫幸好手里的奶茶都完全无损，表达下担惊受怕的心情。

但墨柳儿心里却升起了一股无名火,不仅仅是顾卿紫撞过来,而且还包括她踩了自己一脚。那种感觉,突然就演变为了屈辱。

"墨柳儿?"顾卿紫也才发现,非常不好意思,"对不起,我刚刚没注意。"

墨柳儿很想瞪过去,但到底还是忍住了,她只是回头报以微笑,"没事,买给宿舍里的人喝?"

"没事就好呢。"顾卿紫算是松了口气,因为她刚刚有感觉到来自墨柳儿的杀气。两个人的关系一直那么尴尬。

"嗯,那我先走了。"真的没什么好聊的,完全不是一个世界里的人。

说完,两个人在店门口分道扬镳。顾卿紫看着墨柳儿翩翩而去的背影,还是忍不住羡慕了一把。不过现在已经是褚希澈女朋友的她,墨柳儿难道就没什么要解释的吗?关于上次那个发疯似的吻!突然,顾卿紫脑子里"叮"的一声响,她迟钝地回过神来,喃喃自语道:"该死啊,褚希澈的初吻不是给我的。我还是把福满堂拿去喂猪吧……"

回到学校,顾卿紫还是拎着奶茶到了褚希澈宿舍楼下,打电话给他让他下来。只记得褚希澈说了句:"你上来。"然后,顾卿紫就硬着头皮噔噔地上了他们宿舍。反正不是第一次了,有什么好害羞的。

结果进去之后,反应和第一次来时一样。他宿舍所有的男生都在,带着那种不怀好意的目光注视着她。顾卿紫当时真的觉得,每走一步都像是踩在钉板上啊。

"啧啧,小姑娘比之前又漂亮了嘛。果然是有了希澈爱情的滋润就是不一样。"2号床的男生走过来,扶着床沿的护栏,摆了个不三不四的Pose同顾卿紫说话。

褚希澈把自己的椅子挪给了顾卿紫坐,自己则不客气地霸占了别人的。两个人坐着,没有离得特别近,但是动一下就能碰到彼此的膝盖。

"人家小姑娘本来就漂亮，好不好？"3号床的男生不知道是故意讨好呢，还是发自肺腑，说了这么一句话。

顾卿紫顿时喜笑颜开，确认道："真的吗？我长这么大从来没有人夸过我漂亮。他们都夸我力气真大。"

"噗——"语毕，男生们都笑开了。纷纷指责起了褚希澈说，"你怎么不早点出现在她面前，让你女朋友遭受了这么多无所谓的夸奖。那是对女孩子说的话吗？简直是禽兽。"

顿了顿，顾卿紫补充了一句，"那是我爸夸我的话。"

"……"于是，众人纷纷埋头做起了自己的事情。

褚希澈浅笑着拉过顾卿紫的手说："外面冷，怎么不戴手套？"然后，放在自己的手心搓了搓。

顾卿紫全身立马起了鸡皮疙瘩，但是感觉很棒。她说："不冷。奶茶喝了就不冷啊。这是给你带的。"

"谢谢。"褚希澈当下真的觉得受宠若惊，看来顾卿紫已经进入了女朋友的角色了，很好。

"不用谢，反正是免费的。"

褚希澈上一秒的受宠若惊好像瞬间就拿去扔了。

顾卿紫见褚希澈脸色惊变，立马松开他的手，站起身来。因为用力过猛，脑袋还磕到了上铺那个小梯子的扶手，痛得她眼冒金星。

"你紧张什么？"褚希澈心疼地用双手抱住她的脑袋，仔细看了看后说，"就算是别人喝剩下的，只要是你给的，我都喜欢。"

"那你会喝吗？"顾卿紫惊讶地小声问。

"最好是不要去捡别人丢掉的垃圾，我也不是垃圾桶对吧？"

"……"说得这么好听，还不就是在强调，下次要百分百诚意花钱买的，不能是赠送的。搞得好像他这个男朋友不像是正式的。顾卿紫自己揉了揉撞去的地方，幸好也没什么事，她就说，"那我先回去了，这些要拿给寝室里的人喝。"

"嗯，好。"褚希澈拉着她的手送她到了门口，本想是送她回宿舍。可是顾卿紫居然不让，说被人看见会觉得她在秀恩爱，会被诅咒的。基于诅咒可能来得太猛烈，褚希澈也只好作罢。但是他心里想着，全天下谈恋爱的人那么多，要诅咒的话哪轮得到他们啊。

不过，还是慎重起来。

顾卿紫走了之后，宿舍里的男生开始起哄道："这姑娘挺可爱啊，她身边有没有什么单身的姑娘和她差不多的？"

"世上仅此一个顾卿紫。"褚大神如此说了一句，回到自己的位置上看着那满满的一大杯奶茶笑不露齿。

这厢顾卿紫红着脸跑出宿舍楼之后，却在拐角处撞上同样急匆匆的夏辰佑。撞上对方坚硬的胸膛之后，顾卿紫脑袋都"嗡"了一声。

夏辰佑见来人是她，一把拽住了她的胳膊，心急如焚地问："你有看见柳儿吗？我打了她好几个电话她都没有接。她最近心情不太好，我也不知道发生了什么事……"

"我刚刚才看见她从后门那家奶茶店出来。至于有没有回学校我不知道。"顾卿紫如实地说着，心里却嘀咕着，应该不会出事吧。

夏辰佑听闻，立马撒开腿往校外跑去。看着他那紧张的样子，顾卿紫觉得其实墨柳儿没有选错人，夏辰佑比任何一个人都要关心她。

这就够了不是吗？

晚些的时候，顾卿紫和褚希澈刚一起吃完晚饭，就看见那边陈博低着头，发着短信，神情显得有些焦虑。

"去哪儿呢？"顾卿紫叫住了陈博，脸上是笑嘻嘻的。

陈博一愣抬起头，看见顾卿紫的时候还是笑了笑，随即看向褚希澈的时候就笑不出来了。说这话的时候他还犹豫，但是即便再犹豫也还是要说的。"夏辰佑和我说，墨柳儿出了车祸，现在在医院呢。我正打算去看看她。"

听到这个，顾卿紫脑子都炸了。什么情况，出车祸？突然之间，她就莫名地感到紧张。

褚希澈蹙起眉头，对顾卿紫嘱咐了一句："你先回宿舍，晚点我打你电话。"

"我也去。"顾卿紫有些不安，如果墨柳儿是因为她和褚希澈的事情才心情不好，又导致她出了车祸，那她要怎么心安理得继续下去？

褚希澈摸摸她的头说："听话，你先回去。去了医院看到她没事就会打电话给你。"

这样的话，顾卿紫也不好再说些什么了，只好万分纠结地回了宿舍。

已入夜，路边的灯也全部亮了起来。陈博和褚希澈站在后门口拦出租车，陈博双手插着棒球衣的口袋，看着远处说："墨柳儿只是擦破了点皮。走路不小心，说是被自行车给撞了。"

"那我是不是可以直接回去了？"这话听起来像是在开玩笑，但是褚希澈脸上的表情是严肃认真的。

陈博耸耸肩道："我只是表达一下你没有让顾卿紫跟着一起来的做法是正确的。"

"她不是医生，也不是护士，更不是墨柳儿的朋友。"褚希澈说这话的时候，面颊沉敛黝黑，好似一个极深的旋涡。

"那我们呢，是她的朋友吗？"陈博叹了口气。

褚希澈不语。

想起那个时候大一的下半个学期，他们几个因为新鲜不约而同地参加了市马拉松比赛。那一路上，墨柳儿的笑声，夏辰佑的努力，陈博的搞笑以及褚希澈的面瘫统统都像是那个时候最美好的存在，犹记得那个时候的他们一起来到终点时的那种欢呼雀跃。

可是现在，究竟是什么让这一切面目全非了呢？

第二十一章 浅尝辄止

那晚，顾卿紫很快就接到了褚希澈的电话，说是墨柳儿并没有事。其他的也没有多说，只是叮嘱顾卿紫早点休息。

尽管如此，顾卿紫心里好像还是多了一块疙瘩。

"破了点皮那也叫出车祸？"听闻消息的小夕有些不屑，看过墨柳儿另外一面的她们似乎都给她贴上了不好的标签，好像她做任何事情都是居心叵测的。

顾卿紫隐约地觉得头疼，好像在喜欢上褚希澈之后，很多事情都经常出错。自己的状态包括别人的状态，都像是惊弓之鸟。

"难道非得她断手断脚才叫出车祸吗？"顾卿紫说的时候语气有些僵硬，她并不是朝小夕生气，而是觉得这事因她而起。

小夕虽然听了心里不爽，但是诅咒别人的事确实做不得。也只好嘀咕几句，"破了皮那叫摔跤。褚希澈没让你一起去是对的，我敢打赌墨柳儿最不想见的人就是你。"

猛然间有点恍然大悟，顾卿紫竟然在心底自问：难道褚希澈也觉得墨柳儿不想见到我，所以才不同意自己也一起去的吗？

周末这天，宿舍集体都没有什么活动，包括交了男朋友的三个人。今天大概诸事不宜，小夕一人见气氛不太对，收拾了一下自己去了图书馆。

顾卿紫躺在床上，左思右想，给褚希澈发了条短信。大致内容是问他在哪儿，现在在做什么。发出去之后，迟迟没有得到回复，顾卿紫变得焦躁不安。索性从床上起来，莫名其妙地开始洗漱。

但是没过一会儿，手机就响了起来。顾卿紫急忙去接电话，差点在洗手间摔了一跤。接起电话，在听到褚希澈声音的瞬间，顾卿紫觉得自己什么事都没有了。

"我在你楼下，已经起来的话一起吃早餐吧。"他的声音很温柔，消除了顾卿紫心里头所有的疑虑。

"嗯，我马上就下来。"她说着，挂断了电话。

等到她出去之后，还睡在床上补美容觉的慧慧和蜜儿开了腔。慧慧轻声说："我这个人向来说话好的不灵坏的灵。我总觉得褚希澈和顾卿紫可能最后不会在一起。"

蜜儿翻了个身，脸正好朝着她的床位，沉吟半晌后说："其实，你没觉得褚希澈好像喜欢上顾卿紫的节奏略快了点吗？他看起来不像是会随随便便就坠入爱河的人。"

"难道褚希澈和顾卿紫之间还有什么渊源吗？"慧慧纳闷，想要撑起脑袋和蜜儿说话，但是奈何外面太冷，果断还是缩回了被窝中。

"也可能是我们想多了，没准褚希澈就喜欢顾卿紫那类型的。"蜜儿最后放弃研究了，毕竟她和褚希澈也不熟，只是能感觉到他对顾卿紫的在意和重视。

"啧啧，就顾卿紫这种非典型性女汉子，学校里要多少有多少啊。"慧慧说到这个的时候，百思不得其解。

蜜儿拿出手机上了下微信，朋友圈里都是些没有营养的状态。于是她百无聊赖地说："我们卿紫很勇敢很仗义不是吗？你忘了去年下雪，你在外头打不到车，鞋子也湿了，是她打着伞走着来找你，还把干净的鞋子给你带去了。那么冷的天，只有她敢为朋友做这样的事情。"

大清早，宿舍里本来就安静，现在是异常地安静。慧慧睁着蒙眬的眼睛盯着天花板，她也想起了这事。这种事怎么能忘了呢？那个时候，她差点感动得哭了。

这个已经不能算是顾卿紫的优点了，这就是她，是她的本能。

"唉，我不能再想下去了，我要爱上顾卿紫了。"慧慧拉高被子，蒙住了脸，嘟囔着。

蜜儿冷哼了一声："得了吧，不然我们现在起床去操场跑个步怎么样，我男朋友那厮居然说我胖了。我最近不就多吃了二食堂的年糕嘛。"

"你傻啊。二食堂的年糕每次都放那么多油，你不胖才怪呢。"慧慧撇嘴道。

蜜儿刷地就坐起了身子，意志坚定地说："起床跑步，3公里就这么定了。"

"你自己一个人去跑吧，我脑子没有问题。"慧慧表示抗议。

"那我就打电话告诉你男朋友，你最近吃了榴梿，还在没有刷牙只是嚼了口香糖的情况下和他kiss，我看他会不会和你分手。"

几次下来，慧慧完败。

周末的一食堂人很少，反正每次都这样，顾卿紫也习惯了。只是猛然间想起，自己好像曾经在这里碰到过墨柳儿和夏辰佑。

有道是怕什么来什么，食堂那边还真的坐着墨柳儿和夏辰佑。两个人好像已经和好如初，并没有什么奇怪的隔阂。

褚希澈这才顺着顾卿紫的目光看过去，在看到正确的对象之后，他也还是这个表情。只是俯身轻声道:"我们可以去别的地方吃。"

"我有什么好介意的。要介意也是她介意,强吻人家男朋友算怎么回事……"后半句话就像蚊子叫一般,低到只有自己听见。

"那就进去吧。"褚希澈说着摸了摸她的头。

两个人来到了靠边上的窗口,那里有顾卿紫爱吃的牛肉粉丝,还有褚希澈爱吃的煎饺。话说起来,其实两个人还是蛮合拍的啊。

刚坐下,墨柳儿和夏辰佑就过来了。不是吃完了过来,而是端着盘子过来了,显然是想两对天作之合的情侣一起共享早餐。那个时候,顾卿紫就觉得这是挑衅吗?褚希澈一如既往地淡定,只是示意性地同夏辰佑打了招呼。

顾卿紫又过意不去,只好看着在自己身边坐下的墨柳儿问:"你身上那些伤好了吗?"

"嗯,没事了。"墨柳儿笑着点点头说,余光看见褚希澈悉心地为顾卿紫往碗里放了调羹,这些举动夏辰佑也经常这么做,只是这会儿好刺眼。

"那就好。"顾卿紫说完,也不知道再说什么好了,便埋头吃了起来。

夏辰佑倒是挺感激顾卿紫的,还往她碗里夹了根紫薯说:"那天要不是你告诉我柳儿在哪儿,我那天可真的要急死了。"

顾卿紫听了也只是干笑了下,一点也不想提及任何这些事情。

四个人莫名其妙地一起吃完了早餐,在食堂门口分手了。墨柳儿和夏辰佑去了市区,而顾卿紫则有点无聊地双手插口袋,摇摇晃晃的半天想不出要干什么。

"陪我写论文吧。"末了,还是褚希澈提议道。

总算是有事做了,顾卿紫点点头,像小兔一样往前跑,却被褚希澈一把拉了回来。他叹了口气,"你又忘了。"

"什么东西忘了？"顾卿紫眨眨眼，后伸进口袋摸了一把说，"我手机在这儿呢，没有忘在食堂的桌子上。"

然后无奈之下，褚希澈只好牵起她的手往前走说："不要总把我忘了。"

顾卿紫微怔，随即脸红。

褚希澈在心底叹息，明明认识你在更早以前，却怎么也没办法引起你的注意。那时候，总问自己是不是硬要在脑门上写上自己的名字才会让你记住。顾卿紫，千万不要一眨眼就忘了我，也千万不要总是忘了我有多喜欢你。

走在路上，感受到风里夹杂着少量的细雨带来的寒意，加快步伐来到图书馆，享受里头的温暖如春。

小夕坐在二楼的自习室里连着图书馆的无线网络看着笔记本上播放的电影，耳朵戴着耳机，自然也没有听到对面的响动。

但是几秒钟之后，对面的人却走过来拉开她旁边的椅子，先是看了下她的屏幕，后轻轻拔下她左耳的耳机，轻声带笑道："我能一起看吗？"

小夕刚想斜着眼来一句"不能"，但是当看到陈博灿烂的笑脸之后，她恨不得双手把笔记本奉上。

"当然可以。"小夕紧张地回答。

陈博没有多言，安静地戴上耳机看了起来。小夕此刻却无法淡定，为什么在意一个人之后，偶遇的次数就变得多起来。这是命中注定，还是因为自己多方关注造成的？

过程中，陈博一直安安静静地看着那部《怦然心动》的电影，没有议论半句。那神情好像是在想什么，小夕不敢多问，因为怕惊扰了他的沉潜。

只是在电影结束之后，他摘下耳机说了声："喜欢一个人果然是很用心良苦的一件事。'我感觉我还差了太远，我的内心荒芜并种满了杂草。但我希望有人可以在上面听着歌跳着舞。'"说到这里，他笑了笑。"这是我高中语文课上写给自己的一句话。只是，如今不再荒芜了。"

小夕不太明白他具体想要表达什么，但是她似乎听出了他已经有喜欢的人的含义。于是她笑道："那挺好的。"

聪明如陈博，怎么会不知道顾卿紫替谁问关于他有没有女朋友这个问题。只是现在，他不能接受小夕，也没办法给小夕答案。因为他有喜欢的人，即使那个人已经投入了别人的怀抱。

但，也让他再喜欢下去吧，毕竟这是他最初喜欢上的女孩子。虽然任何时候，任何事情，再执着，也浅尝辄止就好。但，唯有喜欢这件事好像让人欲罢不能。

而偏巧，顾卿紫和褚希澈出现了。她笑容清冽，挥手兴奋地朝他们打招呼。这时候，看着陈博眼睛的小夕明白了。

所谓荒芜，也不过是那个心上人在那里跳舞，却不曾住下。

第二十二章 别来无恙

迷迷糊糊的日子就这样风平浪静地一天天过去,不知道是哪一天,还在睡梦中的顾卿紫突然接到了初中同学的电话,说什么已经到了他们学校门口了,赶紧来接驾。

这个时候全寝室的人都还在和周公相会,就连她自己的脑子都还糊涂着呢。就这样顾卿紫一边碎碎念着,一边闭着眼睛套上衣服。不洗脸,不刷牙,也不打理头发,就这样穿着雪地靴开门就大摇大摆走了出去。

一出门,顿时冷得整个人都清醒了。她哆哆嗦嗦地小跑到楼下,拿出手机重新看了下那个来电的号码,顷刻兴奋起来,赶紧拨了回去。

顾卿紫兴奋不已地冲着电话那头的人喊:"唐锦瑟,怎么是你啊?"

说到唐锦瑟,无论是谁都会不约而同地想起那个整日同顾卿紫在一起叱咤风云的小姑娘。当年两个人简直就是本学校"坏学长"以及隔壁学校"坏学长"的克星啊。

方圆几百里,一提到她们两个的名字那效果简直就和在小妖怪面前提到"齐天大圣"一样,完全令作恶者闻风丧胆啊。不过自从顾卿紫家里出了点事情之后,她就自动脱离了那个辉煌的岁月。唐锦瑟也因为顾及顾卿紫的感受，也"金盆洗手"了。

快跑着赶到后门的顾卿紫看见那个拖着行李箱，个子不高头发依旧短短的身影，便直接冲上去给抱住了。

"怎么现在才来看我啊？"顾卿紫急着埋怨。

好友唐锦瑟倒是也感叹颇多道："这不是翘课来看你了嘛。其实正好和家里人吵架了，来你这儿清静几天。"

"来找我的时候目的就不能单纯点吗？"顾卿紫果断松开了她，鄙视地扫了一眼那大大的行李箱。"我可告诉你，寝室里可不会收留你的，我们阿姨会查房的。"

唐锦瑟显然没料到昔日那个仗义的顾卿紫如今已经学会拒绝，只好哀求道："怎么，感情就这么淡了是吗？你忘了当初我们说好'朋友一生一起走，那些日子不再有，一句话一辈子，一生情一杯酒'，你敢不敢再听我唱第二遍？"

"Follow me，please！"顾卿紫还真的没办法忍受她的歌喉，唐锦瑟唯一的必杀技就是她唱歌要命的嗓门！

"你准备待多久？"从后门走回宿舍的路上，顾卿紫问道。唐锦瑟的爸妈从她小的时候就不断地吵架，但很奇葩的是夫妻两人从不提离婚这事。搞得唐锦瑟整个童年都充斥着如何在吵架中制胜的方法。以至于她成长到现在，最擅长的就是让人闭嘴。

唐锦瑟哈了口气，搓了搓双手说："放心吧，我就是顺道来看下你。我的终点站可不是这儿。跟爸妈闹翻了，他们总是强迫我做不愿意做的事。"

听到这个，顾卿紫也颇无奈地叹了口气，很是同病相怜地拍拍唐锦瑟的肩膀说："天下父母都一样。"

"你知道的，我从小到大的梦想就是成为一名律师，我要说得他们哑口无言。"唐锦瑟理直气壮的理想,真是让人汗颜。

顾卿紫回忆了一下,疑惑地反问:"等等,你从小到大的梦想不是成为一名赏金猎人吗?"

"这么二次元的梦想,你觉得现实吗?"唐锦瑟果断给了顾卿紫一个大白眼。

"律师更不现实好吗?你现在念的大学,学的专业和法律半毛钱关系都没有?不是,你大学念的是什么专业来着?"顾卿紫说着说着又愣住。

唐锦瑟摇摇头,挽着她的胳膊说:"快点走吧,天这么阴,没准要下雪了。"

"这么早来,肯定没吃饭吧。我请你吃,我们三食堂的早饭那可是一流棒。"顾卿紫一下子就把她不切实际的问题抛在了脑后,热情地说。

毕竟有朋自远方来,不亦乐乎啊。

"哇,你们食堂还蛮气派的啊。"唐锦瑟大大咧咧地说了这么一句,直接找了个位置坐下了。"你帮我随便点吧,坐了一晚上的车我现在动都懒得动了。"

顾卿紫拿她没有办法,只好默默地去前面点餐。心里祈祷着,可千万别碰上什么熟人,这乱糟糟的,里外衣服也长短不一的,看起来真的是像外面进来乞讨的啊。

心里正忐忑着,东躲西藏,却听见一声"你不是早上没课吗?"那瞬间,简直万念俱灰啊。

顾卿紫拿手挡住脸,支支吾吾地说:"突然来了个朋友,我就招待一下。你不用理我,你吃你的,我没事。"

褚希澈打量了她一下,然后抬手抓住她捂着脸的手笑说:"急匆匆的没洗漱很正常。我第一节没有课,想着给你带点。既然你都在这里了,吃什么我来点就可以了。"

"噢。"顾卿紫巴不得赶紧逃啊,这副样子回家见妈妈还差不多,见男朋友是不是太随便了一点啊。

刚想走,又被他拉住了,只听见他说:"以后不管时间怎么赶,衣服都要多穿一点。"

坏了,被他看出来了,大衣里面裹着的是睡衣。顾卿紫当时就想,我都这么怕丢脸,为什么褚希澈就不怕丢人呢?

"你朋友想吃什么?"最后放手的时候褚希澈又问了一句。

顾卿紫想了想,直接说:"随便点,她虽然跟我一样年纪,但她胃口要大很多。"言外之意就是她什么都会吃。

褚希澈心领神会地点点头。

等顾卿紫回到位置上的时候,唐锦瑟已趴在桌子上睡了起来。于是,顾卿紫毫不客气地推醒她说:"给我起来,吃饱了再睡。"

唐锦瑟很是憔悴地直起身子,继而看到一个高大帅气的美男子朝自己走了过来。她有些激动地对顾卿紫说:"有个帅哥朝这边走过来,我今天看起来是不是太漂亮了?"

顾卿紫尴尬地抽了抽嘴角,在她犯花痴的面前打了个响指,冷淡道:"真相是很残忍的。"

说完,褚希澈就把早餐放在了她们两个的中间,对顾卿紫说:"不介绍一下?"

这话一出倒是令顾卿紫微微一怔,按照褚希澈的风格他应该说:"你们慢慢吃",然后挥一挥衣袖不带走任何云彩。

但实际上作为当事人的褚希澈心里才不是这么想的。他暗爽,终于出现一个能让顾卿紫介绍他男朋友身份的机会了!

唐锦瑟听到帅哥这么说,立马将狐疑的目光扫向顾卿紫,俨然一副"快点交代,不然就睡在你床上不走了"的神情。

"我，我男朋友，褚希澈。"

"啥?!"唐锦瑟大惊失色，那声音大到几乎能把在三食堂的人都吸引过来。她自己都有点结巴了。"你交了这么帅的男朋友，居然还藏着掖着?"

顾卿紫脸一阵红，忙解释说："刚开始没多久呢。这不告诉你了嘛。"而后她有些埋怨地瞪了一眼褚希澈，抿抿嘴唇，欲言又止。

褚希澈很是满足，难得对陌生人露出笑脸道："你好。"

"呵呵，好好。"唐锦瑟笑脸相迎，完全没有半点难为情。她说，"我们家卿紫真的什么都好，你可要好好对她啊。"

"我会的。"褚希澈声音不轻不重，却回答得很是真诚。回答完唐锦瑟的话后又转头对顾卿紫叮嘱道："那边我已经把你们寝室里其他人的也点好了。到时候你带过去就是了。不要在外面待太久。我先去上课。"

顾卿紫害羞又虚荣心膨胀地点点头，什么叫作男朋友，这样的才是！于是待褚希澈走了之后，她更是骄傲地抬起下巴对唐锦瑟说："是不是觉得第一天认识我?"

"其实我一直都觉得你应该遇上这样的人，这样对你一心一意的人。"唐锦瑟不紧不慢地说着，嘴里已经开始美美地享用起了早餐。

回到宿舍后，那几个女人居然还在蒙头大睡。顾卿紫一下子就把寝室里的灯打开了，让突然来访的唐锦瑟都有点不好意思了。

"姐妹们起来啦，看一看我的小伙伴唐锦瑟。我以前和她一起练空手道，行侠仗义的。"顾卿紫热情地介绍着，别人却翻来覆去只想拿被子盖住头。见没人搭理自己，顾卿紫索性拿出了诱惑。"再不下来给我小伙伴请安，我就把褚希澈买的早餐送给楼下阿姨。"

话音刚落，三个人就窸窸窣窣地爬下床来，一个个都半闭着眼睛，对着唐锦瑟鞠了个躬，异口同声道："欢迎光临。"

唐锦瑟呵呵笑着,然后悄声对顾卿紫说:"你男朋友的号召力这么强悍啊。这个看脸的世界真的是无比赞啊。"

小夕揉揉鸟窝一样的发型,直接扑到早饭面前,不管三七二十一就开始打开吃了起来,其他两个也是如此。

"等她们吃饱后就清醒了。"顾卿紫笑着说道,看了看唐锦瑟说,"把行李放这边。你如果累的话先去我床上躺会,你睡个一整天都没问题。因为我下午有课,电脑你就拿去玩。有什么事打我电话就好。"

唐锦瑟点点头,顺便抱住了顾卿紫,感激地说:"有你这样的姐妹真的是太好了。我想你那个男朋友肯定是潜力股,将来赚大钱了别忘了我。"

顾卿紫安抚地拍拍她的肩膀说:"将来发财了谁还联系你啊,真是的。"

"……"友尽。

等到她们三个吃干净之后才恍然间想起顾卿紫的那个朋友,纷纷问人哪去了。此时已经洗漱完毕,穿戴整齐的顾卿紫"嘘"了声说:"她坐了一晚上的车太累了,现在在我床上睡着了。"

慧慧伸长脖子往顾卿紫的床铺望了一眼,没有看到人家正脸,于是轻声地说了一句:"这姑娘好相处吗?"

"比你们反正是好相处多了。"顾卿紫淡定地回答。

继而小夕点点头道:"那我就放心了。"

蜜儿撩了把长发,看着照着全身镜的顾卿紫担心地问道:"那你晚上睡哪儿,和她挤一起吗?那小床板估计会塌吧。"

呃,这个问题顾卿紫承认她忘记思考了。不过兵来将挡,水来土掩,随便啦。然后那边小夕也麻利地换好衣服,做好清理工作。

"我和你一起出去。"小夕从柜子里取出包包,其实她私底下是想知道些其他的事情,一直没有机会和顾卿紫好好聊聊。

尽管她知道顾卿紫并不一定清楚,但是她却也找不到第二个比顾卿紫清楚的人了。

第二十三章 她的心思

校园后门那条街永远那么热闹,挨着他们学校后门的那圈围栏外有好多大学生自主创业摆着地摊,不亦乐乎。现在还是白天,所以并没有学生摆摊,一到晚上的时候这里就完全成了夜市。

顾卿紫穿着短款羽绒服,白色搭配着红色的围巾,让她整个人看起来特别的青春靓丽。

"关于陈博……"小夕小心翼翼地问出口。

顾卿紫低声地"啊"了一声,然后有些不好意思地看着小夕,略微不好意思地说:"陈博应该是没有女朋友的,但是现在什么状态我也不好说。"

小夕点点头,和她走到了十字路口等着绿灯过斑马线。"我觉得他好像有喜欢的人了,而且很有可能是经常见到的人。"

经常见到的人?顾卿紫歪着脑袋细细揣测了下,断然否定道:"不可能是墨柳儿吧,我觉得陈博不喜欢她这种类型的。"

小夕也笑了笑,刚想说话,却正好绿灯。两个人不紧不慢地往街对面走去。顾卿紫双手插进口袋里握成了拳头,手心里都出汗了还是觉得冷。

来到街对面之后,两个人径直朝前走着。小夕边走边想自己对陈博究竟是喜欢还是一时兴起,她这会儿自己也怀疑了。反正在清楚地知道陈博有喜欢的人的瞬间,她是失落的,但是也并没有难过。

"你说万一两个好朋友都喜欢上同一个人怎么办?"小夕突然发问。

顾卿紫没有讶异这个问题,而是认真地分析道:"如果是我和你喜欢上同一个人,而那个人没有做出选择的话,那我才不会和你争呢。你想想啊,让男人二选一,是不是太看得起他们了。我觉得,凡事还是得掌握主动权。"

"那如果两个男人同时喜欢上同一个女生呢?"

听到这第二个问题,顾卿紫不淡定了,有些兴奋地伸出手捂着嘴巴笑道:"平心而论,我要是那个女生,我现在嘴巴一定笑歪了。"

到底是顾卿紫,什么问题都能轻而易举地化解成了一个笑话。小夕也笑了,也对。换作任何一个女生都会觉得这种幸福特别的享受,尽管不可否认是虚荣心在作祟。只是,两个人中注定有一个得不到。小夕现在想来,不是陈博不要,而是陈博得不到吧。

"你就很幸福啊。"最后小夕挽住她的胳膊说,"有那么多人喜欢你。"

顾卿紫肉麻地笑了笑,说:"可是我最爱小夕呀!"

"哈哈哈,那亲爱的,什么时候给我买大钻戒啊?"

"那啥,我们昨个不是刚买了一套房子吗?"

"……"

女生在一起快乐的准则就是随时随地都能上演搞笑的情景剧,以及各色各样的角色扮演。没办法,谁让女生就是爱多想,谁让女生总爱做梦,谁让女生这么可爱。

当最后一片叶子从树上落下的时候,总有一些很是巧合的事情发生。

墨柳儿站在街对面看着顾卿紫和小夕两个人笑嘻嘻地打闹着，其实也没什么特别的想法。上次那个小车祸的晚上，褚希澈和陈博来看她，唯独不见顾卿紫。褚希澈当下的解释是，太晚了顾卿紫需要休息。

那个时候，墨柳儿就知道自己已经输得一败涂地了。在任何时候，任何情况下，褚希澈心里头最惦念的就是顾卿紫，觉得最重要的也只有顾卿紫。

"喏，你的糯米团。"小摊贩把做好的糯米团子交给墨柳儿，哈着气对她说了句，"5块钱。"

墨柳儿接过糯米团，付了钱，转身往学校那个方向走去。慢悠悠地往回走的时候，墨柳儿收到了夏辰佑发来的短信，告诉她早餐已经买好放在宿舍楼下了，让她去拿。这个夏辰佑对她的好真是面面俱到，不需要解释的。

墨柳儿叹了口气，没有回复。现在时间已经不算早了，平常还会听妈妈的嘱咐，每天都要练基本功，听妈妈的话或许有朝一日还能出国发展。但是墨柳儿觉得很累，这么努力依旧得不到自己想要的。那个喜欢的人拒自己于千里之外，想起就觉得心会痛。

走到宿舍楼下的时候，墨柳儿没有理会夏辰佑的早餐，任其放在那里变凉最后变成垃圾被扔掉。她开始不那么想要夏辰佑给的喜欢了，因为这不知道怎的让她感到越来越纠结。

她不是在纠结褚希澈为什么选择了顾卿紫，而是在意顾卿紫究竟是什么时候闯进了褚希澈的心里。这里有个先来后到，她觉得她非弄明白不可。

走上楼的时候，路过顾卿紫她们宿舍，却意外看见她们宿舍的房门虚掩着。里面也没有发出什么声音，墨柳儿诧异，轻轻地推门而入。

里面拉着窗帘，加上这阴冷的天气，更显房内昏暗。她也没有开灯，环视一下，宿舍里没有其他什么人，但是仔细一看却发现顾卿紫的床铺上睡着人。这倒是吓了墨柳儿一跳，顾卿紫不是出去了吗？那上面这个是谁？

她蹑手蹑脚地凑上前看了看，地上放着好几双鞋子，她不小心踢到了，那细微的声音没有令睡着的人醒来，她倒是紧张得屏住了呼吸。

"好像是女的。"墨柳儿再度确认了一下，发现真的是个女孩子，一下子没了探索的兴趣，退了一步却看见顾卿紫打开在那里的笔记本，还没有上锁。顿时，好奇心撩拨得墨柳儿想要犯错误。

墨柳儿轻轻拉开椅子坐了下来，仔细想想自己好像没有添加任何顾卿紫的社交软件上的好友。于是她点开桌面看了看，发现顾卿紫有在用人人网，于是便利索地用顾卿紫已经记住密码的账号登录人人网，快速地将自己添加为好友。

如此一来，神不知鬼不觉，就连顾卿紫也不会知道这是什么时候的事情。墨柳儿退出了人人网，站起身最后扫了眼顾卿紫的宿舍，有点不屑。待走到门口打开门，却惊悚地发现门外站着叼着棒棒糖的蜜儿手拿钥匙，费解地望着她这个不请自来的"客人"。

"我，看你们门没有锁好，以为里面有人所以走进去看看。"墨柳儿第一次干这种事就被撞个正着，但是她没有显得很紧张，轻松自如地应付着。

蜜儿把钥匙放回包里，嘴角带笑道："那我还要谢谢你替我们看门了。"

冷嘲热讽的话墨柳儿这是第一次听到，还是这么狠的。她也只是有礼貌地笑笑，因为根本想不出什么反击。

"等一下。"蜜儿叫住要走的墨柳儿，双手交叉环住胸说，"没做什么对我们家卿紫不好的事情吧。明人不做暗事，偷偷摸摸可真的不是个好习惯。"

墨柳儿咬唇，双手渐渐地握成拳头，但是还是声音平缓地说："我不知道顾卿紫对你们说了什么。既然非要把我当成假想敌，那我也没办法。"

"嗝。"蜜儿忍不住嗤笑了声，"到底谁把谁当成假想敌，你应该比任何人都清楚吧。顺便纠正你一点，就算是假想敌，我想顾卿紫也不会找你。毕竟你结识褚希澈这么久都没有机会，你这样的也就根本不能算是对手了。"

话已至此，蜜儿也懒得理她，伸手就推开门走了进去，后轻轻地关上了门。本来这样的关键时刻，门应该是拿来甩的。但是就在她想付诸行动的时候，她想起来顾卿紫的小伙伴还在酣畅淋漓地睡着呢，于是只好来了个没有气势的结尾。

墨柳儿停在原地，她开始不平衡。纵使顾卿紫没有做错事情，那么她也没有做错过任何事情。为什么刚刚她却受到了那样的侮辱？

顾卿紫，你朋友带给我的屈辱我一定会加倍奉还的。墨柳儿咬牙，忍气吞声，眼神里却透露出她这样骄傲的女生从未滋生过的恨意。她讨厌顾卿紫，非常讨厌。

"哈欠——"顾卿紫买好零食同小夕回来的路上，打了好几个喷嚏了。她揉揉鼻子，皱着眉头问小夕，"我不是被人诅咒了吧？"

小夕白了她一眼，"你怎么不说你被人下蛊了呢？"

"还不就是一个意思。"顾卿紫也同样翻了个白眼。话说，刚刚打喷嚏不会是墨柳儿在骂她吧，就是这样没由来地想到了她。随后，身子颤抖了一下，顾卿紫背后发凉，"我们还是赶紧回去吧，我心里太不安了。"

小夕嘲笑道："瞧你这点破胆子，你说你当初练习空手道是不是就为了壮胆？现在不练了，干脆连胆也不要了。"

顾卿紫最后也懒得和她计较,哆哆嗦嗦地往宿舍走。却不想,刚进校门走到小径上迎面就撞上了刚好从柳树下经过的陈博,两手空空,搓着手鼻子都有点红红的。

"买东西去了啊。"陈博看见她们的时候自然而然地露出了笑脸,此刻那笑容就像是阳光,暖了小夕的心。

顾卿紫吸吸鼻子说:"对啊,你去哪儿?"

"去见你啊。"陈博笑着开玩笑道,然后顺手接过了顾卿紫手上的东西,走到她身侧的时候停了一下又绕到小夕的旁边接过了她的东西。"走吧。"

"陈博你真的太好了!"完全得救了啊,可怜的双手,冻得要长冻疮了啊。顾卿紫心安理得地把手揣进了口袋里。

相比之下,小夕就不淡定多了。别扭地想要从他手里拎回自己的东西,这多不好意思。而且,她明显看到陈博的初衷了。

"不用客气的。和卿紫一样,双手插口袋取暖就好了。"他这么说,眼睛看着前方的顾卿紫,嘴角带笑。

小夕笑笑,她也想和顾卿紫一样不在意随便接受。可惜,她不是他喜欢的那个女孩子,他喜欢的那个女孩子他现在正在注视着。

第二十四章 一不小心

　　时间，不打招呼就同自己不断地擦肩而过。停留在原地的我们，费尽心思想要追上去，可却发现我们要的东西并不随着时间的推移而发生变化。

　　而那个就是爱。

　　"卿紫，你和你男朋友接吻过没？"一直睡到下午两三点的唐锦瑟终于满血复活了。但是恢复元气之后说的第一句话竟然就是这个。

　　当时顾卿紫喝着开水暖身，正在百无聊赖地对着笔记本搜索当下好看的电视剧，听到这句话后，立刻水洗了笔记本。

　　"不能聊点简单点的话题吗？"顾卿紫赧然，抽出餐巾纸擦了擦键盘上的水渍。"等会儿要出去逛逛吗？我们学校还是蛮大的，想当初我刚来的时候居然还迷路了。"

　　唐锦瑟从上铺下来，穿好鞋子，来到全身镜前照了照。随手就把搁在椅子上的围巾给自己围了上去，顿时觉得暖和不少。"我看你男朋友对你很好啊。就早上那看你的眼神巴不得全世界都知道你是他的，这么强烈的占有欲居然没亲过你，是不是有点不合逻辑？"

合你的狗屁逻辑！顾卿紫咳嗽了声，说到接吻，上次在医院那个算不算？有点犹豫，她随后问道："接吻该是什么样的？"

　　唐锦瑟大惊，立马给她解说了一番。恍然大悟外加自己百度后的顾卿紫顿时羞红了脸，震惊地低声喊出来，"要，要伸舌头？！咦？"

　　哦，难怪褚希澈亲完自己还说了句什么"不要把嘴巴抿得这么紧"的话，现在想想自己当时真的是太纯洁了啊，一不小心就没头没脑地掉入了他的陷阱。

　　"哟，脸红什么？"唐锦瑟笑着把她从电脑面前拉起来，"带我逛逛校园吧。然后晚上带我去吃点好吃的，我也就算不白来了。"

　　"行。"顾卿紫爽快地答应，想了想后给褚希澈发了条短信，再接着给寝室里的姐妹群发了一条短信。"那走吧。"

　　下午这个时候，褚希澈还在上课，当然这是最后一堂课。就在下课前10分钟，他收到了顾卿紫的短信，有点小高兴。打开一看，冷不丁地觉得没啥好高兴的。

　　"我带朋友逛校园了，晚饭和她一起吃，不用等我。"

　　看完后，褚希澈黑亮的眼睛一沉，许久才叹了口气，"重友轻色。"沉吟片刻，还是给顾卿紫回了条短信，"好。"实际上，他想说的是"不行，晚饭陪我一起吃"。但，既然顾卿紫已经这样说了，他也只能依了。

　　旁边同宿舍的男生第一次看到褚希澈纠结的样子，还颇感意外。要知道，从进入大学开始，褚希澈一直都是处在生物链顶端的人。做什么从不犹豫，也不后悔，极少会露出拿不定主意甚至在课堂上三心二意的样子。

　　"女朋友不要你了？"他会这样，应该就是女朋友惹的。

　　"哼。"褚希澈居然冷哼了一声，那从鼻子里发出来的声音是怎么回事？这是有多不爽。不过他不爽，旁边的男同学就爽快了不少。

他笑嘻嘻地问："怎么回事，说来听听？"

褚希澈瞟了他一眼，相当冷淡，语气硬邦邦的。"我和我女朋友的事情为什么要说给你听？你是我什么人？"

"我是你内人啊！"同学低声尖叫。

顿时，全班的同学都看了过来，满腹狐疑地望着不动声色的褚希澈和那个祸从口出的男同学。继而暧昧不明地窃笑不止。

"呜呜——你还人家清白啦！"男同学泪流满面，求褚希澈放过。

这不刚好，10分钟已过，下课铃声一响，褚希澈二话不说拿着书本就径直离开了教室，丝毫不替自己的同学解释。有什么好解释的，他又不是顾卿紫。

总而言之，褚希澈的世界里现在已经被顾卿紫包围了。

校园很大，所以不论走到哪个角落都能遇上几张既陌生又熟悉的脸。有些只是上选修课认识的人，也有些只不过在超市碰上的次数多，混了个脸熟。在学校，互不认识这似乎是根本不可能发生的事情。

也因此，学校才是个最美好的地方。

"辰佑，我们分手吧。"在这个僻静的学校小山坡处，墨柳儿正式同夏辰佑提出了分手。这一年多的感情，就算再不喜欢，硬是扯掉也还是会痛的。

夏辰佑本是笑着的，因为彼此间的关系时好时坏，墨柳儿会主动联系他，这让他很是喜出望外。可刹那间，他觉得他刚刚露出的笑脸好像出卖了他。

"我想了很久，与其这样拖着，不如放手。"墨柳儿启唇，红唇没有因为冬季的干冷还失去鲜艳的颜色，反倒越发夺目起来。"是我对不起你，我没办法骗你，也没有办法骗我自己。所以，就这样吧。"

沉默了很久的夏辰佑才缓缓地问："为什么？"好像此刻能问出口的只有这个了，她的解释就像是逃避的措辞，没办法让他接受。"喜欢上别人了？"

墨柳儿皱眉，咬唇。脸上的神情既难堪，又像是秘密被不攻自破。

"这样也好。"夏辰佑忽而冷笑，没等墨柳儿反应过来这笑是什么意思，他竟一把拉过墨柳儿，狠狠地吻上了她的唇。

墨柳儿大惊失色，双手不停地拍打着他的胸口，可是夏辰佑根本不为所动。既然选择分手，那么最后再索求一点就好了。

"哦，我的天。"不经意撞见的这一幕让唐锦瑟不由自主的惊讶声音低空飘过。

顾卿紫忙拉过唐锦瑟要走，偏不巧夏辰佑松开了墨柳儿，而墨柳儿却恼羞成怒，抬手就甩了他一巴掌。背对着顾卿紫她们的墨柳儿不知道此事已经被其他人所看见了。

"夏辰佑，你应该知道，在你之前我喜欢的人一直是褚希澈！以前是，现在也是！我没办法和你在一起，是因为我根本忘不了他，我根本没办法接受他和别的女人在一起的事实！"墨柳儿喘着气，眼泪不争气地涌上了眼眶。"分手，是因为我再也没办法心安理得地接受你对我的好了。"

语罢，眼泪就流了下来。

墨柳儿说的这些，夏辰佑都知道，并且一清二楚。所以他对墨柳儿总是百依百顺，希望自己能够改变她的心意。本以为褚希澈和顾卿紫在一起，她总算能够放弃了。但是，女人的心会因为忌妒和不甘而变得凶狠异常。

"这女人喜欢的是你男朋友？"唐锦瑟有一个优点，那就是记性特别好。看书的时候也能一目十行，仅提到过一次的名字，她就记住了。

顾卿紫当然知道，只是亲口听墨柳儿说出来，心里那个疙瘩好像又有了，这次又往里头扔了块重重的石头。

"喂。"出人意料，唐锦瑟居然冲墨柳儿喊了一声。

听到声音，两个人都怔住了。墨柳儿默默地回头，当看到不远处的顾卿紫的时候，她顿时感觉到整个人都崩溃了。

那些话，顾卿紫也应该听见了吧。

唐锦瑟往前走了一步，双手插着衣袋，语气不爽道："我说你干什么呢？再喜欢人家男朋友也不能和自己的男朋友闹分手啊。你让人家男朋友的女朋友情何以堪啊？这天下这么大，你能遇上一个喜欢自己的人就已经相当不错。怎么这个节奏你好像还想拆散人家两情相悦的啊。这位同学，你长得这么好看，就不能多照照镜子，美化一下自己的心灵吗？"

一天之内，墨柳儿已经被顾卿紫的朋友"中伤"两次了。唐锦瑟说的这些话比早上蜜儿说得还要难听，但这会儿她根本来不及愤怒。因为她看见了一边顾卿紫看着自己的眼神，居然有隐隐的不理解甚至退缩。

顾卿紫被唐锦瑟伸手一拉，同她一起往前面走去。待走到墨柳儿和夏辰佑中间的时候，唐锦瑟又没好气地说一声，"让一让。"

最后就这样硬生生地从他们中间走过。墨柳儿吸了口气，喉咙处的酸楚卡在那里，咽不下也吐不出。

"柳儿……"夏辰佑想要说些什么，伸手想要拉过她，却被她一把甩开。

墨柳儿红着眼睛，瞪着他说："现在你满意了，有人替你出了口气，可以和我分手了吗？"

一下子，再多的话说出来都好像覆水难收了。

"你别往心里去。"已经从那个是非中走出来的两个人,仍旧继续在校园里逛着。唐锦瑟见顾卿紫脸色不好,便宽慰她。"有些女孩子比较固执,通常都是得不到的才是最好的嘛。我怎么觉得你都没有生气呢,你和那个女的不会是好朋友吧?"

确实,她都没有生气。顾卿紫一直沉浸在墨柳儿的情绪中,她那么喜欢褚希澈,却一直只能作为朋友看着。相比之下,她顾卿紫好像还比不过她对褚希澈的喜欢。

想到这个,顾卿紫觉得自己不知怎的就输了。

"是不是喜欢上一个人之后会变得懦弱啊?"唐锦瑟无奈地摇摇头,回想起当初。"想当年,你可是一句话不顺心就会翻脸的人啊。现在居然容忍一个不知道从哪里蹿出来的情敌言语上亵渎你男朋友啊。"

顾卿紫低落的心突然因为唐锦瑟的话振奋起来,她一把掐住唐锦瑟的脸,纠正道:"注意你的措辞,还有素质!"

"是,是,是。"唐锦瑟好声好气地哈腰认错。

两个人一边漫步,一边遥想当年。冬季的学校似乎没什么特别好看的,两个人索性坐在了柳树下的长椅上,看着人工池塘里的鱼儿游来游去。

"小时候不懂事害家里有了不少的麻烦。"牵扯到以前,顾卿紫就不得不回忆起高中那件事,想到仍旧只是苦笑。

知道此事的人不多,唐锦瑟是例外。她拍拍顾卿紫的手说:"不要去想了,都过去了。更何况,见义勇为有什么错的,不表彰你就算了,居然还……唉,我真的是对当时的事情无语。"

见义勇为是没有错,打到人家小偷受了重伤就大错特错了。当初练空手道一是为了强身健体,二是为了伸张正义。可是,怎么就一个摔的动作就把人家摔成了脑震荡呢?这点,当时顾卿紫不明白,反正医检结果就是那样。

　　正因为如此，家里人赔了不少钱才算息事宁人，可那个时候家里正在还债，一切数目的钱都是牙缝里省下来的，这让顾卿紫难过了很长一段时间。

　　对此，唐锦瑟也无言。她只好愤愤地说："都怪受害者居然没一句感谢的话就走了，现在的人怎么那么没良心。你好心好意把她包抢回来，她就这样回报你？"

　　"算了。"顾卿紫叹息。现在已经不记得当时那个被抢包的阿姨的长相了，只不过凭印象觉得她看起来不像是本地人。

　　两人很久没有再继续对话，这个话题听起来没什么，但是经历过的人就知道不被人所肯定，最后还成了比坏人还要坏的人的心情是多么的痛苦。

　　柳树在细微的风中荡漾，那个躲在柳树后的人却陷入了沉思中。

第二十五章 你最重要

等不及。每时每刻都想要见到对方，每时每刻都在等着对方短信、电话的人肯定是没救了。反正褚希澈已经准备自生自灭了。

"呃，不是说好晚上……"看着突然出现在自己和唐锦瑟面前的褚希澈，顾卿紫咬着筷子的动作顿时摁下了暂停键。

褚希澈先是抱歉地看着唐锦瑟说："不好意思，我好像不能太久见不到她。如果你不介意，这餐我请。"说完，拉开顾卿紫旁边的椅子便坐下了，这显然不是来和唐锦瑟商量的，而是只是告诉一下她，他也要一起吃晚饭。

对于唐锦瑟来说横竖都白吃，没差啥。于是便相当豪爽地说："没问题。顾卿紫的男朋友就是我的男……咳，朋友！要喝酒吗？"

"喝什么酒？"顾卿紫脸有些发烫，褚希澈刚刚那句是情话吗？不是的话，为什么她感觉像是吃了蜂蜜一样的甜？

褚希澈笑着摆摆手，"喝饮料吧。"说着便招呼服务员拿来了两罐加热过的旺仔牛奶，分别给了唐锦瑟和顾卿紫。

唐锦瑟正感动着呢，下一秒她就看见褚希澈单手打开了易拉罐的盖子,顺便还将吸管插了进去,伺候顾卿紫喝了起来。那个单手开罐子的动作不要太帅好吗?怎么长得帅的男人就连开个易拉罐的动作都是一气呵成到帅瞎了眼睛啊?!唐锦瑟显然没办法淡定了,脑子一抽风把自己这瓶旺仔递过去说:"你再开一次。"

她这话一出,同时凌乱了顾卿紫和褚希澈。

好在最后,唐锦瑟如愿以偿地看见了褚希澈那个帅气的动作,她居然还用美拍拍下来了。这个倒是让褚希澈意外了下,顾卿紫的朋友这么奇葩他也是忍不住笑了。

一旁看着顾卿紫不动声色的褚希澈也只是笑笑,唐锦瑟作为她多年的好友一针见血地对褚希澈说:"她现在这个状态,肯定是在脑补一些现实中不可能发生的'龌龊'事情。比如,和你亲亲啊之类的。"

"你想死是不是啊?"突然间,顾卿紫回过神立马拿起筷子,恨不能马上就戳进她的鼻孔里。真是的,吃个饭都不能安心。

褚希澈握住顾卿紫的手腕,拉着她坐好,脸上的神情很是愉悦,看来顾卿紫这个朋友倒是也很合他的性子,说的话怎么能那么中听呢?"别闹,好好吃饭。吃完了,带你朋友一起去外面逛逛。"

"我想去唱歌。"冷不丁地听到这么一个建议,顾卿紫那个时候想拿胶带封了唐锦瑟嘴巴的念头都有了。

"好。"面对顾卿紫朋友的要求,褚希澈也都是好脾气地一口答应。有种我宠着顾卿紫,那么只要是顾卿紫认定的朋友,他也都当娘家人。

顾卿紫才不会答应这样无理取闹的要求呢,忙拒绝,"不行。你明明知道你唱歌最难听了,比拉锯还要刺耳。五音不全是病,你都病多少年了,光靠去KTV吼两嗓子你觉得就能治好了吗?那你这要是能治好的话,母猪就会上树了。"

"唉,你看不起我就算了,凭什么骂人家母猪啊?它招你惹你了?人家养那么肥,还不是最后宰了给你吃。人要有一颗感恩的心,你这样子畜生界都会看不起你的。"唐锦瑟反唇相讥。

顾卿紫眯了眯眼睛,吸了口牛奶,淡淡道:"对,你不就一直看不起我这颗忘恩负义的心吗?"

"你懂就好了。"半晌过后,唐锦瑟拍案而起,"顾卿紫,你骂谁是畜生呢?!"

褚希澈在一旁简直是哭笑不得,女生之间的斗嘴真的是尽显可爱本色啊。为了不引起其他顾客用餐的不便,褚希澈只好赶忙收尾。

"去唱吧,我们可以选择不听的。"当然首先得安抚自己的女朋友,褚希澈没过一会儿就掏出手机拨通了陈博的电话,简单地说了几句之后又对顾卿紫说,"让你寝室里的那些也一起过来吧。"

顾卿紫点头说好。

对面坐着的唐锦瑟真的是心好堵,有男朋友了不起吗?最令人发指的就是她居然找到了这么一个优质的男朋友。不过还是为她高兴,从小到大,顾卿紫都太懂得保护自己了。即便受伤,旁人也会觉得你一个"女汉子"肯定痊愈能力比普通女孩子高出了很多个等级。但是,痛就是痛了啊,哪会因为人家是"女汉子"就丧失了正常的生理反应。

"你这样子,顾卿紫会被你宠坏的。"末了,唐锦瑟不知道是忌妒呢还是羡慕,轻轻地嘀咕了一声。

褚希澈听见了,只是略微翘起嘴角说:"估计在我宠坏她以前,她就已经被你们宠坏了。所以,我也不能确定自己是不是还有让她再坏一点的能力。"

听到这话的唐锦瑟会心一笑,褚希澈说的话可真是让人觉得心里舒坦。不仅她这么觉得,顾卿紫也同样这么认为。

等大家一起聚到了 KTV 门口的时候,顾卿紫一脸黑线,她抬眼看了看褚希澈，咬着牙问道："你不是只叫了陈博吗？"

"当时可能是只狗接的电话。"褚希澈也阴沉着脸道。

随后姗姗来迟的蜜儿、慧慧还有小夕，拎着大包，里面居然装满了罐装的啤酒。她们几个以为唱歌就是来划拳的吗，真是的。

陈博身侧站着墨柳儿和夏辰佑，互不看对方的脸色，反正看样子心情都不大好。不知情的陈博上前和他们打招呼，"我已经订好包厢了，大包厢。"

"有没有你嘴巴这么大？"顾卿紫上前，笑呵呵地问。

陈博一把钩过她的脖子，而后悄声在她耳边说："褚希澈打我电话的时候，他们两个正巧在我左右两边，我也是没办法。话说，你不觉得墨柳儿和夏辰佑有点奇怪吗？"

褚希澈拉了一把顾卿紫，极少像现在这样不耐烦地说："那走吧。"

一干人等看到墨柳儿的时候也惊讶了一下，尤其是蜜儿，大早上的才刚有过摩擦，这不是各自撞枪口上来了吗？

几个人都心照不宣地往包厢走去，小夕漫步在陈博身后。陈博看了看前面几个人，转头对小夕笑着说："Lady first."然后就绅士地让道了。

小夕连忙摇头说："不用不用，随意就好。"

于是，两个人并肩走着，在通往包厢短短的距离上，小夕和陈博之间的距离丝毫没有缩短。或许，总有一些人只能远观，不能亵玩。

进入包厢，夏辰佑一直在默默地点歌，不怎么交流。墨柳儿一直坐在边上喝着蜜儿他们带来的啤酒，一罐又一罐，喝到最后蜜儿都心疼了。至于慧慧，好像找到了人生中的知己，和唐锦瑟居然默契十足，愣是酣畅淋漓地高歌了几首。

殊不知，下面的顾卿紫等人早就听得快昏过去了，小夕甚至都耳鸣了。倒是陈博选择了乐在其中，笑到不能自已。

"你朋友简直是天才啊,一首《当》都能唱得没有一节是在调上的,她是怎么做到的?"陈博就坐在顾卿紫旁边的位置,如此说话也要喊得很大声。

顾卿紫不屑,"因为她有病啊!"

"可是再怎么有病,《还珠格格》那么红,不至于一首歌都唱成这样吧?"陈博依旧诧异不已,不停地追问。

"她那时候喜欢唱的是《小冤家》。"顾卿紫对着陈博的耳朵喊道,其间因声音太轻,只好凑得近一点说话的顾卿紫无意中嘴唇碰到了陈博的耳朵。

陈博听完纳闷,"那不是《情深深雨蒙蒙》中的插曲吗?"

"对啊,可惜她连喜欢唱的都能唱走调。"

"高手在人间啊。"

莫名其妙地拿起水杯干了一下,顾卿紫和陈博将里面的柠檬水一饮而尽。一旁看着的褚希澈寻思着怎么让顾卿紫接触不到别人,最好只能看着他一个人。

"谁管管她,她快把我带来的一打啤酒都喝完了。"蜜儿在那儿和墨柳儿抢啤酒,她实在是心疼啊,这花的是她的钱好不好。她是买酒助兴的,结果墨柳儿倒好,借酒浇愁了起来。要浇愁怎么不用自己的钱?

顾卿紫往那边看了一眼,墨柳儿的状态确实不好。可是夏辰佑又一直背对着他们在点歌,反正什么歌都点了。要不要过去和他说一声呢?

她刚准备起身,褚希澈就伸手拉住了她,侧身靠近她,对着她的耳朵说:"不要管。"

"可是……"顾卿紫想起下午那会儿有些撕心裂肺的墨柳儿,觉得她也不容易。都这样了,还要强颜欢笑地出来和他们唱歌,她大可不必来啊。这不是往心头上插一把刀嘛。

褚希澈眼里透露着是说一不二的信息,黑沉沉的眸子注视着顾卿紫,让她只好妥协。"真的不用管她吗,是不是太无情了点?"

"我去和夏辰佑说。"

"不行!"顾卿紫一把拽住褚希澈。这事怎么能让他去说呢,现在褚希澈已经变成了夏辰佑的情敌了。这要是打起来怎么办?不行,绝对不行。

褚希澈微微皱眉看向坐立难安的顾卿紫,看样子好像是有什么事情瞒着他。随后只见顾卿紫拉了拉陈博的衣袖,这个动作让褚希澈相当地吃醋。

"陈博,你让夏辰佑先送墨柳儿回去吧。"这种事情,让中间人来做最好了。

当时陈博正和五音不全的唐锦瑟唱着《精忠报国》呢,根本没有工夫理会顾卿紫。可把顾卿紫急的。万般无奈之下,她大义凛然地对褚希澈说道:"我送她回去!"

褚希澈当下以为自己耳朵聋了,拉住顾卿紫的手同她站起身说:"一起吧。"

顾卿紫觉得褚希澈这个举动也让她感到不安,他也要一起,一起送墨柳儿回去吗?唉,有些事情不去想它好像根本不可能,尤其是自己在意的人。

两个人和蜜儿他们嘱咐了一下,折腾好久才把墨柳儿扶出了包厢,喝得烂醉如泥的墨柳儿一个劲地往褚希澈身上倒去,搞得顾卿紫下一秒就想把墨柳儿扔回包厢里。

忍了很久,终于在外面打到了出租车。后座上,顾卿紫坐在了中间,将褚希澈和墨柳儿隔开。

"顾卿紫。"忽然间,褚希澈抓着她的手,叫了下她的名字。

"嗯？"

"我只是想要和你在一起，陪你做你认为正确的事情。"

一句话，让顾卿紫顿感安心。

随后，褚希澈又补充道："对我而言，最重要的是你，而不是你所做的事情。"言外之意就是，他褚大少爷在顾卿紫那里的原则就是"对人不对事"。

"嗯。"再多的言语说出口也不外乎"谢谢你"和"我喜欢你"，既然如此，不说也罢。反正，褚希澈会懂的。

第二十六章 疑窦丛生

昏昏沉沉好几日，等到所有人都清醒过来的时候，转眼就已经到了新年。什么时候跨的年，他们都不知道了。

只是觉得某个晚上好像发生了很多的事，有人在唱歌，有人在酗酒，还有人在秀恩爱，当然更多的时候是看见那些安安静静坐着，只能用余光看着那个在意的人笑着、哭着，然后继续各自的生活。

"卿紫，那个唐锦瑟是什么时候走的？"全寝室都在上专业课的时候，旁边坐着的小夕在笔记本上写了几个字之后，突然发问。

顾卿紫白了她一眼，手上奋笔疾书着，因为不写快点，PPT 很快就翻页了。写好最后一个句号后，她才冷淡地回应，"唱完歌隔天就回去了。我不是大清早起来送她去的车站，你们几个还怪我发出声响吵醒你们，简直就是禽兽啊。"

原来是这样。小夕想了想，还真的记不大清楚了。那天晚上虽然墨柳儿提前回去了，但是在顾卿紫和褚希澈回来之后，他们又进行了第二轮。第二轮的时候，一个个都喝酒了，除了顾卿紫。她不喝是因为褚希澈不让喝，恩爱秀得也真的是没边了。

"后来有没有发生什么事？"小夕别过脸看着顾卿紫，心里有那么点期待。因为她隐约记得回去时坐上出租车，她旁边坐的是陈博，而且她好像占了他的便宜。

顾卿紫仔细回想了一下，因为没喝酒的只有她，按理她应该是最清楚不过了。可是她说了句，"中途夏辰佑就好像不见了。"

"关我屁事！"小夕反应有些大，刷地就翻了一页书。满心期待，顾卿紫居然就说了这么一句废话。

这时坐在小夕右边的蜜儿轻声说道："你想知道什么，我也还是记得点的。"

蜜儿到底是蜜儿，说话一针见血的。其实那个晚上，她虽然不确定，但是她确实无意中看见小夕对着陈博笑时的表情。尽管只是笑，但那种温柔是只有在看自己喜欢的人时才会出现的表情。

"也没有什么特别想知道的。"小夕低头，不再言语。

顾卿紫纳闷，猛然间想起什么似的忍着笑说："我跟你说，这件事一定会让你流芳百世的。那天晚上你是和陈博坐一辆出租车回来的，但是你睡着了。到了学校之后，陈博肩膀上都是你的口水……"

"够了！"小夕顿时抓起手头上的书就朝顾卿紫给扔了过去，当场命中。她要听的根本不是这个好吗？为什么会流口水，为什么?！

顾卿紫的脑门一下子就红了，她捂着额头，万般委屈地嘀咕，"又不是我让你流口水的，谁让陈博那么秀色可餐，正巧合你胃口呢。哎哟，好疼。"

因为骚动，趴着小憩的慧慧被吵醒了，她抬起头，揉了眼睛，掠过蜜儿看着小夕说："也真是奇了怪了。长得帅的人，脾气性格都特别好。人家陈博一点没介意，抱你上楼之后，把衣服留在你的位置上了，说让你洗干净。"

What？这也叫性格好，这明显是现世报啊！等等，刚刚慧慧说什么？陈博是抱着她上楼的？抱？带着这个疑问，她缓缓地看向慧慧，不好意思地问："我是怎么上楼的你说？"

这时蜜儿抢过话茬，冷淡地扔了一句，"她没说明白。其实因为你体重的原因，陈博是拖着你上楼的，就像拖着一条巨蟒。"

听到这个小夕彻底石化了，这下好了，不要求陈博会喜欢上自己，因为根本没可能了。算了，还没来得及说出口的单恋就这样因为口水和巨蟒扼杀在了摇篮里。

"她怎么了？"慧慧指指有些万念俱灰、萎靡不振的小夕问。

蜜儿冷笑，拿起笔重新投入课堂中。"估计神游去了吧。"

"哦。"

对于小夕的遭遇，众人反应一直平淡，好像不过是在别人面前放了一个屁。这是常事，没什么好大惊小怪的。

"今天下课回去后好好做那份作业，这次期末考是闭卷的。你们懂得，不画重点，因为都是重点。反正挂了就来年再补考吧。"老师风轻云淡地说着，整理了下自己的资料就大步流星地走出了教室。

顿时，全班哀号一片。

都说新年有了新开始，可是对于墨柳儿而言，新的一年不过是延续了上一年所有的悲哀。她几乎没办法缓过劲来。

有一种喜欢，是非要等到他投入别人的怀抱，你才会意识到。意识到自己曾经错过的种种，也意识到自己将再也没有第二次机会来"错过"。

是，连擦肩而过的机会都没有了。

墨柳儿也学会了翘课，她并不是真的想要翘课，而是以她的心情即便到了课堂上听着听着也会哭出来吧。那晚，即便喝醉酒，她也还是听见了褚希澈对顾卿紫说的话。

褚希澈是真的喜欢顾卿紫,面对喝醉酒的自己,他最关心的仍然是顾卿紫。怕她误会,怕她不安,所以凡事都以她为先。

"如果没有顾卿紫,褚希澈的那份温柔是不是就给了自己?"墨柳儿躺在床上,翻了个身拿出手机,看了之前拍的照片。

每一张都是回忆,每一张里都有她最爱的褚希澈。

于是,她打开人人网,将一张有她、夏辰佑、褚希澈还有陈博的照片传了上去。那个时候,是他们四个参加完马拉松后的一张照片。因为高兴,她挽着褚希澈的胳膊也没有被拒绝,褚希澈也只是露出了浅浅的微笑,眼睛却没有看着镜头。

"即便是回忆,也还是甜的。"上传照片时,附上了这么一句话。墨柳儿不知道自己想要干什么,但是她就想这么做。

没一会儿,手机却响了起来,接起来一看却是自己的表哥。说回来,从小到大,最宠她的人居然是这个大了自己8岁的哥哥。

"喂?"墨柳儿轻声地回应,却带着哭腔。

"柳儿,我来这里出差了,晚上来接你和哥哥去吃个饭,怎么样?"此时车子正停在大学附近,身为警察的顾培西高兴地打电话给自己的妹妹。

墨柳儿好久没有听见家人的声音了,于是不知怎的,那个悲伤的情绪又再度涌了上来。她压抑许久的感情终于在那刻完全爆发,对着电话大声地哭了出来。

顾培西皱着眉头听着电话那头的哭声,他了解墨柳儿,性格倔强的她平常不会这样放肆自己发泄。可这会儿,发生什么事了呢?

"柳儿,别哭。哥办完事情就来找你,有什么事和哥说,要是谁敢欺负你。放心,哥带手铐了,分分钟拷进去让他反省反省。好不好?"

他这边说着，旁边的同事倒是笑了，嘲笑他，"为了妹妹滥用职权啊。"

可是这招对墨柳儿很有效，她当即就破涕为笑了。点点头说："嗯，那我等你电话啊。我今天哪儿也不去了。"

"好的，有什么想要的跟我说一声。"顾培西好声好气地同墨柳儿说着，最后挂了电话。笑着对同事说，"我这个妹妹生下来就是我们家族的骄傲啊，能歌善舞的，主要是长得漂亮。"

"嗨，那确实是家族的骄傲。因为你长得就已经是家族的耻辱了。"

"开你的车吧！"

城市大道上，车子一辆接着一辆呼啸而过。刚和陈博上完课准备去图书馆的褚希澈忽然感到背后一阵阴冷，忍不住停住脚步，左右环顾。

"怎么了？"陈博也随着他四下张望。

只听见褚希澈面无表情还带着死鱼眼淡淡地说："有不祥的预感。"但看了看周围，没有什么特别的发现，于是只好继续朝前走着。

"早上联系过卿紫了吗？"陈博随后问道。

走了才没几步，褚希澈又停了下来。看向陈博，表情严肃。"老是卿紫卿紫地叫她，你和她很熟吗？"

"名字不就是拿来叫的吗？"陈博反击，脸上是一副无所谓的样子。

褚希澈哼了一声，大步向前，不再理会陈博。陈博也觉得无奈，耸耸肩也只好跟上。吃醋的男人好像比女人还可怕啊。

尤其是这个面瘫褚希澈。

晚上，在宿舍整理好学习资料之后，顾卿紫本想缩在床上看电视的。结果褚希澈电话打来说要她去图书馆，说什么要督促她复习。

"搞得好像我很不务正业一样的。"顾卿紫嘴上这么埋怨着，手上动作却利索极了。很快就收拾东西出门了。

这让最近饱受孤独的小夕更加寂寞了！

"你可以找陈博啊。"蜜儿忽然提议。

这个提议相当的大胆，当时就吓了小夕一跳。她为什么要找陈博，找他干什么？难道也去图书馆？切，一定会碰上顾卿紫和褚希澈的，才不要去。

"你不是喜欢陈博嘛。喜欢就要争取啊，你这样子不声不响的，人家哪知道你看上他了。说不准陈博对你也是有好感的呢。"蜜儿头头是道地分析，瞟了眼若有所思的小夕，继而又问道，"陈博有喜欢的女孩子吗？"

小夕愣了愣，点头。看她这副表情，那恐怕是没戏了。蜜儿站起身，走到她旁边，倚着衣柜门，好奇地问："是谁，我们认识吗？"

埋头准备考证的慧慧听到这样的八卦，立马拿掉耳塞，倾身过来，饶有兴味地等着小夕讲出这个和她们都没有关系的八卦。

小夕叹了口气，皮笑肉不笑的很是勉强。"我不确定，但是我感觉陈博喜欢的人好像是卿紫。所以，我也不知道该怎么说。"

听到这个，慧慧和蜜儿都怔住了。这什么节奏，两个小伙伴喜欢上了同一个女孩子？没道理啊，陈博要是喜欢顾卿紫，怎么顾卿紫一点反应都没有？不要说顾卿紫没反应了，好像连陈博他自己也没什么动静吧。

"那就没戏了。"慧慧掉头继续埋头苦读，这事已经没什么追问下去的价值了。

蜜儿也这么认为，伸出手拍拍小夕的肩膀，语重心长地说："估计陈博对顾卿紫的喜欢也只能止步于此了。话说，是个男生都会喜欢上顾卿紫那款吧。热情、开朗，又幽默。再者，卿紫长得不赖。我看过她初中、高中那会儿的一寸照，简直是太清秀。"

"热情、开朗、幽默？"小夕扯扯嘴角，抛出一个问题，"这不是我的特质吗？"

话音刚落,蜜儿干咳了一声,纠正道:"你那不是幽默,你是犯二。"

"再见。"说完,小夕就负气离开寝室出走了。但是,寝室里的人都知道,这会儿一定是去食堂打饭去了。

最后剩下的两个人,相视一笑,也不再言语了。片刻沉默之后,蜜儿喃喃自语,"那陈博不是挺男人的,以朋友该有的姿态喜欢着顾卿紫,这样天下就太平了。"

"你说这话的时候,我想到了墨柳儿。"慧慧嘴巴很快地就接了这么一句。"她就是那种唯恐天下不乱的人。"

唉。蜜儿无语,这事究竟该不该怪墨柳儿呢?喜欢一个人能有什么错,就算方式错了,那也是喜欢的一种方式。

爱情里面的先来后到,对于女人来说是赌上尊严的。

晚风徐徐,冻得够呛。好在今天墨柳儿穿了一件没过膝盖的大衣,全副武装。即使穿了很多,看上去也依旧那么漂亮。

"哥,你能帮我一个忙吗?"吃完饭的时候,墨柳儿小心翼翼地问道。

顾培西自然满口答应,"你说,只要不违背道德,哥绝对帮你。"

"我想你帮我查一个人。我不是和她有过节,就是想了解一下她的过去。她曾经可能遭遇了某种'不幸'。我就是想知道一下,这个不违背道德吧?"

"显然,这个人没有告诉你关于他的过往,那么这个就属于个人隐私范畴。"顾培西到底是干刑警的,三两句就明白自己的妹妹想干什么。"不过,看样子让你难过的应该就是这个人了吧。"

墨柳儿停顿了一下,像是被猜中了心思。"不是她,不过和她有关系。"

"行,哥有时间帮你看看。回头发我短信就好了。"顾培西也没有继续追问,女孩子想要知道的事情多半和感情脱不了关系,能帮就帮吧。

如果彼此间有误会，或许知道了还能和好如初呢。

唉，说到底，他就是把妹妹宠坏的人。

墨柳儿感激地点头致谢，她确实想要知道顾卿紫的过去。因为她的第六感告诉她，那件事或许是个转机。

第二十七章　不如不知

中午慵懒的时刻，顾卿紫和褚希澈两个人约会。褚希澈坐在对面，脊背挺直，右手拿着笔认真地写着什么。

外面的阳光照射进来，使得他被金黄色的光芒所笼罩，温暖至极。

"褚希澈。"顾卿紫低声唤了下他的名字，声音柔柔的很是温柔。

难得听到她叫自己的名字，却意外的没有抬头看她，只是纠正道："'褚希澈'这样的称呼是给外人叫的。所以你应该叫我什么？"

顾卿紫怔住，仍然无法适应褚希澈对她说的每一句似有若无的情话。她微怔，想了想后说："希澈？"

"孺子可教。"他满意地抬头同她对视，后又略带好奇地问道，"你和陈博关系很好吗？"

"嗯？"怎么忽然扯到陈博上来了，顾卿紫一下子都忘记自己第一下叫他名字是要跟他说什么话了。"陈博，挺好的呀。"

褚希澈皱了皱眉头，果然。他轻轻叹了口气，"好到什么程度？"

"这个嘛……"顾卿紫瞥了眼褚希澈，却发现他一脸严肃的表情。怎么回事，她和陈博之间的战友之情遭到质疑了？质疑对象还是褚希澈？

"为什么要问这个?你和陈博关系不也挺好的吗?"

褚希澈索性放下笔,既然讨论了,就讨论个清楚吧。他抿了一口咖啡,嘴里涩涩的,就像是他的心情。"我和陈博的关系,就像是你和小夕的关系。但是,如果我和小夕的关系也同我和陈博的关系一样,你会怎么想?"

这是什么,脑筋急转弯吗?顾卿紫头脑变得越来越简单了,她怎么觉得如果褚希澈和小夕他们的关系也能到随时随地都开得起玩笑的程度的话,那她真的是放心死了。实在是想不通,这个有哪里不好啊。

"挺好的呀。"不觉得哪里有问题的顾卿紫如实地回答了。

褚希澈顿感神经疲劳,抬手无奈地扶住额,缓了缓之后对她说:"我是在吃醋,顾卿紫。"是不是太含蓄了,这年头怎么连吃个醋都没办法被人识破,还要亲口说出来?

呃?!顾卿紫一下子就被褚希澈那个无比真挚在表达"吃醋"这个概念的眼神给迷得七荤八素。她脑子里那会就发出了电视被干扰时发出的"哔——"的声音,完全乱了手脚,支支吾吾半天问了一句,"那怎么办?"

褚希澈当时看着顾卿紫的样子,顿感心神荡漾。这么好看的顾卿紫,还好没有被人捷足先登,还好最后还是他的。于是,他笑着倾身向前,靠近她一点点说:"你亲我一下。"

从褚希澈嘴里听到这么赤裸裸的话,顾卿紫的心脏都快紧张炸了。她稍稍往后仰了仰身子,扫了眼周围咖啡馆里的人。暗骂,为什么今天人这么多?

"一定要、要亲吗?"顾卿紫有些手足无措,公众场合秀恩爱什么的,要是后院有条狗,一定会被毫不犹豫给扔进去的。她小心瞥了眼前面的褚希澈,眼神那个诱人!怎么办,到嘴的鸭子都不要,顾卿紫你不亲肯定会后悔的!

嗯!加油!暗暗给自己打气的顾卿紫再次确认了一下周围有没有人在看他们,在肯定没什么人注意到他们时,她终于鼓足勇气,倾身向前,蜻蜓点水一般地在褚希澈的脸颊上"啵"了一下。然后像怕被抓住似的,闪电般的速度恢复之前的状态。

"喵,你亲脸怎么算数?"褚希澈嘴上这么说,心里却高兴坏了,原来像吃了蜜一样的感觉是这样子的。蛮不错,以后要多尝试,延年益寿。

顾卿紫佯装喝着咖啡,装作听不见。不算数也是亲到脸了,反正是赚到了!喝着喝着,差点乐得喷了出来。

"下次要亲这里。"褚希澈拿着餐巾纸伸手替她擦去唇上的咖啡沫,语气极尽诱惑。随旁人怎么想,反正对于顾卿紫,褚希澈不想有任何保留,同样也希望她对自己没有任何保留。这个想法,很早之前就有了。

顾卿紫对于褚希澈的亲昵还是可以习惯的,但是以前冷冰冰的褚希澈现在对她总是笑容绽放,还尽说些肉麻的话,让她受宠若惊的同时也适应得很困难。

"为什么你之前不是这个样子的?"有些疑问还是不得不问啊。

褚希澈直起身子,将面前的一本书合上同笔放到了另一边,双手十指交叠,准备认真回答顾卿紫这个问题。但是,他一调整姿势,顾卿紫就容易被他漂亮的手指给吸引了。不光是她,就连寝室里的姐妹们都对他有了强烈的"手控",一个男人没事长得这么好看干什么,简直违背神的旨意。

"之前,你是指什么时候?"褚希澈回答问题的方式就是用问题去回应她的问题,这是技巧,一般人也很难掌握这种夺回话语主动权的方法。

顾卿紫抬起下巴回忆了一会儿说:"就是我第一次在食堂碰见你的时候,你超级冷淡的,性格还特别不好。"

"你确定那是第一次遇见我?"褚希澈挑着眉,连说话的音调都上扬了。

顾卿紫忙低头喝了口咖啡,仔仔细细地回想着。

"难道在你印象里,图书馆那次算第一次遇见?"越说越远了。但是顾卿紫这么想,可能食堂那次,褚希澈根本没注意她,所以那不算第一次。

离谱的答案,褚少爷再次无声地抿了小口咖啡,这咖啡的味道怎么越来越苦涩。他明明记得有加糖,算了。在听见顾卿紫的答案之后,加不加糖都一样。

"我第一次遇见你,可比你印象中的要早很多。"褚希澈声音有些哑,或许是因为记起了某些事情,让他难以忘怀的事情。

顾卿紫诧异,但是忽然间喜上眉梢,贱兮兮地问道:"这么说,你早就喜欢我?"

这个问题抛出来的时候,褚希澈先是顿了顿。这让顾卿紫非常地不爽,关键问题,停顿个屁啊。面对女朋友,难道这种问题不应该脱口而出吗?

"干嘛,你不愿意回答啊?"顾卿紫开始闹别扭了。

褚希澈重新拾起书,翻开夹着书签的那一页继续阅读起来,读第一个字的时候,对她说了一句,"现在不想告诉你。"

"你……"顾卿紫哼了一声,不说就不说。

褚希澈越过书本,淡淡地扫了眼顾卿紫的表情,估计是真的闹起了别扭。但是,一见钟情这种事渐渐演变成了执念,对她的念念不忘,百转千回要怎么说出口?这样的感情三言两语表达不完,亦不能简单地概括成"喜欢"。

既然如此,不如不说,不如不知。

百无聊赖之下,顾卿紫只好在有男朋友的情况下仍旧玩起了手机。刷了下热门微博,没有她感兴趣的事情。而后又忽然想起自己已经好几天没上人人网了,又满怀期待地登录了人人网。结果,没翻几条就看见一张照片跃然于眼前。

那个时候,瞳孔都放大了。她为什么突然之间放了这样的一张照片?而且,照片上的墨柳儿和褚希澈挨得好近,她竟然还挽着他的手臂!

"奇怪,我是什么时候加了她的人人网,怎么一点印象都没有。"顾卿紫心里不舒服的同时还多了很多疑问。

与此同时,那边正从市中心自己一个人逛完街回来的墨柳儿半路上接到了自己表哥顾培西的电话,顿时情绪亢奋了起来。

"你让我查的这个叫顾卿紫的女孩子倒没什么特别的过往呢,人际关系也很简单,长得还蛮好看的,是不是在学校里很受欢迎,抢了你的风头啊?"顾培西开着玩笑。

听到这些的时候,墨柳儿有些失望。冷冷地回了一句,"哦。"

"不过她高中的时候好像发生了一件事情。有起案子,当时她为了帮一位姓杨的女士追回钱包,同小偷打了起来……啧,这姑娘我很是欣赏啊,小小年纪这么厉害。"

"哎,说重点呢。"墨柳儿急了,"快说'然后'!"

顾培西清了清嗓子继续说:"然后她把小偷打成了重伤……哈哈哈,这小姑娘我太喜欢了,还学过空手道呢,难怪打人没有轻重的。不过结局就是见义勇为不作数,家里还赔了点钱。这么看起来,小姑娘运气不好呢。"

"就这样?"墨柳儿惊讶,没什么特别的啊。但是应该就是因为这样,所以顾卿紫才从不对外人说自己练过空手道。真是个鲁莽的人呢。

顾培西那边好像传来点击鼠标的声音,警察就是警察,出于职业本能，他顺便看了下做过笔录的那个杨女士的资料。一查后，也略微有些感叹。

"哦，当时这个受害人身边还带着儿子，名字叫……喔，这名字取得一看就知道是个帅小伙，还是和你们一个大学的。叫褚希澈，你认识吗？等等，我看看他照片……啧啧，果然是一表人才啊。不过，怎么这小姑娘家赔钱这么大的事，这受害人怎么也不吭一声，真的是世态炎凉啊。"顾培西在那边自顾自地说着一些有的没的，还连连感叹年轻就是好。

而墨柳儿听到褚希澈名字的刹那就有种五雷轰顶的感觉，什么先来后到，什么后来者居上，什么顾卿紫究竟是什么时候闯进了褚希澈的眼里。原来，这些统统都发生在认识她之前。原来，本以为自己先接近的褚希澈早就已经迈向了顾卿紫。

"柳儿，你在听吗？"没有得到回应，顾培西关心地问。

墨柳儿吸了口气，强忍住内心的悲痛，对他说了一声，"嗯，谢谢哥哥。麻烦你了，我现在还在回学校的路上，那我先挂了。"

不给顾培西说话的机会，墨柳儿就把手机揣回了衣兜里。却一个急匆匆的转身，撞到了别人，双方都发出了轻微的呻吟声。

"对不起。"不约而同的道歉声让彼此都愣了一下，抬头正视之后更是惊讶了。

顾卿紫看着慌慌张张的墨柳儿一下子不知道说什么好，旁边的褚希澈倒是自然而然地看着她询问，"还好吗？"

"嗯。"顾卿紫点头，继而看向墨柳儿，也不知道怎么会这么尴尬。要说点什么呢？她看向褚希澈求救。

结果他轻轻搂住了她的腰，眼睛看向前方说："那走吧。"

呃，果然靠这个面瘫是没什么用的。顾卿紫挣扎了下，可是挣扎失败。反倒是墨柳儿不知道中了什么邪，拦在了他们面前，眼睛看着褚希澈说:"我有话要跟你说。"

"你说。"褚希澈回答得很利索,但是却搂着顾卿紫同她擦肩而过。

墨柳儿真的是又气又急,这事说到底总是要被捅破的。难道褚希澈希望最后顾卿紫厌恶他吗,还是说他已经告诉顾卿紫了?

不可能。墨柳儿一咬牙,对着他们的背影说:"褚希澈,我明天下午3点在图书馆等你。有关顾卿紫的事,你不得不来!"

走在前头的顾卿紫心里一惊,里头还有我的事?她用怀疑的目光看向褚希澈,他还真的是一副事不关己的样子。

"她是什么意思?"顾卿紫问。

褚希澈这会儿拥住了她的肩膀,把她往自己这边拉。对她说:"别人什么意思我不管。你只要明白我的心意就够了。"

"你什么心意?"顾卿紫反问,因为她总觉得背后的墨柳儿一直在用凶狠的目光戳她的脊梁骨。她不能回过头去骂墨柳儿,只好撒气到褚希澈身上了。

硬邦邦的语气令褚希澈颇受内伤,他只好停下脚步侧身同顾卿紫面对面站着。不管路过的人的目光,他俯身就吻上了顾卿紫的唇瓣。

后面的墨柳儿望着突然发生的这一幕震惊不已,全身颤抖的时候她都分不清这是过度惊恐还是过度忌妒。她只是愤然转身,强忍着泪水。

"你有病啊?"顾卿紫羞红着脸推开褚希澈,紧张得四下张望。但是果然被路人赤裸裸地注视了。这个褚希澈,会不会看场合了?

褚希澈直起身子,轻描淡写地说:"那会儿你亲了我的脸不算数,所以我只好示范给你看一下正确的接吻方式。"

"胡说。我百度过了,接吻根本不是这个样子的。"顾卿紫扬起了下巴,以为自己扳回了一成。

褚希澈忽然笑了,抬手抚摸她的脸颊,语气里带着暧昧不清的笑意问道:"那应该是怎么样的,要不你示范一下?"

"我……"顾卿紫后悔万分地咬牙跺脚,以竞走的方式火速撤离了褚希澈的身边。真是的,还让不让人活了?一直心跳加速,会死人的啊!

这个顾卿紫真是让人没办法,没办法不喜欢。褚希澈宠溺地笑笑,跟上她走了几步后又想起墨柳儿的话。眉峰忍不住隆起,有关于顾卿紫的任何事他都不需要任何人来告诉他,因为关于顾卿紫的一切,他都要胜券在握。

第二十八章 风平浪静

日子没有什么特别的，每天都是在做着一个学生应该做的事情。但正因为没有什么特别的，反倒还觉得不一般了起来。往往惊喜就藏在平凡的每一天中，但也不排除是惊吓。

顾卿紫看起来好像不怎么介意墨柳儿对褚希澈的3点之约，也不曾在褚希澈面前说过什么你不准去之类的话。但是眼看着3点钟就快要到了，她恨不得打电话过去让褚希澈马上出现在自己的眼前。

有这个想法的时候，她正从学校的水果店里买了个西柚，拿着手机边走边考虑究竟要不要把电话打出去。然而这时，陈博的电话却率先打了进来。

电话接通"喂"了一声后，顾卿紫果断撞上了前方某个人坚硬的胸膛。

"打电话的时候要看着路啊，顾组长。"

声音显然比电话里传来的更加清晰，顾卿紫抬头，惊愕地发现自己撞上的就是陈博，赶忙直起身子，收起电话笑着说："你怎么在这儿呢？"

陈博也从耳边拿下手机放回口袋里，侧身指指她们的宿舍楼说："来拿衣服。"他说这话的时候,脸上没有太多表情,至少在顾卿紫看来,没有表情的陈博很少见,也很奇怪。

她晃了晃手中的柚子,问道:"吃吗?"

"不了。"陈博这会儿倒是笑了,但是看着她一副欲言又止的模样。"顾卿紫,你和褚希澈最近还好吧?"

"挺好的呀。"顾卿紫不假思索地问答。

陈博会问这个问题也是因为看见了墨柳儿在人人网上上传的照片,那确实是很久之前的合照。她突然重提旧事,陈博就担心会发生什么事情惹得顾卿紫不高兴。毕竟,有段时间顾卿紫还真的为褚希澈和墨柳儿的事情费过神。

"嗯,那就好。"陈博浅浅一笑道。

两个人一下子没了什么话聊,顾卿紫也百无聊赖地走上了旁边围着的花坛的边沿,摇摇晃晃地在上面走着。她心里其实也纳闷,陈博是来拿上次留在小夕那儿的衣服的,可是小夕这会儿明明上课去了。

"你小心点。"看着顾卿紫玩起了平衡木,陈博倒是捏了把汗。伸手跃跃欲试地想要扶住她,"你下来走吧,崴到脚可不好。"

这边话音刚落,顾卿紫左脚就直接从边沿上滑了下来。她连"哎呀"都没来得及喊,整个人重心就急速偏移。陈博紧皱眉头,上前一步再度伸手想要扶住她,却见褚希澈不知道什么时候在顾卿紫身后,已经牢牢地用双手扶住了她的双臂。

"多大了,还不会好好走路。"褚希澈轻声细语地责备道,看向陈博,带了眼他还停在半空中的手。"你也在这儿?"

陈博放下手顺势插进了裤袋,挑着眉说:"反正你眼里只有顾卿紫。"

这话说得当事人非常不好意思,连忙从褚希澈怀里挣脱,站好对陈博说:"小夕不在呢,你的衣服她扔进洗衣机里之后就没有见她拿出来过。估计现在已经在洗衣机里发霉了吧。你还要吗，要的话我帮你去拿。"

"这么重要的事情为什么现在才说啊?!"陈博抱着脑袋哀号，"那件衣服超贵的好不好？我衣柜里就属那件最上档次了。"

顾卿紫尴尬地扯扯嘴角，同情地看了眼陈博说："那你还让小夕帮你洗，大冬天的明显会被扔进洗衣机里啊。"

褚希澈上前一步，替陈博解释道："他就是不想自己手洗才交给小夕的，以为全天下女孩子都会对男生以礼相待。你这是觉得人家小夕喜欢你是吗？"

知情的顾卿紫和陈博纷纷选择沉默，并且回避这个问题。陈博挠挠头，转而笑嘻嘻地将这件事托付给了顾卿紫，"那没什么事的话我先走了，我回去接着研读棋谱。卿紫你帮我转告下小夕，改天我会来向她索命的。就这样，不送。"

"你为什么不自己说……"顾卿紫朝着陈博的背影喊，可是这家伙居然还溜得蛮快的，于是拿来喊的声音也变得弱了下去。

褚希澈懒得理会陈博的事情，他马上把视线戳向了顾卿紫，就这样一瞬不瞬地望着她，直到她有了反应为止。

"看我干什么？"顾卿紫被他灼热的不怀好意的目光给看得羞红了脸，想推他一把结果却又被他给抓住了手腕，动弹不得。

"刚刚要不是我及时，我的女朋友好像就要倒在别人的怀里了。"果然，这家伙敛起眼眸就代表生气了。

顾卿紫干咳了几声，看着他说："那我摔下来是因为地心引力啊，也不是我乐意的啊。就像学校里有好多女孩子喜欢你，那我总不能一个个骂回来，然后说你拈花惹草吧。"

说得这么有道理，让所向披靡的褚希澈竟一下子无言以对。可是，原则问题不能混为一谈。褚希澈索性牵住她的手,从她那里接过那只柚子,引着她往宿舍楼走去。反正管理员阿姨也是"外貌协会",对褚希澈一律放行,这次看见也完全是睁一只眼闭一只眼的。

没办法,谁让褚希澈看上去就是谦谦君子,温润如玉的俊美样子,用脚指头想想也不会做坏事。

"刚刚阿姨是向你抛媚眼了吗?"迈上楼梯的顾卿紫无语地扯动下嘴角,这年头真的是情敌无处不在啊。

褚希澈却想着终于逮着机会同顾卿紫理顺关于"吃醋"的这个问题。他借机说:"你看,你连一位阿姨的醋都会吃。更何况是我。"

"我哪里有吃醋?"顾卿紫据理力争,"阿姨向你抛媚眼就是你不对,没事你散发这么多男性荷尔蒙干什么?你再这样随便,小心我咬死你。"

"顾卿紫,我真的是拿你没办法了。"褚希澈走到了三楼就停住了脚步,目光灼灼地注视着顾卿紫。还没等她有了下一个反应,他忽而一步将她逼向楼梯拐角处那个隐蔽的地方,俯身靠近她。

在那个刹那间,被逼到角落里,身后只有孤零零一堵墙的顾卿紫感觉自己的心脏都停止跳动了,只能低声呼喊,"干嘛?"

"吻你。"褚大少爷对于喜欢并且想要更加接近顾卿紫的想法从不吝啬于表达,更加不吝啬付诸实践。就他而言,让顾卿紫彻底明白他的心意光靠一遍遍说着"喜欢"根本没有任何效果,因为她总能强词夺理地歪曲他的真心。

可是,又能怎么样呢?爱之深,情之切,憋着伤身体。

于是,顾卿紫只觉得眼前褚希澈的脸放大了好几倍,再紧接着唇上传来酥酥麻麻的感觉之后,她的眼睛就失去了焦点,索性闭上了。

这次,褚希澈没有浅尝辄止,因为已经不够了。他任凭着自己的本能追求他想要的,也指引着顾卿紫进入他想要她感受的世界。这一切应该是理所当然的，于是吻也变得深入了起来。顾卿紫只觉得自己浑身像是被抽空了，只是在褚希澈单手扶着腰的力量下支撑着自己站立着。

整个过程，顾卿紫懵懂，又觉得不可思议。

等到褚希澈松开她时，两人气息均有些紊乱。顾卿紫双眼更像是被蒙上了一层迷雾，迷迷蒙蒙的却更显迷人了。

"百度上的解释还正确吧？"褚希澈话语里带着笑，抬手撩了下她的头发，尽显温柔。

顾卿紫脑子还是嗡嗡作响，稀里糊涂地"啊"了一声，然后抿嘴低头，恍惚间看见了褚希澈手上提着的柚子，顿时觉得好笑。

"好奇怪哦。"她突然低声笑。

褚希澈微皱眉，不解其意，只是静静地望着她，等着她说下文。

"你亲我的时候被这只柚子看见了，你说它该多害羞啊。唉，早知道应该先把它吃了，非礼勿视嘛。"

唉。褚希澈叹了口气，这顾卿紫的重点是不是太偏离轨道了一点？他有点跟不上她的节奏了，刚接完吻，她的第一个反应居然是他手里拎着的柚子。

居然是柚子！

褚大少爷这会儿受的挫折有点大了，但是他依然面不改色，眉宇间还是那股"我是大爷，我说没事就是没事"的豪情。但嘴里却喃喃道："看来下次要在她心无旁骛的时候吻她，不然隔天一定会忘记的。"

顾卿紫心里甜蜜蜜的，倒是挺主动地拉过褚希澈的手。说来也真是巧了，两个人在秀恩爱的时候，居然没有一个人路过。这种天赐良机也真的是只有褚希澈才能碰上了，否则顾卿紫都不知道还要不要再住在这幢宿舍楼里。

手心的充实感倒是令褚希澈又振作了，紧紧回握住顾卿紫的手，再次专心致志地走向五楼，也就是顾卿紫所在宿舍楼层。

打开寝室门之后，顾卿紫大方地邀请褚希澈进去了。好在有先见之明，顾卿紫一大早起来的时候就收拾了床铺和桌子，要不然还真的是惨不忍睹。

"你坐会儿吧。"顾卿紫拉出自己的椅子让褚希澈坐，想起来这应该是褚希澈第一次到她寝室来，会不会觉得害羞呢？

褚希澈倒还真的不知道"害羞"二字要怎么写，只是看向顾卿紫的床，围栏上挂着她毛茸茸的睡衣，顿时脑补了一下她穿睡衣的样子。因为脑补的画面过于可爱，褚希澈莫名其妙地给整个顾卿紫都打上了马赛克，就连视线也欲盖弥彰地故意避开了她的床，再看下去没准会出事。

"这会儿蜜儿她们都在社团活动，寝室有点冷清。"顾卿紫边说着边给褚希澈倒了杯开水，用的是自己10块钱两只买的陶瓷杯，颜色是淡蓝色的。

褚希澈接过杯子道了声谢，"没有人打扰，挺好的。"

"唉，不许你想入非非啊。"看着褚希澈若有所思的表情，顾卿紫反应有些大地跳开了。之前楼道上那不可预测的一吻已经够让她震撼的了。

"过来。"褚希澈伸手示意她离自己近一点，蹙起眉头道，"我不会现在吃了你的。"

呃，这个意思是留着以后慢慢吃？顾卿紫抓了抓自己宽大的又下滑的衣服领口，走到他旁边，忽然想起什么便问道："墨柳儿那边……"

褚希澈抓着她的手轻轻捏了她一下，"关于你的事，我不需要从别人口中知道。关于我们的事，你明白就好。"

"嗯。"顾卿紫点点头，虽然她好奇墨柳儿想要说的事情，但是她更好奇为什么墨柳儿非要告诉褚希澈。不会是又想再来一次强吻吧？

冷不丁地，顾卿紫看向褚希澈的眼神变得冰冷刺骨。

"怎么?"褚希澈不明其意,感受到来自顾卿紫莫名的"敌意"之后,倒还真的有些紧张。

顾卿紫哼了一声,"我们还有一笔账没有算。"

褚希澈越发地不理解,神情也逐渐严肃了起来。谁让顾卿紫的每一件事都让他觉得必须亲力亲为,如果惹得她不高兴,到头来难过的还不是他吗?

"那次为什么让墨柳儿强吻你,而且你都没有报仇!"这还真的是陈年旧事了,顾卿紫也不是忘了,只是和褚希澈待在一起总是会想不起来这档事。刚好提到墨柳儿,不堪往事一股脑地都浮现了出来。

褚希澈却是隐隐一笑,拉着顾卿紫的手却突然一用力,将她同自己拉近,仅是脸对脸,只是再往前一点,鼻子就要撞到了。

"那你强吻我好了,千万不要嘴下留情。"

"你这是赖皮!"顾卿紫挣扎。

褚希澈到底是褚希澈,泰然处之,还不忘再调戏下自己的女朋友,"我不会反抗的,你不要客气。"

"……"

两个人就这样玩着情侣间的游戏,直到小夕上完课突然开门而进,喊了句,"I'm back!"紧接着,又立马尖叫道,"Oh, my eyes!"

寝室里足足用了5分钟的时间来平息小夕的震惊与张皇无措。

"你们能不能收敛一点,能不能体谅一下我单身的感觉,能不能离远一点亲热啊?"小夕喝了口顾卿紫赔礼道歉的茶水,立即就开骂了。

褚希澈刚想回击却被顾卿紫一把捂住了嘴巴,对着小夕赔笑道:"你别生气,我保证没有下次了,我对灯发誓!"

"你滚犊子!"小夕根本不吃这套,愤愤地白了眼顾卿紫。

"陈博喜欢活泼但是不泼辣的女孩子。"褚希澈冷不丁地插了一句。

小夕立马扭头，"啥？"

褚希澈这会儿起身，放下茶杯，整理了下衣服说："陈博的衣服在哪儿，我是来替他拿衣服的。就这样。"

出人意料地，小夕并没有忘记陈博的衣服。在顾卿紫不知道的情况下，小夕认认真真地洗了他的衣服，并且叠好放在柜子里。顾卿紫犹记得，她拿出陈博衣服的时候，那衣服上淡淡的洗衣液的香味。

褚希澈接过衣服，脸上的表情不算明朗。可是也没有说什么，只是轻轻拍了下顾卿紫的肩膀说："那我先回去了，晚上饿了打我电话。"

"好。"顾卿紫乖巧地点头，"我送你下去吧。"

"谢谢。"能和顾卿紫多待几分钟也是好的，褚希澈私心想着。

小夕也顺便目送着他们两个下楼，心里却隐隐地有些失落。陈博都没有亲自来拿自己的衣服，连个电话或者连条短信都没有。果然，让她洗衣服也只是合理的要求。

"唉，算了。"小夕深吸一口气，转回头却吓得大叫一声，"哎呀妈呀，你吓死我了！干什么啊，站在后面不出声？"

墨柳儿其实站在他们宿舍门口很久了，只是一直贴着墙，就连出去了的顾卿紫和褚希澈都没有看见她。

小夕本就心情不好，这会儿更不爽了。于是，索性走回宿舍，关上了房门。

顾卿紫，你会知道褚希澈是个怎样的人。他和你在一起不过是为了弥补曾经对你的伤害，他并非真的喜欢你。

这点，我一定会让你明白的。

墨柳儿这么想着，暗暗下定了决心。

第二十九章　格格不入

天气有些反常，温度突然上升了不少。三三两两的人走在阳光下，太过于青春靓丽，错以为春天已经来了。尤其是看着池塘边的一排排柳树，即使不摆动，也时刻给人以清风拂面的感觉。

慧慧趴在阳台上，望着外面的好天气，无比向往地说："这天气可以去放风筝了啊。"

听到声音，小夕也走了出去，学着慧慧的样子，感叹不已："这样的好天气，要是能再有个男朋友就好了。"

说到男朋友，最近蜜儿刚分手，于是小夕便肆无忌惮地说了出来。这下子寝室里的单身又多了一个，终于可以不再寂寞了。

"没有男朋友还可以玩得更加尽兴，不是吗？"蜜儿虽然竭尽全力地在使自己平静，但是说出口的话又带着浓浓的酸味。

本来寝室里最没希望的顾卿紫却突然成了最幸福的那个，最不缺男人缘的蜜儿却在关键时刻单身了。所以说，这真的是人算不如天算啊。

顾卿紫正蹲在垃圾桶旁边安静认真地剪着手指甲，褚希澈的手都那么干净漂亮，身为女人绝对不可以败下阵来。但是，这自己左手摸右手的手感实在是不怎么好啊。

"是不是应该买点好的护手霜呢?"顾卿紫自言自语,忽而想起之前自己因为误会扔掉的那些褚希澈送的化妆品,等到她回过神来去找的时候,那些天杀的小姐妹们居然用得不亦乐乎了。最后私人物品莫名其妙地被共享了。

"卿紫,你家男人已经在楼下等你一起去上课了。"慧慧的声音悠悠地从阳台上传进来,语气里不乏各种忌妒羡慕恨。

顾卿紫麻利地剪完最后一只手指的指甲,大功告成之后,洗了下手。拿起桌上的书和手机不说"再见",也不说"我走了",什么都没说,就听见关门声了。

"啧啧,嫁出去的女儿泼出去的水。"小夕无奈地摇摇头。

紧接着,慧慧又说:"你家陈博也在楼下呢,大概是和褚希澈一起等的顾卿紫吧。"

小夕哼了一声,不往下看,扭头就往里面走。谁要看陈博?这个帮他洗了衣服,连说一声谢谢也不会说的人,谁要看他?

顾卿紫噔噔地跑下楼去,后面也传来快步的下楼梯的声音。她没有在意,却感觉到自己的手臂一下子被挽住了。

"一起吧。"

扭头一看,居然是墨柳儿。顾卿紫微微一怔,她干吗忽然对自己这么友好?还挽着她的手臂?不会是有什么阴谋吧?连着好几个疑问,让顾卿紫都不敢下楼了。

墨柳儿似乎是感应到了她的不适应,笑着说:"怎么,我就不能和你做朋友吗?"

"与其说是不能做朋友,还不如说是你怎么会选择我做朋友。"顾卿紫也回答得很干脆,明明是两个关系很尴尬的人,突然做朋友什么的不是很怪吗?

这么直白的话让墨柳儿的神情也稍许地流露出尴尬,她松开顾卿紫的手,稍稍拉开点距离说:"这样子是不是好一点?"

"呵呵。"她今天吃错药了吧。顾卿紫也来不及细想,只是就这样同她走下楼去。

外面的空气真的很好,顾卿紫一眼就看见那个站在宿舍那花坛前,穿着休闲,神清气爽又帅得一塌糊涂的褚希澈。

顾卿紫高兴地蹦跶了过去,却在蹦跶起来的那刻又被墨柳儿给拽住了胳膊。顾卿紫当时就想啊,这女人是什么意思?

"哟,卿紫和柳儿啊,难得的画面啊。"陈博一张嘴就道出了天机,而后看了眼褚希澈,刚刚还精神抖擞的,这会儿忽然脸阴沉了下来。

墨柳儿挽着顾卿紫,自己走在了外侧。她笑着说:"同样去上选修课总有一起的时候吧,更何况,我们寝室离得不远。"

陈博对此略微惊讶地张了张嘴,这学期选修课都快结束了,才说寝室离得不远。哦,忘了,墨柳儿和夏辰佑好像是分手状态。

褚希澈看了眼顾卿紫,绕过墨柳儿,走到她身侧,牵起她的手说:"走吧。"然后不由分说地就把顾卿紫从墨柳儿身边带走了。

"不太好吧?"顾卿紫有些局促不安,扯了扯褚希澈的手,"她好像和男朋友分手了,可能一个人觉得尴尬。"

"后面有陈博。"

"……"

见褚希澈不太想纠结于这个问题,顾卿紫也只好作罢。随后,褚希澈又捏了捏她的手,转而语气温和,"有男朋友在,自然是要先挽男朋友的手。"

"哦。"顾卿紫有些心不在焉。

褚希澈只好停住,先是拿过她手里的书,而后望向她澄澈充满灵气的大眼睛,轻轻叹息:"你这么不在意我,是要我当众做什么事情才能让你重视起来呢?"

"哪里不在意啦,我超级在意的!等会上课,笔记我来做!"顾卿紫一听这个,立马露出灿烂的笑容,拍着胸脯说道。

"嗯,这就好。"褚希澈摸摸她的头,同她继续往教室走去。

身后的陈博和墨柳儿完全是两个反应,但至少都不是高兴的样子。两个人都没有说话,只是安安静静地慢慢走在他们身后。

"你和褚希澈认识这么久了,他的事你都知道吗?"路过行政楼的时候,墨柳儿轻描淡写地问了一句。

陈博看了她一眼,又继续看向前面走着的褚希澈,神情淡然。"他喜欢的人正好是顾卿紫这件事我不知道。"

有些揣摩不透这语话里出现的词汇,墨柳儿也不搭腔。她总觉得陈博是知道点什么的,至少他应该知道褚希澈曾经是有认识过顾卿紫这个女孩子的。只不过陈博也不过是知道有这么一个女孩子存在,所以他意外那个女孩子就是顾卿紫。

"你还喜欢希澈吗?"换作陈博问了。

墨柳儿也望着前方褚希澈的背影,苦笑说:"不知道。"

陈博轻叹息,"墨柳儿,你这样子会很难过的。这世上的规律不是你喜欢那个人,那个人就非要对你有所回应的。喜欢上一个已经有了自己幸福的人,那你就更要幸福了。"

墨柳儿不作声,道理谁都懂,可是安慰起自己来这些道理就像是强人所难。

"你再这样下去,你会发现喜欢上希澈只会让你伤心难过。更悲剧的是,你没有理由指责他,因为他不曾给过你希望。"

陈博的话戳中了墨柳儿一直以来最脆弱的地方。是的，正是因为褚希澈从来没有给过她任何虚无缥缈的期待，所以当他对着自己笑的时候就会觉得这就是一种有好感的暗示。可想不到的是，那不过是她做的黄粱一梦。

"再说，卿紫没有做错任何事情。要论喜欢，我想你也知道，是希澈追的她。"陈博说这话的时候，好像脸上都结了霜。

墨柳儿倒是扯动了一下嘴角，隐隐地透着不屑道："你说这话似乎是在暗示我不要去骚扰顾卿紫。你们都这么护着她，到底是为什么？"

"也有人护着你，只是你不稀罕罢了。"

你一言我一语的说话时间，已来到了教学楼。

陈博走进教室，先是打开了窗户。冷空气飘然而至，倒是让人为之一振。旁边刚坐下的顾卿紫立马朝陈博身上扔了本书，嚷嚷着："你想冻死我啊，快关上。"

"你会缺氧的。"陈博转身，弯腰替她捡起了地上的书。

"缺氧就缺氧，也比冻死强。"顾卿紫缩缩身子，而后又笑嘻嘻道，"不觉得缺氧的时候，脸蛋红扑扑的很好看吗？"

蓦地，陈博脸有些微红，随手就把窗户关上了。走到她身边坐下，把书还给她说："以后不要说这么任性的话。因为希澈现在没准在想怎么把你的脸包起来，让别人看不见。"

"咳。"被说中心思的人当即就咳嗽了声。

后面进教室的夏辰佑扫视了周围，因为是同一组的关系，他也只好仍旧坐在了墨柳儿里侧的位置。那一排位置，刚好够他们几个人坐，于是墨柳儿身边的位置像是为他预留的一样。即使是知道他们两个现在的关系，也仍然没有改掉这个习惯。

等到全员到齐之后，顾卿紫忽然想起，选修课好像比必修课要提早

第二十九章 格格不入

一两周进行期末考试。也就是说,他们几个以这样的状态在一起学习的时间变得很短了。

"期末考试结束之后,估计我们几个就不能这样一起上课了。"顾卿紫嘀咕了一句。

褚希澈背靠在椅子上,右手臂搁在桌面上,手指正利索地转着笔。听到顾卿紫这么说了一句后,他反倒觉得高兴。"那我们就有整个寒假的时间在一起了。"

整个寒假?顾卿紫侧身狐疑地打量着他,小心翼翼地问了句:"你不回家过年吗?我,我可是要回家的啊。"

褚希澈果断拿笔敲了敲她的头,语气里极力克制住各种没有得逞的惋惜,"我就不能带你回我家吗?"

"见家长?"顾卿紫震惊,眼睛都瞬间瞪大了。"我不去!"

居然被义正词严地拒绝掉了,褚希澈觉得自己当时就要炸开了。他忽而上前搂住顾卿紫的肩,凑在她耳边极具诱惑地说:"嗯,那我可以先去见你的家长的。"

耳边似有若无的热气让顾卿紫全身起了鸡皮疙瘩,实在是难为情。但是回头看着他的时候却问了一句:"你是在勾引我吗?"

"嗯。"

"……"顾卿紫彻底凌乱。

看着那边玩着情侣之间游戏的两个人,墨柳儿更加觉得自己做的事很多余。可是,她最后能赌一把的也只有那个了。

风轻云淡的日子就在彼此眼中不断变化着过去,他的心意又或者她的心意有没有好好传达谁都不知道。或许有些时候说出口的话也可以当作玩笑收回,但我们都知道即使是玩笑话也希望被当真。

几天后。

"你和墨柳儿是怎么回事,化敌为友了,还是都图谋不轨啊?"林荫道上,被顾卿紫硬拉着从宿舍里跑出来闲逛的小夕忍不住问道,"她最近来寝室找你的频率有点多啊,爱上你了难道?"

顾卿紫推了她一把,"我自己都觉得怕怕的好吗?你也看见了啊,她每次来找我,居然都给我带了好吃的。我要把人家东西还回去,你们就一拥而上把东西吃光了。难道要我还钱给她吗?"

小夕自认为自己也吃了不少,便将视线移到别处。停顿了几秒钟后才又扯出了另外一个话题。"对了,上次你说你的人人网里莫名其妙就加了墨柳儿好友,还经常看见她发了一些奇奇怪怪的状态?"

"嗯。"顾卿紫这边点头答应着,拉着小夕来到了校园小山坡上的大石头坐下。为了躲开墨柳儿,顾卿紫也真的是用心良苦。"会不会是我多心了?我总感觉她是发给我看的。"

"意思是她在刷存在感?"

"唉,搞不懂啦。"顾卿紫烦躁地晃晃脑袋,无所事事地和小夕就这样干坐着。一坐就好像思绪都飘到了很久之前,有些回忆就是无聊的时候才会涌上心头,折磨你现在的心情。你猜不透过去的记忆,就像你猜不透现在人的用心。

"我好像真的挺喜欢褚希澈的。"冷不丁从回忆里出来,说出了这样的话。

小夕白了她一眼,"秀恩爱的话就不要说了。你信不信我拿脑袋撞这块石头,然后死给你看?"

顾卿紫亲昵地拉了拉小夕,讨好道:"没有要秀恩爱呢。我只是觉得当初如果有人也这样出现给我力量,让我觉得自己很重要,或许我过得不会像现在这样迷茫。"

"反过来想,或许正是因为你现在迷茫,所以褚希澈才出现拯救了

第二十九章 格格不入

你。"小夕甩了下头发，自我感觉良好。"你和褚希澈讨论过未来吗？"

未来啊。好像墨柳儿曾经和褚希澈讨论过呢。啊呸！顾卿紫又想起了不愉快的事情。但是，未来真的没有讨论过。

"在一起才没多久呢。"顾卿紫声音很轻，听起来没什么底气。

"其实吧，我们都挺奇怪的。你自己有没有这样的感觉，就是褚希澈好像是突然喜欢上你的。一般不都该是有什么前因后果的吗？"小夕手揣在口袋里，缩着脖子问出了这个全寝室人都很关心的问题。

顾卿紫略感诧异，本来这种感觉不怎么明显，但是被小夕一说反倒清晰了起来。她最开始的时候是觉得褚希澈对她有点特别，怎么说呢，好像是带着某种预谋接近她的。要不然，不过是一起上选修课，自己也不是个有多大能耐的人，他为什么选择了自己？

风一吹，小夕结结实实地打了个喷嚏。"我们去暖和一点的地方吧。这石头也冷冰冰的，空气也冷冰冰的，现在就连你的表情也是硬邦邦的。"

顾卿紫捏了捏自己的脸颊，除了有些发冷之外，没觉得僵硬。随着小夕起身，两个人慢悠悠地走向了图书馆。

好像让人感到舒服的地方只有图书馆了，有空调，有无线网络。

"你说褚希澈会不会暗恋我？"顾卿紫笑得花枝乱颤，"可能刚进入大学就相中我了，然后一直暗恋到了现在。这不就能解释那个前因后果了吗？"

小夕走上了图书馆的阶梯，回头不屑地嘲笑道："暗恋你还不如暗恋我呢，再说了你一个两耳不闻窗外事，大门不迈的姑娘有什么机会给人家暗恋啊？"

好像听起来也挺有道理的，顾卿紫不高兴地"哦"了一声。但是当她这次走进图书馆的时候，隐约想起了大一刚来的时候，在图书馆好像是有发生了什么事，可又好像不是什么特别的事情。

正想着，从楼上下来的几个同学不小心撞到了顾卿紫，手里拿着的笔掉落在地。顾卿紫连忙弯腰替对方捡了起来，在还给人家的时候，她脑子里突然"叮"了一声。

大一刚报名的那个时候，她好像有借给别人一支笔。

"谢谢。"对方道谢接过笔就走了。

顾卿紫愣在那里，怎么也想不起后来那支笔怎么样了，以及借走她手中笔的人是谁。或许压根儿就没看对方，或者只是单纯地忘了。

回忆都与现实有着格格不入的存在，顾卿紫想着。

"愣在那里干什么呢？脑子里难道在进行回忆的马拉松？"小夕不耐烦地站在电梯口等她，傻愣愣的顾卿紫越来越容易走神了。

"没事。"顾卿紫笑着走过去，站在她旁边的时候又突然问了一句，"马拉松？"

"嗯，怎么了？"

也不知道怎么回事，今天这回脑子里蹦出了很多她曾经忽视的细节。"我好像也去参加过马拉松，也拿了奖拍照留念来着。"

"我知道啊，不就是我们全寝室陪着你一块儿去的嘛。"小夕没有在意。

顾卿紫皱起了眉，她掏出手机，立马登录了人人网，一直往下拉，想要找到墨柳儿曾经发的那张照片。加载了两三页之后，她的手指停在了某个画面上。

"你看。"顾卿紫把手机递给小夕，表情凝重，"褚希澈他曾经也参加过马拉松，和我同一时间。"

"哦，还真的是。"小夕凑近看了看，紧接着放大了照片，轻轻一笑道，"褚希澈眼睛在看哪里啊，根本都没有看镜头。"

顾卿紫觉得重点不是这个，重点在于曾经褚希澈有意无意地说过一句话。他说："我第一次遇见你，可比你想象中的要早很多。"

虽然不曾追究，但会不会就是马拉松这次？顾卿紫正毫无根据地想着，电梯门打开了，迎面走出来的竟是褚希澈和另外一个外貌颇好的女生。

事情开始变得很奇怪，很不能理解。

第三十章 各怀心思

"既然要来图书馆,怎么不打电话给我?"褚希澈很是从容地走了出来,站定在顾卿紫面前,笑着抬手撩了下她的头发。

那笑容好看明媚,一旁的小夕都情不自禁地捂上了眼睛。

这时一旁的女生见状,忙说:"这就是你的女朋友啊,眼光挺不错的啊。"她也没有自我介绍,只是友好地打了声招呼后说,"那我就先走了,再见。褚希澈的女朋友。"

见不明来历的女人走了,小夕想着她是不是也该消失了?于是小声问道:"那没什么事的话,我是不是也需要回避?"

顾卿紫一把拉住了她的手,莫名地脸色阴沉。语气冷冰冰地,好似又在闹别扭。"不是说好要一起看书的吗,我们这就去三楼。"

小夕尴尬极了,她都明显感觉到来自褚希澈的敌意了,再不走等着被他秒成渣吗?于是,她弱弱地说:"这个,我们可以改天再看书啊。现在你和褚希澈好好畅谈一下人生会更好吧,毕竟你们要红尘做伴,活得潇潇洒洒的啊。"

顾卿紫瞥了眼褚希澈,见他正看着自己,笑而不语的样子。于是心一横,拽着小夕就往电梯里走去。刚走了半步,自己的手臂就被褚希澈拽住了。

"对不起。"忽然之间的道歉倒是让顾卿紫镇定了不少。但是褚希澈下一句就说,"看你吃醋有点高兴到得意忘形了,所以抱歉。"

"你不要说话了。"顾卿紫羞红了脸,这会儿小夕可能是真的想要撞墙了。不出所料,她正在用一种非人类的目光狠狠地戳向他们。

褚希澈见此才解释道:"大四的一个学姐而已。"

"学姐,你连学姐都不放过?"顾卿紫瞠目结舌,这也太禽兽了吧?人家都要毕业了,还去引诱人家犯错误。

"你想多了。"褚希澈朝她脑门弹了下脑瓜崩,但是怕她不安又接着补充说,"在聊些实习的事情。"

哦,寒假也要去实习吗?这点褚希澈倒是从来没有和她说过呢。

电梯里现在有好几个人等着顾卿紫他们上去呢,褚希澈抬手就别过顾卿紫的肩膀,"我们不上去。"

然后电梯门就关上了。

"谁说不上去的啊?我真的是要和小夕看书的!"顾卿紫握着拳头在褚希澈眼前晃了晃,"你毁了我和小夕的约会,你要怎么赔?"

小夕站在一旁,反正一副"你们爱咋咋地"的表情。但是在褚希澈这样高大帅的男人面前,还是淑女一点好。

"请你们喝下午茶。"褚希澈抬手看了下手表后说。

"这个可以。"小夕一本正经地点头,"那要不要把寝室里的人都叫上?"

褚希澈面不改色,反倒露出笑意,"随你高兴。"

大财主如此大方爽快倒是令小夕还有点畏手畏脚起来,褚希澈也不是好惹的,面瘫要是腹黑起来都不知道自己是怎么死的。还是先满足了自己的胃口之后,再想想怎么给寝室的人带去好处吧。

三个人走出图书馆之后,顾卿紫才注意到褚希澈今天的穿着。居然穿了一件黑色大衣,本就身形挺拔帅气的褚希澈看起来更加迷人了。平常走在校园里都经常惹得女孩子害羞地低头窃窃私语,这会儿是要人命了吧?

"褚希澈,你家是大财阀吗?"这个问题,小夕很早以前就想问了。好奇了这么久,终于逮着机会问出口了。

褚希澈眼神里掠过一丝惊讶,但很快恢复平静。他说话的时候喉结上下滚动着,简直把男人的性感推到了顶峰。

"还好。"

"还好是什么个程度?我家就小康我也觉得还好啊。"显然,小夕并不满意这样的答案。

顾卿紫听罢也好奇地望向了褚希澈,两耳朵明显在传达一个意思,那就是"快说,我洗耳恭听着呢"。

褚希澈神态自若,淡淡地说:"够养顾卿紫一辈子吧。"

"哦,那你家是挺有钱的。"不知道从哪里得出来的结论,小夕点头附和。随即暧昧地捅了捅旁边的顾卿紫,"你抱上大腿了。以后办结婚典礼的时候,那个回礼要丰厚一点。最好是什么数码产品,我个人比较中意单反相机。"

"小夕,你不嫌麻烦的话,小山坡上的那块大石头还在呢。"顾卿紫脸上云淡风轻的,心里早就已经撕烂小夕的嘴上百遍了。

褚希澈笑笑,目光澄澈。未来好像越来越明朗了,能牵手和顾卿紫笑看似水流年的日子也应该不远了。

"扑通"一声,石头扔进了水里,一圈一圈的荡漾开来。这里,路过的人那么多,做这么幼稚的事情好像有点丢脸。

"陈博,你几岁了呀?"

墨菲定理,怕什么来什么。陈博不好意思地转过头看着组合有些不搭调的三个人,奇怪地问:"你们这是要干什么,唱三人转?"

"褚希澈请喝奶茶。"小夕就是快人快语。

陈博立马来了兴致,从池塘那边蹿了出来,站在他们跟前,挑着眉毛笑着说:"见者有份,独乐乐不如众乐乐。"

"那你看着就好了。"褚希澈冷淡地对着自己的小伙伴说。

陈博顿时手舞足蹈着表示抗议,还声称自己围棋比赛拿奖的时候都没有帮他庆贺,现在一杯奶茶而已,根本就是最基本的要求。

"你什么时候拿的奖啊?"顾卿紫更诧异于这个,因为她从上选修课开始就听说陈博要去比赛什么的,结果都没有认真关心过他到底什么时候参赛的。

陈博略微伤心地看向顾卿紫,轻声道:"大概就是你和希澈打得火热的时候。"

"不这么说会死吗?"顾卿紫也大声抗议。但是心里还是感觉有点对不起陈博呢,拿奖这么大的事情居然都没人关心过他。于是,一咬牙对他说,"我请你喝最贵的奶茶!"

"果然我们卿紫是天使。"

这边褚希澈就不高兴了,拉开顾卿紫和陈博的距离,煞有介事地说:"我来请就好。"

于是,三个人变成了四个人,队伍有点庞大地朝着学校外面那家奶茶店走去。路上,陈博突然想起来什么便询问道:"柳儿说选修课期末考试之前那个星期一起组队出去玩一次,问你们怎么想。"

又是墨柳儿,她最近肯定是吃错药了。顾卿紫想着,但又觉得自己小肚鸡肠,便试探性地看向褚希澈。发现他根本没有在听陈博说话,因为他一直在看着自己。

"你看我干什么，我显然不是墨柳儿想要组队里面的一员。"小夕避开陈博的视线，慌忙说道。

"去哪儿玩？"见褚希澈根本无心理会这个可有可无的组队玩耍，顾卿紫只好自己问。

陈博想了想之后，拿出手机给墨柳儿发了条短信。然后对他们说："再过5分钟她上完课过来，你们问问她。"

语毕，顾卿紫充满仇恨的眼神便杀向了陈博。天真也该有个限度，直接把墨柳儿叫过来是要闹哪样啊？

"你怎么不把夏辰佑也一起叫过来？"顾卿紫冷嘲。

"哦，也对。"陈博再次拿出了手机。

这个人真的是没救了，顾卿紫顿时喷出一口血。离众人远远的，一直不敢直视陈博的小夕也垂头扶住额头，她怎么之前没意识到自己喜欢上了一个性格特别逗的男生。

最后，小小的奶茶店里最大的那个玻璃小圆桌被他们六个人给承包了。或者说，整个奶茶店现在就给承包了。

墨柳儿没有多说什么额外的话，只是说很久没有一起这样出去玩过了，想要借着这个机会去感受一下。当然，如果不愿意的话也无所谓。

"嗯，我们可以去城市的南边，那里有个公园，我们还可以进行自助烧烤。"不怎么说话的夏辰佑也出了主意，看样子是挺想帮墨柳儿的。

"自助烧烤？"这个对顾卿紫倒是蛮有诱惑力的，她眼睛都亮了起来。满怀期待地看向褚希澈，不说话，只是眼里闪着小桃心。

"那就去吧。"褚希澈看了眼顾卿紫，一锤定音。

小夕一直默默地喝着奶茶，这里头根本没她什么事，还在这里待了这么久。但是陈博的下句话就直接把她拖进了这个组织里。

"小夕也一起去吧。"陈博私心想着，这样子褚希澈就没办法总是黏在顾卿紫身边了。烧烤的时候可以好好使唤他做事情了。

顾卿紫也随声附和道："太好了。会画画的小夕烧烤手法一定很高明！"

"请不要随便就把我的艺术和民间烹饪相提并论。"小夕咬着吸管，一字一句警告道。但是她看向了陈博，叹了口气。"你们不嫌我麻烦就可以。"

大家都没有意见，讨论告一段落之后，想着各自准备下东西。褚希澈先起身付了钱，那个时候墨柳儿也跟了上去要抢着付钱。

"你付你自己的，我没有意见。"面对着墨柳儿的纠缠，褚希澈如此说了一句。

墨柳儿干笑着退后了一步，没有回到座位上，只是打了声招呼后就离开了奶茶店。见此，夏辰佑也跟了出去。

他走在墨柳儿身后，走了几步之后快步上前抓住了她的手腕，皱着眉头问道："你想干什么？"

墨柳儿一把就甩开了他的手，没好气地回应："不要你管。"

"柳儿，你到底要怎么样才能明白褚希澈他已经有喜欢的人了。这不是你随便一点举动就可以改变的事实。"难得夏辰佑会冲着墨柳儿大声说话。

墨柳儿脸上的神情冷峻，语气也是毫不在意。"不用你来告诉我，我只相信我自己的判断。你看着吧，褚希澈有多喜欢顾卿紫，顾卿紫又会不会彻底接受他。"

夏辰佑还想说些什么，却只看见墨柳儿掉头走后的背影。他也不知道要怎么办才好了，是不是让她去证实了就会明白，这一切根本不是她能控制或者改变的。

如果那样做能让她心里好过，那就随了她的愿吧。

"你接下去干什么？"奶茶店门口，顾卿紫拉着小夕的手看着褚希澈问。

褚希澈看了看不远处，对她说："你呢？"

"我回去洗衣服，顺便赶几篇论文。"说到论文，顾卿紫差点泪奔。修修改改好几次了，怎么几千字的论文就和老鼠生大象一样这么难扯？！

小夕无语地摇摇头，没有作声，眼睛看着陈博，好像想对他说点什么。

"嗯，那你先忙你的。想我的时候打个电话过来就可以。"褚希澈笑着牵起她的手轻轻地捏了一下。话说，他好像很喜欢捏顾卿紫的手。

顾卿紫点点头，转身同小夕说："那我们回去吧。你内衣还晾在外面呢，今天风大，别到时候又吹到人家楼下了。"

"顾卿紫，回寝室看我会不会打死你。"小夕咬牙切齿地说。

顾卿紫捂嘴偷笑，朝褚希澈和陈博挥挥手说："那我们先回去了。"

"嗯。"褚希澈笑着目送她们走进校园，而后对旁边的陈博说，"篮球场见。"说完就自己先走了一步。

本来如果顾卿紫要是说没什么事的话，褚希澈还想着让她看自己打球。毕竟耍帅这回事他还从来没有在顾卿紫面前做过，总觉得有些遗憾。但是无奈，既然顾卿紫要写论文，他也不好硬拉着她去看。

陈博笑着耸耸肩，随后追上他，忍不住嘲笑道："心里堵得慌吧，卿紫没空来看你打球？没关系啊，反正你一上场，所有女生都可以是你的粉丝。"

说完，还比了个心形的手势，褚希澈当场就恶心地踹了他一脚。心情极度不爽，在陈博的刺激下他甚至觉得，论文有什么重要的，看自己男朋友打球才是正经事。要不干脆把顾卿紫再骗出来好了,反正论文可以慢慢写。

"褚希澈,你知不知道你和卿紫在一起之后,有些不一样了?"陈博不怕死地又再度上前。

"不一样在哪儿?"

"有弱点了。"

褚希澈怔住,望着他,眉峰隆起。

第三十一章 命运捉弄

顾卿紫从未想过在现在的某一时刻里，那件事情会以这样的方式上演着。她以为事情过去了，可未曾想别人不愿意让它成为过去。那些本是一个人的事，也不知道从什么时候起成了很多人的事。

三个小时前。

"顾卿紫，打扮好了吗？"到了约定集体烧烤的日子，小夕早就一身舒服的装扮倚在落地窗上，双手交叉环着胸，百无聊赖地望着里里外外纠结了很久的顾卿紫。"只是去烧烤而已，你不用穿得这么漂亮。反正等会你一张嘴吃东西就会原形毕露。"

寝室里另外两个没有被邀请的蜜儿和慧慧全然一副不高兴的样子，坐在阳台上双眼无神地望着在衣柜前倒腾的顾卿紫。蜜儿冷嘲热讽道："算了吧，褚希澈都已经是你的了。再折腾这些没用的有什么意思？"

慧慧也随声附和，"你就这样穿着吧，反正丝袜啥的你也穿不出那个气质。"

看着这两个损人不利己的家伙，唯一被邀请的小夕也只好哑吧下嘴巴不准备接过话茬。要不然，她也会被围攻的。

"这些都不是重点。"顾卿紫从衣柜里抽出脑袋来,双手叉腰严肃地纠正她们,"我看天气预报说今天会下雨,我在想我需不需要带一双雨靴。"

听完这话的各位,当即低声爆了句粗口。

"不要露出一脸鄙夷的神情嘛。"见众姐妹不准备搭理自己了,顾卿紫才好声好气地同她们商量道,"所以我要不要带雨靴?"

"滚出去!"众人升高分贝异口同声道。

于是,在小夕、蜜儿和慧慧强烈的制止下,顾卿紫放弃了带雨靴的念头。准备完毕后,顾卿紫和小夕相亲相爱地拎着东西从楼上下来。到了宿舍门口的时候居然没有看见褚希澈,这让顾卿紫纳闷了。

"没道理比我们还晚吧?"顾卿紫四下张望,又看了眼手机上的时间,说,"我们都迟到7分钟了。"

小夕今天扎了个马尾辫,看起来特别像刚刚满18岁的少女,青春洋溢,别提有多好看了。她也同顾卿紫左看看右看看,马尾就也跟着头部运动了起来。

"哎哟。"身后突然传来了陈博的声音。

小夕和顾卿紫不约而同地回头,见陈博摸了摸脸,无辜地看着小夕说:"你也太客气了吧。我刚走到你后面准备吓你一跳,你马尾就直接甩了我一巴掌。"

"呃,不好意思,马尾没长眼睛。"小夕急忙道歉。话锋一转又质问,"谁让你偷偷摸摸地躲在后面吓人来着?"

顾卿紫也冲他吐吐舌头道:"活该。"

一下子被两个女人欺负,陈博有点缓不过来,只好又把目标放到了小夕身上,埋怨她说:"平常都不扎马尾,为什么今天特意扎起来了。这肯定是个阴谋啊。"

"你的意思是,我扎马尾就是为了抽你?"今天的小夕似乎没有过分在意自己喜欢陈博这件事,同他开玩笑也像在和顾卿紫她们开玩笑一样,没有顾忌。

这样子忘记喜欢的事实,似乎是件能让自己开心起来的事情。

"小夕,你邪恶起来的时候和希澈还有点像。难怪都这么喜欢顾卿紫。"陈博撇撇嘴,无力地反击。

"这话说得,好像你不喜欢卿紫似的。"小夕接着反唇相讥,却在说完的那刻后悔了。

陈博愣住了,看了眼顾卿紫之后,立马紧张地将视线往别的地方挪去,还带着点骂骂咧咧的意味嚷嚷:"希澈,你去超市买的什么啊,那么久?"

"其他人还没有来,你先吃早饭。"褚希澈一走近就把一份早饭先放到了顾卿紫的手里,"因为等会要坐车,怕你胃不舒服,所以少买了些,你将就着吃一点吧。"

顾卿紫感激地接过褚希澈为她准备的早饭之后,也做出了关心。"你吃过了吗?"

"和陈博一起吃的。"褚希澈露出了早上的第一个笑容,他摸摸顾卿紫的头。继而看向小夕,把另外一份早饭递给她说:"卿紫告诉我你爱吃煎饺,所以给你带了一份。放了点辣椒和醋,没关系吧?"

"居然连我的份都有?!小夕惊讶地张大嘴巴,简直可以塞下两个鸡蛋。感恩万分地接了过来,"褚希澈,你简直是这个世界的希望!"

"抬爱了。"褚希澈谦虚地笑了笑。

一下子,就没有陈博什么事了。反正褚希澈会把该做的事都做了,即使不是顾卿紫特意交代的事,他也能设身处地地为她着想,想来也是为了不让小夕尴尬。这样的男人,还真的是魅力十足啊。

过了一会儿后，墨柳儿的声音也出现在了耳畔。

"不好意思，看天气预报说会下雨，所以找了一下好久没用的伞。"她抱歉地笑着出现在大家面前。穿着一件纯白色丝绒边毛呢大衣外套，里面穿着一件圆领的黑色小T恤，脖子上戴着一条叶子素银项链，那叫一个气质出众，天女下凡啊。

看了看人家的装扮，再看看自己的，顾卿紫和小夕同时惭愧地低下了头，各自盯着自己的脚尖。果然，随便穿下衣服的女人走到外面分分钟都想咬舌自尽。顾卿紫下意识地就看向了褚希澈，但是意外地同他对视了。

"怎么了？"他关心地问。

"没什么。"女人狭隘的心胸啊，顾卿紫忍不住鄙视了自己。怎么能怀疑褚希澈的为人呢？在女朋友在场的时刻，就算旁边站着的女人是大美人，也是万万不可多看一眼的。

正想着，褚希澈把大手放在了顾卿紫的头顶，轻轻地摩挲着说："今天穿得很好看，完全是我喜欢的样子。"其实，顾卿紫不过是穿了件再普通不过的毛线外套，但是脚上的雪地靴换成了加绒厚底松糕鞋。

"你喜欢就好了。"顿时喜笑颜开。

旁边的小夕再次毫无心理准备地被他们之间无节操的秀恩爱给闪瞎了眼睛，真的是随时随地都可以把单身者给活活羡慕死。

"夏辰佑怎么还不来？"陈博看了眼墨柳儿，本想夸她漂亮，但转念一想还是算了。索性挂念起夏辰佑来了。

听到夏辰佑这个名字，墨柳儿一脸淡然。站在女生宿舍楼前等了一会儿，夏辰佑也出现了，头上戴了顶棒球帽。走过来之后，就随手把早餐递给了墨柳儿，"热牛奶，先喝一点，这里还有三明治。"

墨柳儿不解夏辰佑还这样对她的目的，但是这么多人在，她也只好接了过来,但是瞪了他一眼,可夏辰佑不为所动。

"那走吧。"人已到齐,褚希澈便主张道。走出校园的这段路上,他倒是没有硬拉着顾卿紫,而是让她和小夕亲昵地走在一起。自己则和陈博漫步在她们身侧一点。

来到站牌处,陈博研究了下路线,对身后的人说:"我们坐1路公交车过去就好了,大概是40几分钟。好在现在还算早,1路车也不挤。"

顾卿紫点点头,后上前一步看了下车票钱,回身对褚希澈说:"我带公交卡了。"

"没事,我这里有的。"褚希澈拉过顾卿紫的手顺便揣进了自己的口袋里,他笑着看向她说,"公交车上你一下子要刷六次,站在那里不安全。"

不让她包揽车钱的理由竟然是站在那里刷卡不安全,顾卿紫也真的是觉得自己交了男朋友之后彻底成了需要照顾的孩子了。

小夕没有听见顾卿紫和褚希澈的对话,忙着翻自己的包包,从里面倒腾出了五块三毛钱。散的只有这么多了,她想着总不能AA吧?

"想什么呢?"陈博看着她手里放着散钱,皱着眉头苦思冥想,觉得有些好笑。走上前将她手合上说,"我们会付的。女孩子开开心心出来玩就好了。"

"那怎么行?"小夕头一次对这种不要花自己钱的事情说了"NO"。她硬是要把自己那份钱拿出来,因为她显然是额外附带出来陪玩的。

陈博郁闷,一把抓住她的手说:"知道了。这么过意不去,下回请我们吃饭吧。我超爱十六街区那边的寿司,没问题吧?"

小夕心想,车钱而已就要赔上一顿寿司的钱?好像有点划不来啊,但是仔细一想,不对今天自助烧烤的钱好像也是男生出的。

"成交。"小夕点点头,想要把钱放回包里的时候却发现自己的手还被陈博抓着，顿时大气都不敢出，只是看着这一幕心动不已。

与此同时，公交车缓缓驶来。停下来的时候，褚希澈先让顾卿紫上去了，接着一个个上车后，都纷纷坐在了最后一排刚好六个位置上。褚希澈自然是和顾卿紫一起坐在了靠窗的位置，陈博就在褚希澈旁边，而挨着陈博的人自然就是小夕。因为墨柳儿也要坐靠窗的位置，所以小夕边上就只能坐着夏辰佑了。

这么想想，这气氛真的是有点诡异啊。

一个站接着一个站之后，上车的人越来越多了。渐渐地，连前面都看不到，只能看到人头了。顾卿紫坐在那里，随意往拥挤的人群里一瞥就有些紧张地看向窗外。心里祈祷着能快点到公园那里。

偏巧，褚希澈也想起了什么。但是他也没有同顾卿紫分享这个回忆，对他而言，又或者对她而言，有些回忆还是想想就好了。

1路公交车用的还是那种小型载人客车，有些小而且看起来破破的。以至于开车的时候，路有点颠簸整个车身都动荡了起来，让后座的几个姑娘直难受。

"我都有点想吐了。"陈博吞了下口水，闭了会眼睛，扭头问褚希澈，"有橘子吗？"

褚希澈看着他停顿了一下，然后说："不如你问下小夕。"

于是，陈博又转头看着小夕，有气无力地问："有什么能预防晕车的神器吗？我要是吐起来那可真的是长江后浪推前浪，一浪更比一浪高啊。"

小夕"哎咦"了一声，连忙制止他再次开口说话，从包里翻出一包话梅，拆开来塞了一颗到他嘴里。"含着吧，我也不晓得效果好不好。"

"谢谢。"陈博含着话梅，安静地闭目养神。

顾卿紫倾身望了眼小夕和陈博，悄悄地对褚希澈说："小夕喜欢陈博这件事，你是不是知道？"

褚希澈清清嗓子，"不知道，但是看出来了。"

"所以你在撮合他们？"

"我为什么要撮合他们？"

这时，车子又狠狠地颠了一下。颠簸得顾卿紫的屁股都离开了椅子，好在褚希澈手抓着她，才没有让她摔下去。

"车子不好，司机大哥就不能悠着点？"顾卿紫埋怨道，这时手就好好地抓着扶手了。她瞟了眼前方根本看不见的司机，却意外地撞见了一个衣冠楚楚，却将手伸向别人口袋的青年男子。

那刻，记忆的大门才算真正地开启了。

第三十二章 本性难移

40分钟的路程好像连一半都还没有过去,但实际上他们现在所处的位置已经离他们的学校很远了。可是,目的地还没有到,不该发生的事情悄然进行着。

顾卿紫眼睛死死地盯着那个小偷不放,准确的说她是盯着小偷的动作不放。因为人多的关系,她没办法看清楚那个人的脸,现在要挤到前面去替天行道显然也不是个明智之举。

怎么办?是上去打他半死,还是装作没看见?顾卿紫艰难地咽了下口水,如果当年能装作没看见,那么后面的事情就不会发生了。她担心这次又会好心办坏事。

"怎么了,不舒服?"察觉到顾卿紫的异样,褚希澈第一时间关切地询问。

顾卿紫收回视线,摇摇头。但很快又把目光集中在那个男人身上。心里寻思着,如果他下一站就下车了,那么她就当没看见过吧。毕竟,重蹈覆辙的事情做多了就像是被诅咒一样,让人对人生失去了信心。

"还有两三站就到了,坚持会儿。"褚希澈安慰道。

顾卿紫倒是根本不在意这个,她在意的是那个小偷。她希望那个小偷能在下一站就下车,不要再偷了。

位置另一头的墨柳儿从始至终都在看着窗外,估计脖子也酸了,才转回头左右摆动下脖子。夏辰佑见状,把手里的柠檬水打开递给她说:"上车这么久都没有喝水呢。"

夏辰佑的细致入微,很早以前墨柳儿就知道了。她想着自己会接受他,从某种程度上来说,她希望得到爱,也渴望被无微不至地照顾。

"谢谢。"想了想,墨柳儿还是伸手接过了柠檬水,喝了一口顿时觉得精神都好多了。

时间一分一秒地过去,那个人依旧停留在车上。坐立难安的顾卿紫一再告诫自己不可再犯错,不可再让自己陷入矛盾的旋涡中。于是,一忍再忍。

"脖子好酸。"人家都是屁股发麻,腿好酸。小夕倒好,喊了句脖子好酸。

身边的陈博看了她一眼,忍不住笑道:"你坐车上打瞌睡当然脖子会酸啦。还好,这次没有把肩膀借给你,否则你又要多洗一件衣服了。"

"死陈博,你给我记着!"小夕暗暗骂道,狠狠瞪了他一眼,继而不理他,双手环胸就准备这样等着到站下车了。

陈博感觉好像找到了新大陆,逗小夕玩好像也挺有趣的。但是,他心里也有数,哪些可以开,哪些玩笑连笑着说出来都不行。

终于到了最后一站,车上剩下的人几乎全部涌到了下车门。顾卿紫急忙地想要起身,却被褚希潋拉着,"没事,我们慢慢来就好。"

这事不能慢慢来啊。顾卿紫心里干着急,因为那个偷鸡摸狗的男青年已经准备下车了。难道这就是天意,天意让她不要再多管闲事了?

"我可是坐不住了。"小夕挣扎了一下决定起身,挤到人群中去。随后陈博也跟了上去,原因只是为了不让小夕落单。

看着陈博和小夕都挤到后门,墨柳儿和夏辰佑也索性站起身子往下车门那边挪去。那个时候,顾卿紫清楚地看见小偷离小夕的距离,不过是当中夹了两三个人。

"我们也赶紧下去吧。"顾卿紫隐隐地觉得自己很烦躁。

褚希澈起身,让顾卿紫先出去,瞟了眼窗外却发现已经下起了淅淅沥沥的小雨。这样湿冷的天气真的让人心情特别的不好。为什么偏偏挑了个这样的天气出来烧烤了呢?褚希澈这么想着,将伞拿在了手里。

随着人群的流动,几个人都顺利下了车。顾卿紫到最后几乎是跳下来的,她立马张望了下,发现那小偷和她们的方向居然是相反的。

"卿紫,这边。"小夕唤了下她的名字,然后站在那里等着她走过来。

顾卿紫应答着转身,一遍又一遍地说服自己,不要去管,算了吧。可是当褚希澈撑着伞遮过她头顶的时候,顾卿紫猛然间意识到自己或许有让褚希澈喜欢的理由——就是做回那个勇敢的自己,不要犹豫,去做任何觉得自己对的事情。

"希澈,你等我一下!"顾卿紫话一出,把包往褚希澈怀里一塞,就朝着反方向快速跑去。跑了一段路之后才喊,"你给我站住,不要脸的东西!"

周围的人也不知道小姑娘在骂谁,奇怪地看着她在雨中狂奔。但是,听者有心,前面某个男人突然也拔腿开始拼命逃了起来。很显然,他也觉得自己是"不要脸的东西"。

褚希澈立马明白过来,交代了一句"快报警"后,扔掉伞也追了上去。剩下的墨柳儿不知为何有种真相即将要呼之欲出的感觉,这一幕显然和她听说到的太为相似。

一边捡起褚希澈扔掉那把伞的小夕哆哆嗦嗦地想要掏出手机,但是为什么关键时刻手机卡在牛仔裤的裤袋里拔不出来!

"我来,你和柳儿先去躲雨,我和辰佑先跟上去看看。"陈博安抚了下小夕后,如此说道。"不要乱跑啊。"

说完,两个大男生也迎着淅沥小雨冲进了喧闹的人群中。

才跑了没一会儿,头发上便都是雨水。顾卿紫也顾不上了,她眼里有种积攒起来的怒火,那是几年前那个小偷带给她的耻辱与痛苦,让她一度以为正义被邪恶力量的疼痛给打败了。这世上,总该有人偿还她所遭的罪。

前面那小偷见来的是位姑娘,心里马上不那么怕了。急匆匆地拐进了一条狭窄的小街巷,跑了几步之后居然不再跑了,转过身双手叉腰摆出一副"你敢对老子怎么样"的嘴脸,扬了扬下巴问:"你没病吧?"

"把偷的东西都交出来!"顾卿紫站在那里稍许有些喘着气,许久未练过空手道,体力怎么都跟不上了。

那青年听到这话,一脚就踢飞了地上一只矿泉水瓶子。趾高气扬地对顾卿紫嚷道:"你脑子没问题吧?你哪只眼睛看见我偷东西了,你信不信我告你诽谤?"

"告我?"听到这话顾卿紫瞬间炸开了,沉睡在心底好几年的本性即可被唤醒。她勾起嘴角,上前几步。"我没把你打残,你告我什么?"

"我呸!"小青年吐了口唾沫,直接握着拳头大步冲向了顾卿紫。

雨中,那场景如果放慢了动作就会看见对方握拳直接打过来的手臂青筋都暴起,可见他是有多恼火。本来大功告成都可以下班了,居然碰见了个爱多管闲事的女人。

拳头过来的时候,顾卿紫利索地躲开了。一个侧身转来到他身后,不由分说抬腿就狠狠地踹了他一脚,直接踹得他摔了个狗吃屎。

没等他爬起来,顾卿紫上前想要赶紧锁住他的动作不让他再有所反抗。可是，人家毕竟是男人踹一脚也不会觉得有多少痛。三两下站起身子，回身也踹中了顾卿紫的腹部，那一脚可比顾卿紫踢出去的要来得有力道多了。

摔倒在地，弄得一身脏的顾卿紫疼得哼哧了一下。果然，当年的事现在仍然心有余悸，她不敢使出全部的力气去对付他。可是，她不选择狠心，人家却对她下了全部狠心。

"去死吧你！"小青年再度冲过来想要踹顾卿紫，顾卿紫急中生智，一个扫堂腿将其撂倒在地，后赶忙爬起来将他手臂别到背后，坐在人家身上，扭着他的胳膊厉声道，"你再骂我一句三八试试！偷人家东西怎么还就有理了！"

小青年极力挣扎反抗着，偷来的钱包都在怀里。现在被她压着，反正她也拿不出来。但是肯定他们已经报警了，能跑就先跑。

因为突然间的剧烈运动再加上雨水的洗礼，顾卿紫顿时觉得自己有点力不从心。耳朵嗡嗡响着的时候，突然身子翻滚在地，被他反客为主了。

"臭娘们，少管闲事！"小青年抓起顾卿紫的衣领就把她往墙上摔去，这下子把她摔得够呛。本来就已经很狼狈的顾卿紫，现在体力不支，再加上急剧的头晕目眩，情况变得更加糟糕了。

这时候，褚希澈总算是兜兜转转找到了这里，差点错过这条狭窄的小巷的他立马停住。看见倚在墙边，根本站不稳的顾卿紫，心头一紧，连忙冲上前，辅助起跳狠狠踹了对方一脚。小青年没料到还有人追过来，到底是男人，力道更加显得要人命。

"卿紫，你没事吧？"褚希澈立马上前扶住顾卿紫，看着她一副真的只能用惨来形容的模样，眉心刺痛。"我现在送你去医院。"

刚说完，那青年再度上来的时候，表露出了穷凶极恶的模样。他趁褚希澈将精力全部用在顾卿紫身上的时候，直接掏出美工刀在褚希澈手臂上划了一道口子。顿时，鲜红的血从他白色的毛衣上渗了出来。

陡然间看见红色的顾卿紫，神经即刻敏感起来。立马转身，一把推开受伤的褚希澈，上手挡住了对方拿着美工刀的手，后顺势抓住他的手臂使出全身力气想要给他来个过肩摔。

"卿紫，你别乱来！"脑海里忽然出现了妈妈的声音，妈妈带着哭腔在一边看着她，紧张到手足无措。那个时候……那个时候的她好像也是这么抓着小偷的手臂，但是那次她没有听妈妈的话，狠狠地将对方摔了出去，结果摔倒在地的小偷脑袋不小心磕到了路面上凹凸不平处，瞬间后脑勺就流出了鲜血。

那时候，她盯着流出来的鲜血完全吓傻了。

为什么会这样？她很想问，为什么会这样？她明明只是想将他摔出去，怎么却伤到他流了血？她不是故意的，她只不过想要制止他。

"滚开吧！"沉浸在过去留下的创伤中的顾卿紫再次被小偷得了逞，错过了一个又一个能好好制伏他的机会。

她被一把甩开，而后等到青年再次拿着美工刀朝她冲过来的时候，这次她听见了褚希澈的声音。

"卿紫，快闪开！"

可是，为什么褚希澈的声音这么近，她却看不见他的人呢？恍惚间，顾卿紫却一把抓住了美工刀的刀身，锋利的刀片瞬间嵌进了她的手掌心中，等到小偷见势不妙，抽出美工刀时，顾卿紫手上已是血肉模糊。

在顾卿紫抓住刀身的刹那，褚希澈已经冲到她跟前了。他完全不敢想象，顾卿紫居然徒手握住了美工刀。而后，他更是怒发冲冠，顾不得手臂上撕裂得更加深的伤口，一把抓住准备逃走的小偷的后衣领，狠狠地揍了起来。

第三十二章 本性难移

"卿紫,你还好吧?怎么流了这么多血?"陈博也赶到了,带着这边巡逻的警察赶了过来。一见到便先冲向了顾卿紫,发现她意识都有些模糊了。"快叫救护车啊!"

那边夏辰佑和警察合力将褚希澈和那个猖狂的小偷分开,小偷被打得够呛,褚希澈的手臂也血流不止,就连嘴唇也变得刷白。

"怎么你也受伤了?"夏辰佑大惊,"赶紧去医院。"

回过神来的褚希澈立马回头看向瘫坐在地上的顾卿紫,忙推开夏辰佑跑了过去,打横抱起顾卿紫就往小巷外面冲去。

雨,还是在下,淅淅沥沥的,弄湿了所有人的衣裳。

第三十三章 已是断掌

没什么感觉，只是在睁开疲惫的双眼时感受到了刺眼的白光，眼皮一直很重，重到现在有把刀架在脖子上也要先好好睡一觉。

"顾卿紫，你怎么能去空手接白刃呢？"小夕守在病床边，完全被顾卿紫手掌心那长长的伤口给吓哭了。"现在要怎么办啊？"

手术结束，伤口被缝了好几针，甚至还伤到了筋脉。躺在病床上还在睡觉的顾卿紫根本没有听见小夕的鬼哭狼嚎。

站在床头注视着顾卿紫的陈博也难得地皱起眉头，心里头忍不住埋怨起了提出要烧烤这个建议的墨柳儿。但毕竟世事难料，怪她也于事无补。

显然墨柳儿自己也没有料到会是这样的开场，她是想要说出真相，但是没想过让顾卿紫受伤。心里愧疚，也只能站在一旁守着，身边站着夏辰佑。

这会儿，褚希澈在另外一个病房接受警察的例行询问，做了下笔录。他也伤得够呛，只是比顾卿紫稍微好一点，刀划过来的时候被衣服阻挡掉了一些力道，所以伤得不是很深，但那件白色的毛衣已经不能穿了，血都干了。

"喏。"陈博递给小夕纸巾,安抚她说,"医生说了三四个月以后,卿紫的手就会恢复的。只是现在怕是要错过期末考试了。"

小夕接过纸巾抹了把眼泪,心里懊恼不已。她那个时候如果站在顾卿紫的旁边拽着她,就什么事情都不会发生了。

"我要是等等她就好了,就什么事都不会发生了。"小夕抽泣着,因为难过和自责的情绪一股脑都涌了上来,就连声音都颤抖了。

"这是预料不到的,不要多想了。"陈博绕到了她那边,安慰性地拍了拍她的背。"等她醒过来可不要让她看见你哭瞎的眼睛。"

都这个时候了,陈博还有心情开玩笑。但是对小夕很有效,她擦干眼泪,拉过一边的椅子好好坐在床边,就这样看着顾卿紫。

"你们饿吗,从早上开始就没好好吃东西,我去给你们买点吧。"墨柳儿不知道该做什么,所以也想找点事情做做。

"要吃你自己吃,我可吃不下。"小夕并不领情,尤其是不想领墨柳儿的情。

墨柳儿一时无语,而其余的两个人也没有为她说半句话。

"你们都出去。"不知什么时候,褚希澈推门而进,快步走到了床尾,一开口就说了这样的话。

众人惊愕。此刻的褚希澈受伤的手臂被绷带绑着,挽高的袖口露出了很好看的肌肉线条。但是他表情异常凝重,浑身似乎被浓烈的杀气包围着,让人不敢靠近,也不敢多说一句话。

陈博见此拍拍小夕的肩膀,让她暂时和他们一起出去,现在这个节骨眼上如果惹到褚希澈应该会很惨。夏辰佑也拉着墨柳儿出去,在同褚希澈擦肩的时候,墨柳儿却想着要解释。

"希澈,我……"

"出去。"褚希澈看都没有看她一眼，语气冰冷。"尤其是你。"

后面这四个字让墨柳儿顿时有了万念俱灰的感觉，同时也让陈博和小夕为之一振。这样的褚希澈是真的生气了，他心疼顾卿紫，现在已经完全被弄疯了。

"走吧。"夏辰佑也没有多说什么，只是拉着墨柳儿赶紧走出了病房。再说下去，他也不能保证褚希澈会做出什么样的事情来。

病房一下子显得空荡荡的，褚希澈悬着心，双手垂在身子两侧，在床尾处静静地看了看熟睡中的顾卿紫好一会儿，才迈开脚步，轻轻地走上前。

他就这么静静地坐在床沿，一动不动地看着顾卿紫。褚希澈想和她说话，想要告诉她这些年自己的事情，但却怎么也不愿意是在这样的情况下说出来。

"卿紫，我好像让你受了不少委屈。"他苦笑，却不敢伸手去碰她。嘴唇动了动，还想要再说些什么的时候，他却发现自己再也张不了口了。

那种酸楚感和挫败感让褚希澈从高处瞬间跌落了下来，他想要保护的人就这样在自己面前受伤，整个人完全跌倒在了冰点。

"手好疼。"

沉默良久之后，听见了顾卿紫的呻吟声，褚希澈刷地从椅子上站起来，紧张地大叫："护士，快过来看看，她说疼！"

手上麻药的效力过了，伤口就会慢慢地疼起来。顾卿紫听见褚希澈这么一吼，刚想要伸手去拉他，却发现手又疼又重，根本抬不起来。

顾卿紫半睁着眼睛，难受地眨了好几下，视线才渐渐清晰起来。

褚希澈忙坐下，全身上下打量着她，紧张地问："除了手还有哪里疼吗？或者哪里不舒服的，你都要告诉我。"

顾卿紫朝他看了过去，视线立马被他手臂上殷红的颜色给震惊到了，着急忙慌地想要起身,嘴上说着:"天哪,希澈你还好吗?痛不痛?流了很多血吗?医生怎么说,有没有什么事……"

看着她紧张无措到语无伦次的样子,褚希澈再也忍不住了,俯身用力抱住了只不过直起半个身子的顾卿紫。

"卿紫。"褚希澈埋在她的颈窝里,闻着她身上淡淡的清香。轻声唤着她的名字,只是叫着她的名字,却终究什么都没有说。

被拥抱着的顾卿紫在那个时候竟发现褚希澈在微微颤抖着,这才想起自己也受了伤。想着他应该也被自己吓坏了,本可以好好地收拾那个混蛋的,可是她高估了自己。她以为过去了就好,可实际上根本好不了。

"对不起,肯定被我吓死了吧?"顾卿紫头靠在褚希澈的宽大的肩膀上,轻声细语地说,"当初我妈妈也经常被我吓坏。"

停顿了一会儿,她又说:"其实你上次就猜对了,我练过空手道,曾经被这个空手道害惨了。没想到今天又被它害了。希澈,你会不喜欢我吗?"

不喜欢我这样暴力的女生,不喜欢我这样多管闲事的女生,不喜欢伤了自己又害了你的女生。一定会不喜欢吧。

只听见褚希澈坚定地说:"永远不会。只要是你,我永远都喜欢。"

"啊,我手都好像不痛了呢。"顾卿紫低声笑道。

褚希澈却狠狠皱起了眉头,心脏像是被紧紧攥住了,每听顾卿紫说一句心脏就被死死地掐住,让他没办法呼吸。

"那个小偷呢?"过了一会儿,顾卿紫终于想起这个问题了。

褚希澈轻叹,"被警察带走了。他比我们都好,就是破了相。"是,褚希澈只打了脸。

顾卿紫倒是有些担忧,"你没有把他打残吧?"

褚希澈松开她,服侍她好好躺好。看着她包扎得严实的手,语气里有掩饰不住的遗憾,"你的期末考试怕是要推迟了。"

"嗯。"顾卿紫知道,被包扎起来的手很痛,但是又痛得没有知觉。她的不安在于,手上会留疤,会留很难看的疤,或者还会畸形?

见她情绪低落,褚希澈先安抚道:"医生说会好的,不要担心。"

"嗯。"顾卿紫仍旧一个字,后用左手轻轻碰了碰他受伤的手臂,轻轻皱眉道,"我都害你成这样了。"

不知道要说什么安慰她,褚希澈觉得自己失去了说话的能力。

"我们回学校吧。"顾卿紫提议道,再次坐了起来。脸上虽然笑着,但是有什么东西好像正在渐渐地远离她。

褚希澈点头,小心翼翼地扶着她下床。他拿起挂在椅子上顾卿紫的外套,像照顾小孩子一样帮她穿衣服。右手受伤,等于生活不能自理。一个念头在褚希澈心里冒了出来。

病房门刚被打开,小夕就立马迎了上来,里里外外地检查了一番顾卿紫,确认她好好的才说:"以后能不能不要做这么危险的事情?你真的快把我吓死了!"

顾卿紫抱歉地抱了抱小夕,那只受伤的右手却只能举在半空中。"应该不会有下次了吧。我要是每次都能碰到不法分子,那我岂不是以后要去当警察?"

"别开玩笑!"小夕厉声道。

褚希澈就这么站在旁边,也不顾自己的伤口疼还是不疼,似乎全身都在使劲。那股劲只是为了发泄自己心中的悲愤。

陈博看着顾卿紫好好的也算是松了口气,终归还是虚惊一场,尽管有人受了伤。他绕到褚希澈旁边,也安慰性地拍拍他的背,让他不要自责。

"学校,我和卿紫暂时不回去。"冷不丁地,褚希澈通知道。

默不作声的墨柳儿陡然间直起身子,紧张地望着褚希澈。她不知道这个是什么意思,也不太想知道这是什么意思,但她真的受不了褚希澈眼里那对顾卿紫独有的宠爱。

"那,那你们要去哪儿?"小夕感到惊讶,"回寝室我可以照顾卿紫的,她的换洗衣服都还在宿舍呢。你不是想要一个人照顾她吧?"

是,他就是想一个人照顾她。顾卿紫身边有他就够了。

"你们明白我就不解释了。"褚希澈这会儿语气平静,只是简单地说明了一下,抱过顾卿紫的肩,从他们身边走过。

顾卿紫倒是有些难以适从,脚步显得有些僵硬,语气有些焦急道:"你照顾我,可是你也受伤了啊。"

"不许拒绝。"褚希澈眼睛看着医院走廊的尽头,平静地说。

顾卿紫察觉到褚希澈语气的僵硬,便暂时决定不说什么了。

后面站着注视着他们背影的墨柳儿觉得自己弄巧成拙了,她竟忍不住想要嘲笑自己险恶的用心。但,都走到这一步了,还有回头的余地吗?

夏辰佑走近她,用只有他们两个听得见的声音说:"算了吧,柳儿。"

这边,小夕和陈博见褚希澈他们走了,也立马跟了上去。她边走边说:"我回去帮卿紫收拾下东西。你就回去帮褚希澈吧,他手也受伤了。"

陈博摇头叹气道:"两个病患,到底是为什么非要一起住到外面啊?"

"换作我,也会想时刻照顾自己喜欢的人。"小夕动容地解释道。

最后,医院的走廊那头只剩下墨柳儿一个人。那落寞又不甘心的样子,只有墨柳儿自己知道,这样的心情已经不是自己能控制的了。

坐上出租车回学校的顾卿紫靠在褚希澈的肩膀上,看着自己的右手,喃喃道:"听说断掌很不吉利。"

"只是多了条纹路而已。"褚希澈握着她的左手轻声说。

顾卿紫笑了一下,没有再说话。那丑陋的疤痕肯定会一直都在,顾卿紫说不清自己内心的迷茫,只是女人的直觉告诉她,绝不仅仅是多了条纹路。

第三十四章 请离开他

当褚希澈带她来到学校附近的酒店大门时，顾卿紫才意识到他没有在开玩笑。

"呃，你来真的啊？"顾卿紫面对着这样的安排有些退缩了，干笑着说道。

褚希澈掂了掂手里两只包包的重量，一副木已成舟的样子说："小夕把你的生活用品都打包好交给我了。我现在如果说是假的，你也不信吧。"

"那还真的不信。"顾卿紫回答的时候做出了局外人的表情，但是下一秒被褚希澈牵着手走进酒店的时候，她觉得自己完全就像是早恋怕被大人发现的窘迫样子。

不过褚希澈到底是男人，行事作风一点都没有同龄人那样的羞怯。在他看来不过是在做一件理所当然的事情，何必要有那些多余的想法。更何况，和自己女朋友出来住这件事需要遮遮掩掩的吗？

当他和顾卿紫进电梯的时候，如此复述了下上面的那句话后，顾卿紫瞬间起了鸡皮疙瘩。厉声警告道："你敢乘人之危，我就把自己掐死！"

"没有你的批准，我连你的头发都不会碰的。"褚希澈举手投降，做了保证。但是刚说完，手就朝顾卿紫那边伸了过去。

顾卿紫即刻警觉地退后半步，瞪着大眼睛阻止他，"离我半米远。"

"牵手也不行吗？"褚希澈有些受伤，苦笑着问。

这时电梯刚到三楼，就有三三两两的人挤了进来。褚希澈借机将顾卿紫圈在了电梯的角落里，自己则背对着进来的人。脸上顿时恢复了笑意，"这是不可抗力。"

"这就是乘人之危！"顾卿紫低声抗议，但是嘴角也漾着浅浅笑意。

站着离顾卿紫这么近的褚希澈心里感到满足，他就是想照顾她，让她的每一天都充满着快乐和幸福。也希望，疼痛和疾病都能远离她。

"小夕有句话说得对。"沉吟了一会儿，褚希澈看着她的眼睛说了一句。

"嗯？"

"你以后真的不能再做这么危险的事情了。"褚希澈在说这话的时候到底还是无奈地叹了口气。他并不是想破坏她的正义感，只是比起抓住坏人，他更希望顾卿紫能安然无恙。

顾卿紫感到抱歉，便也点点头。江山易改，本性难移，她不晓得这样的巧合会不会再次出现，如果还有下次，她或许还是会奋不顾身地追上去。

"不要以为我不知道你在想什么。"蓦地，听见褚希澈哑着声音说，"这个世上坏人是抓不完的，你再次遇见这种情况的概率也是有的。但是，我可以冲在你的前面，做你想做的事情。一切，都交给我好吗？"

不知道是因为受伤觉得疼痛了还是本来就觉得感动，顾卿紫动容地望着褚希澈，头轻轻地靠在他的胸膛说："谢谢你，希澈。但是，我不要你冲在我前面，只要能陪在我左右就行。"

褚希澈当然明白她在说什么，手抚上她的背，轻轻地拍了拍。

"叮"一声，他们的五楼到了。

房间好像在这一层的拐弯处，确定房间号之后，顾卿紫害羞得不敢直视，盯着自己的脚尖嘀咕着，"这肉麻的房间号。"

褚希澈刷了房门卡，520的房间门就被打开了。他站在打开的门前，侧身让顾卿紫先走了进去。当时，顾卿紫的那个小心脏几乎就要跳出口了。

她暗暗纠结着，千万不要是大圆床啊！随后"啪"一睁眼，果然不是大圆床……

"你先坐一会儿。"褚希澈对顾卿紫说，刚转身又怕她无聊，打开了电视。"看会儿电视或是再休息一下。"

顾卿紫"哦"地应答道，倒是心安理得地坐在了床尾。床有点高，也挺舒服，顾卿紫瞟了眼另外一张床，心里思量着，离得也不远嘛。

"你在干吗？"看了眼褚希澈之后，顾卿紫立马不淡定了，急急忙忙地从床上站起身来，小跑到他的旁边，两眼直直地盯着他拉开自己袋子的手问。

褚希澈蹲着，抬眼看了看她说："给你收拾衣物。"

"我知道，我的意思是……"收拾衣物啥的，被你看见内衣内裤了怎么办？顾卿紫有点站立不安，好几次欲言又止。

褚希澈伸出右手的时候，感受到手臂上的伤口撕扯了下，又只好放下右手。站起身子，抬起左手轻轻拉过她，重新让她舒服地坐好。"不就是内衣，以后总是要看的。"

听到这就像是在说"白菜多少钱"一样平淡的话之后，顾卿紫彻底抓狂了。她的内衣都很幼稚，相当的幼稚啊！一定会被笑的，绝对会被嘲笑的！

"我不笑。"像是猜透了她的心思,褚希澈发誓道。

鬼才信!顾卿紫的目光直愣愣地停留在他的身上,看着他重新蹲回到衣柜前,从行李袋里一件件地把自己的衣服拿出来,顾卿紫真的再也没办法看下去了。

"嗬。"轻轻的声音飘了出来。

顾卿紫立马大吼一声:"说好不笑的!"

"挺可爱。"褚希澈给出了反应。

这边被夸可爱的女朋友已经恨不得去死了,还能不能愉快地做情侣了?所以说亲密的节奏有点慢,就连被看到了内衣都羞得好像自己被看光了一样。

但是,看着褚希澈为了自己忙进忙出的,顾卿紫头一次觉得被照顾的感觉真好。

"你说啥?"

晚上,寝室里的姐妹都结束自己的"行程"回来的时候,听完小夕简单粗暴地解释了下当天发生的种种,以及顾卿紫暂时和褚希澈住在外面的消息后,所有人都不淡定了。

倒是蜜儿,尽管也觉得小夕给的消息太过劲爆,但她还是克制住了八卦的心情,首先问了他们的伤势。"卿紫的手怎么样,严不严重?"

小夕从慧慧桌上拿起水杯就先喝了口水,咕咚下肚之后才说:"医生说得好几个月才能拿笔写字呢。正赶上期末考试,估计等下个学期回来补考了。"

"我的天,那肯定是伤得很严重啊。"蜜儿还是被有些吓到,当下心里就觉得顾卿紫的舍生取义怪令人心疼的。

慧慧猛然间从晃悠的状态中回神,皱着眉头问:"所以你们好好的非要在考试之前出去烧烤这是为什么？"

"这事你得去问墨柳儿。"小夕将茶杯放回到她的桌子上，举手投足间也对墨柳儿十分地不满。"每次卿紫遇上她准没有好事。前些时候，卿紫的人人网上莫名其妙地就加了她为好友，然后尽是上传了些伤怀感春的状态。这事你要是再往前说，那就又扯到故意阻挠褚希漱跟咱们卿紫表白的事上了。你说她能不能消停一会儿？"

小夕的言辞有些激烈，毕竟完好无损的是墨柳儿，受伤的是顾卿紫。无辜的人不会被牵连，可是对无辜的人有过什么不好举动的人，一有风吹草动就会受牵连。

"等等，你说卿紫的人人网上无缘无故就添加了墨柳儿为好友？"蜜儿用发箍将自己的刘海固定了起来，听到小夕话语里的信息，她就先不准备洗脸了，转而探究道，"你的意思是说卿紫她没有主动加墨柳儿为好友？"

小夕十分肯定地点点头。

"那就有些奇怪了。"蜜儿转头看向镜子中的自己，用卸妆油卸去脸上的妆容之后，突然间想到什么，立马说出来同大家分析。"就是唐锦瑟来的第一天，当时她在卿紫床上睡觉。我去完楼下上来的时候，发现墨柳儿从我们宿舍里走出来了。"

慧慧噗地一下就把水喷了出来，大惊失色地冲蜜儿喊道："这么大的事你现在才说？难怪我总觉得我这几天身上的钱不够用啊！"

小夕和蜜儿同时对她做出了鄙视的手势。

"你说会不会就是那个时候墨柳儿自己偷偷地动了手脚？"蜜儿分析道。

对于这样惊悚的结论，小夕都忍不住打了个战。墨柳儿这女人脑子没问题吧，抢男人居然从攻击心理开始，这手段也太高明了点吧？

"我要打个电话给卿紫,让她最近不要和墨柳儿联系。"小夕都有些害怕地摇摇头,拿出手机想要给顾卿紫发短信。

蜜儿甚是嫌弃地瞧了她一眼说:"卿紫现在右手受伤,你让她左手给你回短信啊?"

"哦,也是也是。"于是,小夕就这样拨通了顾卿紫的电话。对着手机听了一会儿后,悠悠地转向蜜儿和慧慧说,"您拨打的用户已关机。"

"这么早就上床啦?"慧慧捧住脸抖动着眉毛阴阳怪气地说着。

然后小夕直接把柚子皮扔到了她的脸上,一本正经道:"注意素质!"

然后这个夜晚,在没有顾卿紫的陪伴下,三个姑娘们牵挂着她入睡了。这一夜,好像所有人都做了个梦,但是不管好的坏的,那些梦也全部只留在了梦里。

现实是早上一醒来,又是普通的一天。

墨柳儿站在酒店门口,挣扎着要不要走进去。从陈博那里知道了褚希澈和顾卿紫住的酒店,也知道早上褚希澈有课。她一早来,无非就是想告诉顾卿紫一些事情。

但那些事情,她并不是为了得到什么才说的。既然历史会重演,那么至少真相也值得被揭露。不过,她想她到底是做错了,不管是哪一件事情。

只要和褚希澈有关的,也包括喜欢他这件事。

"叮咚。"

此刻还在被窝里的顾卿紫仍旧沉醉在梦乡中,昨晚那个梦简直羞得人不敢醒过来。大概是日有所思,夜有所梦吧。她本以为自己会梦见那个小偷,梦见他会来自己梦里索命。可出乎意料的是,她梦见了褚希澈。

梦见他给自己盖了被子,还在自己耳边亲昵地说着一些情话。

"叮咚。"

顾卿紫头昏沉沉的,要不是昨晚太兴奋根本睡不着,她不至于到现在都没办法好好地睁开眼睛。门铃响了好几声了,她以为是褚希澈没带房卡,便穿着毛茸茸的一套猫咪睡衣起身,几乎是闭着眼睛来到门口的。

一打开,她就问:"回来啦?"

看到她这副样子,墨柳儿错愕地站定在门口,全身都紧张到绷直了。顾卿紫和褚希澈孤男寡女共居一室,是个正常人都不会觉得他们两个之间没什么。

墨柳儿忍不住在脑海里想着各种十八禁的画面,她是想好好来道歉的,可是不知道为什么看见顾卿紫慵懒的样子之后,她又萌生了忌妒。

"怎么是你?"在完全睁开眼睛的时候,顾卿紫倒是吞下了口水。

墨柳儿抬眼看向了房内,里面没有开灯,也没有拉窗帘。估计是褚希澈为了不吵醒顾卿紫才这么做的,想到这里,墨柳儿觉得自已特别的没本事。

"我来看看你。"最后她说道。

顾卿紫干笑了几声,侧身让她走了进来。两个人都调整了一下姿势坐好后,顾卿紫才说:"我没什么事,就是行动不方便而已。"

"嗯,有希澈照顾,我很放心。"墨柳儿看着她,微笑着。

听到这话,顾卿紫极度不爽地皱了下眉头。这几个字杀伤力实在是太大了,直接从天而降一块大石头压在了顾卿紫的胸口上,让她胸闷气短。

"墨柳儿,我喜欢褚希澈。"顾卿紫冷不丁地进行了表白。

"这个,大家都知道啊。"强装镇定的墨柳儿扯动下嘴角,脸上的淑女的标志笑容已经全然僵硬。

"所以请你以后不要在我面前称呼他为'希澈',他照顾我,也不需要你放心。"这是和褚希澈在一起后第一次以这么强势的姿态面对墨柳儿的顾卿紫。

原来自己男朋友被其他异性亲昵地称呼,确实会吃醋的。这点,她终于能和褚希澈产生共鸣了。

墨柳儿见顾卿紫神情冷峻,说话的语气也不像之前那般对自己还算有谦让,她尴尬地笑道:"大家都是朋友,何必这么计较。"

"我和你不是朋友。即使希澈和你是朋友,他也从来没有用'柳儿'来称呼过你。所以你大可不必非要一厢情愿自认为你们关系很好。"

女人之间的较量一下子就展开了。

墨柳儿冷笑一声,从座椅上站起来,居高临下地望着坐在床尾的顾卿紫。用一种非常陌生的姿态靠近她,对她说:"你知道希澈为什么喜欢你吗?哦,不对。你知道希澈为什么单单选中了你吗?"

顾卿紫敛眸,非常排斥地往后仰了下身子。

"因为那个害你家里赔钱给小偷,不愿意站出来替你说一句话的人就是褚希澈的妈妈!那个时候看着你被周围人轻视、诋毁却无动于衷的人就是褚希澈!你没想到吧,你几年前帮助过的人的儿子现在正在以一种补偿的姿态做你的男朋友,这些你都不知道吧?你还傻兮兮地说你喜欢他,真的是滑天下之大稽!"

墨柳儿的字字珠玑让顾卿紫顿时失了神色,她的眼睛四下躲避,却始终不知道看哪里才会让她有安全感。

"这事褚希澈知道,他一早就知道。所以当我提出来要在图书馆告诉他这件事情的时候,他根本不在意。更甚至,连我发他事实真相的短信,他也可以视而不见。"墨柳儿漂亮的脸蛋忽而变得狰狞起来。

"你胡说!"顾卿紫大喊的时候,竟感觉到自己害怕得连手都抖了起来。墨柳儿为什么会知道这件事情,她凭什么说出这样不负责任的话?

墨柳儿逼近她,见她一脸震惊的样子,拿出手机点开了录音那个键。

"不信的话,你听听吧。这是我哥和我打电话时我录下来的。"

顾卿紫不想听,却鬼使神差地一字不落地听完了全部的内容。那种从幸福的顶端坠落,被完全扔进了深渊粉身碎骨的感觉直接冲向了头盖骨。

"现在的你已经算是残破的了,离开他未尝不是件好事。"

最后,她只听见了墨柳儿说了这么一句话。

第三十五章　找不到她

事情到了这一步,都不知道该怎么收场。那几日,面对着一如既往呵护备至、体贴入微的褚希澈,顾卿紫想到了拒绝。

这周因为是考试周,所以褚希澈没有在身边陪着她。但是,这样也好,让她静一静。尽管,再怎么想,结局也只有一个。

顾卿紫转身,看着房间里属于自己和褚希澈的一切东西,都那么亲近,像是一家人一样堆放在一起。或许,分开来才会让这一切看起来整洁干净。硬是掺杂在一起,才会让自己看不清现实。

"不知道这样做对不对,但是在我没想好之前只能做这样的选择了。"顾卿紫站在褚希澈的床前,手里拿着他搁在床上的外套,眼泪却吧嗒吧嗒地滴落了下来。

太过在意,才会让自己陷入怪圈中。

"我的天,今天终于最后一门了。"陈博从考场走出来的时候,伸了个大懒腰,疲惫万分地说道。

褚希澈对此没有发表任何意见,因为他比陈博惨,他还剩下三门。结束今天的考试,大概都已经晚上5点了,他担心一个人在酒店的顾卿紫。

"最近卿紫还好吗？这个星期都没去看过她呢。"陈博放下手，插进裤袋，看向褚希澈问了一句。

"手正在慢慢恢复。"褚希澈回答，语气里止不住的是担心。

陈博察觉到褚希澈有些奇怪，便追问："怎么了？"

"没。"褚希澈停顿了一下，望着天长叹了口气，动动筋骨说，"卿紫最近心情不太好，我想着要带她出去走走。"

"被你金屋藏娇了，人家自然是抑郁了。真是的。"陈博数落道，"好好回去补偿她，一个人在酒店容易七想八想什么的。比如，你在考场会不会被其他女同学勾引啊，又或者路上碰上小学妹会不会被调戏啊。哎哟，要担心的事情可真多。"

褚希澈不为所动，淡淡地笑道："她才没有这么多心思。"

"挑拨离间失败了。"陈博无奈地耸耸肩，继而看了下时间，对褚希澈到了下别说，"我还有点事，先走了。"

陈博一下子就跑开了，身边清静了不少后，褚希澈拿出手机拨通了顾卿紫的号码。那边停顿了好久，他才听见了"您拨打的用户暂时无法接通"。试着又拨打了好几遍，得到的仍旧是同一个声音。

褚希澈看了下时间，犹豫了一会儿后把手机放回了口袋里。再过10分钟，下一场考试又要开始了。

但在这短短的10分钟内，褚希澈脑子里不停地在想象没办法打通顾卿紫电话的N种可能。从手机掉进马桶里到手机从五楼飞下来，最后到顾卿紫可能一时手贱开启了飞行模式，因为用的是左手所以没办法调回来种种可能。

但是，没有一个能让他感到安心。

在天色完全暗下来之后，褚希澈总算是从各种试卷中脱身，来不及回寝室放资料，直接就奔酒店而去。

等到他满怀期待地打开房门，希望听到顾卿紫埋怨地说"怎么这么晚啊"，又或者是"我都快饿死了"，再要么是"我手机真的掉马桶里了"。但是，打开门里面漆黑一片。

"卿紫？"他唤她名字的时候心就已经提到嗓子眼了，等到开灯走近床尾时，才意识到顾卿紫是真的不在。

他即刻转身去衣柜那里翻看，属于顾卿紫的衣物统统都没有了。褚希澈脑袋"嗡"的一声，完全处于不知所措中。顾卿紫去哪儿了？一瞬间好多奇怪的想法一股脑地都涌上了心头。

褚希澈急忙拿出手机打给了陈博，紧张万分道："快去女生宿舍帮我看看卿紫在不在那里？"

"让我去女生宿舍，现在？不是，卿紫怎么了？"

"有人没人都给我打个电话。"褚希澈自己说完就挂了电话，风尘仆仆地坐电梯从酒店五楼下来，在酒店门口随手拦下出租车再次回到了学校。

车停在后门，就这么巧正好碰见了出来吃晚饭的小夕等人。褚希澈扫视了一眼，没有看见顾卿紫。立马大步上前，拦住她们，开口就问："卿紫有没有联系过你们？"

小夕她们面对褚希澈的质问一头雾水，"没有啊，她不是一直和你在一起吗？"

褚希澈心慌意乱，完全不知道手上有伤的顾卿紫现在会去哪儿，也理不清究竟是什么原因突然就让她选择离开了。

一直无所不能的褚希澈此刻觉得自己就像是无头苍蝇，到处乱撞。

"怎么回事，卿紫不见了吗？"小夕看着褚希澈脸色巨变，也顾不上什么晚饭了，赶紧拿出手机拨打顾卿紫的电话。停顿几秒，立马咒骂道，

"要死,关什么机啊!"

慧慧和蜜儿面面相觑了一会儿,也明白过来现在该做什么事了。纷纷打电话给顾卿紫可能会在的地方,但是纠结了许久,终究是得不出一个结论。

站在辉煌的街头,他们几个人全部陷进了焦头烂额的状态,尤其是褚希澈,眼神里那无以名状的焦急和痛苦,一目了然。

"你们在这儿干什么?"同样结束了考试周的夏辰佑也出来觅食,却在学校后门遇见了他们几个杵在这里焦头烂额的小伙伴。

对于夏辰佑,他们也懒得解释什么,但是又觉得不能放过任何一个可能知道顾卿紫去向的人。于是,小夕抓着他问:"有见过卿紫吗?"

果然,夏辰佑摇了摇头。他诧异地看向目光几乎没了焦点的褚希澈,"她不见了吗?"

"什么见不见的,没看见过就算了!"小夕不耐烦地否定,她真的是太讨厌夏辰佑这个男人了。因为墨柳儿的关系。

看着对方这么愤怒,夏辰佑怔了怔,轻叹息:"你们问过柳儿了吗?"

"她有什么好问的?全世界就她巴不得找不到顾卿紫,更何况她怎么可能会知道卿紫去哪里了。"小夕仍旧盛气凌人,不给夏辰佑一个好好说话的机会。

"她在哪儿?"褚希澈忽然面向夏辰佑问。

夏辰佑微怔,说:"在图书馆吧。"

听完,褚希澈从他们中间走过,大步地朝图书馆走去。那时候,他身上的气息简直能把周围的空气降到冰点。

"夏辰佑,你是不是知道点什么啊?"小夕谨慎地问道,"不然你为什么让褚希澈去找墨柳儿?没这么毒吧墨柳儿,这事她怎么也能插一脚啊?"

夏辰佑仰头叹了口气，只是摇摇头说："我也不知道。"看了一下她们各自怀疑的眼神，他苦笑了下，"如果没什么事，我先去吃饭了。还有，我想顾卿紫可能只是找了个地方休息一下，你们不要太担心。"

说完，他就朝着繁华热闹的那条街走去了，完全把自己当成局外人。

"唉。"蜜儿也东张西望，期待能在人群里忽然看见顾卿紫的身影，可是来来往往的人那么多，连个相似的背影都看不见。"卿紫不会受到什么打击了吧？右手不能活动，以后还会留疤，女孩子很注重这些的。"

慧慧还感同身受地伸出自己的手想象着那里有一条歪歪扭扭、狰狞的伤疤，顿时打了个寒噤。虽然比伤疤在脸上要来得好，但是什么事用的都是右手。握手、写字，甚至是最后戴的戒指。这么想想，这也应该是压力的来源。

"你说，她会不会是回家了？"小夕眼咕噜一转，想到了最能治愈心伤的地方。

众人恍然大悟地点点头。

结束考试后还是有很多人在图书馆写字看书，完全是为了图个安静。墨柳儿站在图书馆五楼外面的阳台上，看着星空，陷入沉思。心里很矛盾，她做了自己该做的事情，又好像做了不该做的事情。

那个时候顾卿紫完全把她逼疯了，让她不得已露出了自己都觉得恶心的一面。她不是真的想说，但一开始又似乎是自己挑动了顾卿紫敏感的神经。恋爱中的每个女人都是神经质的存在，有时候一个标点符号都能让她们为之疯狂。

"在哪儿？"

手机急促的来电铃声让墨柳儿吓了一跳，却意外接到了褚希澈的电话。换作以前，她一定会很兴奋，但是现在她知道他找她做什么。

"在图书馆五楼，怎么？"她刚说完，那边就挂了电话。连一点解释和说明都没有给她，褚希澈就是这样的人，从来不拖泥带水，也从不优柔寡断。对自己，也从未留情。

褚希澈风尘仆仆地上了五楼，从第一间阅览室开始找，一直到最后一间，都快走到楼梯口了才忽然发现对面阳台上有墨柳儿的身影。然后转头就快步走上阳台的阶梯，一步步地靠近她。

墨柳儿站在那里，轻微地闭上了眼睛，他来了。

"你想干什么？"褚希澈看着她，说的第一句竟然不是问顾卿紫。

墨柳儿深吸一口气，睁开眼睛，侧身面对着他。不管她怎么武装自己，在褚希澈面前，她连不说话的控制力都没有。

"我还能干什么？"墨柳儿回答得很无奈，脸上的表情也很无奈。

"为什么去酒店找了卿紫，和她说了什么？"开口第二句褚希澈竟连这个都知道了，他语气坚定，目光锐利。"我问过酒店管理员，你来过酒店，并且去找了顾卿紫。这些监控室都有记录。"

"所以呢？"墨柳儿冷笑，"找过她又怎么样？我就不能只是去探望一下她吗？"

褚希澈仅剩的一点耐性快被磨光了，在通往图书馆的这条路上，他心急如焚地打电话给酒店让人家帮忙看下监视器上的情况，证实了顾卿紫拎着行李离开了酒店，也意外地得知墨柳儿来过这里。

会联想到这个，完全只是因为夏辰佑让他问问墨柳儿。很显然，墨柳儿自己不知道，最了解她的人其实还是夏辰佑。

"跟她说了是吗？"褚希澈瞳孔深幽，那眼里的怒火似乎都想把这里的一切都给吞噬了。

面对着质问自己的褚希澈，墨柳儿最后的防备也卸下了。她颤抖着声音，垂在裙边的双手都捏成了拳头。"是。我想要跟你说，你不理我。那我只好告诉顾卿紫，让她自己作决定了。很显然，她根本不喜欢你，否则就凭那些陈年旧事她怎么会动摇对你的心意。"

"墨柳儿，我原以为你只是一时糊涂，没想到你是蠢。"褚希澈破天荒地为了顾卿紫骂了人。但是他失策了，他一直想要找机会告诉顾卿紫自己真正的想法，却被人捷足先登给扭曲了。

"对，我就是蠢才会一次次地让自己做着蠢事！"墨柳儿激动到不能自已，泪水很快涌上了眼眶，她拼命忍住。"褚希澈你真的是喜欢她吗？在我看来你根本就是在补偿她，补偿她当年所受到的伤害！可是，那根本不是你的错，你为什么要这么做，为什么非得是你？"

褚希澈拧着眉头，最后转身，"这么多年，选择现在才接近她并且拥有她，是因为我对她有足够的认识和了解，我确定她就是我想要的人。嗬，这些话本该是说给她听的。"

一席听似感人肺腑的话结束后，褚希澈就头也不回地走了。留下墨柳儿终于支撑不住，蹲下身子，大哭了起来。

她不过也想得到自己喜欢的人，为什么会事与愿违？

操场上，绕回学校的小夕等人问了好多人，连学校的指导老师都问了，才得到了顾卿紫家里的座机号。这个年代，很少家里人会用座机了，但是好在顾卿紫家还在用。

抱着希望拨通了她家里的电话，响了三声之后就被接了起来。小夕赶忙在这边露出笑脸，亲昵地称呼道："阿姨你好，我是卿紫的同学，我想问下顾卿紫这几天请假是不是回家里来了啊？"

阿姨的声音很好听，也很洪亮，她先是愣了一下，才说："没有呢。卿紫没有回家里来，她怎么请假了？"

"没有回来啊。哦，她请假是那个最近不是那个啥……"小夕编不出谎话，只好求助于身边的慧慧和蜜儿。

慧慧在一边轻声地说："拉稀。"

"拉你妹！"小夕捂住手机，低声否决了这个提议。还是笑嘻嘻地对阿姨说，"可能是最近学习压力太大，她想散散心吧。那阿姨没什么事，再见了啊，祝您老健康长寿，永葆青春！"

怕说多错多，小夕很快就挂了电话。这边，慧慧和蜜儿想不通了，顾卿紫到底去了哪里。一个人，手又受着伤，想着除了回家别无二选了啊。

这时，褚希澈已经快步走了过来，同她们会合。一看她们的表情，他就知道，没有得到任何的消息。

"会不会去找唐锦瑟了？"蜜儿总是记挂着顾卿紫这个小伙伴，好歹唐锦瑟心情不爽的时候也来投奔过顾卿紫啊。

众人陷入沉默，找唐锦瑟的可能性不大。首先路途遥远，再者顾卿紫不是爱去麻烦别人的人，那么思来想去也始终觉得顾卿紫回了家。

褚希澈沉吟片刻，二话不说转身就顾着自己走开了。他想过了，即使顾卿紫不在家，那他也有必要自己亲自去一趟。

第三十六章　学会原谅

"唉。"妈妈挂了电话,转身向缩在大椅子上的顾卿紫问,"发生什么事了?"

妈妈走过去,坐在她的旁边,看着她包扎起来的手,心疼得不得了。顾卿紫没打招呼就回家来,闷声不吭地回到房间独自待了好几个小时。作为妈妈也不敢多问,怕孩子难过,只能等着她开口。

顾卿紫也没有哭,只是哽咽着问:"妈妈当年我把小偷打成脑震荡的时候,你有没有怪我?有没有觉得我是个成事不足败事有余的孩子?"

陈年往事,不明白顾卿紫为什么突然提起。不过想起当时,妈妈还是心有余悸,但是她笑着握住顾卿紫的手说:"怎么会怪你。那时候担心你都来不及,就怕你有个意外。"

顾卿紫吸吸鼻子又说:"那我说了你不要怪我。"她撒娇地靠在妈妈的肩膀上,像犯了错误的孩子一样。"我又做了几年前做过的事。"

妈妈大惊,忙拉开她瞪着大眼睛问:"你又把人家小偷打残了?"

震惊于妈妈的第一反应,顾卿紫悠悠地抬起了自己那只手,眯着眼睛说:"因果报应,这次小偷把我打残了。"

"哎呀,你这孩子!怎么就这么不听话呢?说了多少遍了,危险的事情不要做,你是不是想吓死我?你一个花拳绣腿的凑什么热闹?真的有本事的人都是站在一边打110的!"

"妈妈,说好不怪我的,你已经溅了我一脸的口水了。"顾卿紫悲伤地抹了一把脸,可怜兮兮地望着自己的老妈。

妈妈停住不说话,到底还是心疼极了。小心地捧过那只包扎得像虾钳的手,皱着眉头说:"怎么弄伤的,医生怎么说?"

顾卿紫想到这个,就想起了褚希澈,整个人又垮了下来。有气无力地说道:"被美工刀划了一个大口子,医生说几个月之后就应该没事了。"

"你们应该放寒假了吧,那就在家好好养着。"妈妈说着,从她旁边起身,走了几步又问,"晚饭想吃什么,妈妈给你做。"

顾卿紫听到这个的时候感动得泪水决堤,妈妈的温柔和关爱总是让她忍不住想起褚希澈,可想起他的时候除了哭真的没有别的什么办法了。

"哭什么?"妈妈觉得好笑,都多大的孩子了,还哭鼻子。

"妈妈,我喜欢上我们仇人的儿子了,我要怎么办?"顾卿紫号啕大哭着,说话几乎都是拿来喊的,因为要是不喊,根本没办法完整地说完一句话。

听到这个,妈妈更加觉得好笑了,拍拍她的背说:"这话别让你爸爸听见,否则他一定会去和那个小子决一死战的。"忍不住开起玩笑来了,真是的,都什么年代了。

"我说真的啊……"顾卿紫还是哭得很起劲,她抽泣着说,"当年那个被抢包的漂亮阿姨身边有个和我一样大的儿子,妈妈你记得吗?"

又和那件事情有关?妈妈皱了下眉头,记不大清楚了啊。那个时候只管盯着自己女儿看了,不过好像当时是有个小男生,还跟她说过什么来着。

"好像是有的。"妈妈拼命地在回忆，脑海里的画面太陈旧，翻出来都缺页漏角了。"他好像还和我说过话。"

"啥？"顾卿紫还是哭得一抽一抽的。

妈妈看着顾卿紫的样子，忽然想起来说："我记得那个男孩长得蛮好看的，当时他好像问我，你是不是学过功夫？"

顾卿紫不断地用手背抹去眼泪，抽抽道："那妈妈你讨厌他们吗？在我的行为受到质疑的时候，他们没有站出来替我说话，害我们家里赔了好多钱。"

"是挺讨厌的。"妈妈毫不避讳地说着，"但是或许每个人都有每个人的难处吧。自家孩子把别人打伤了，自然是要赔钱的。不管那个受伤的人是什么身份，更何况他们也没有义务非得站出来替我们说话。只是我们觉得心里有疙瘩，和自己过不去。"

顾卿紫听完妈妈说的话，一时间觉得自己离开褚希澈是个奇怪的选择。她当时是抱着什么样的想法离开他的？真的是这些陈芝麻烂谷子的事情吗？

"所以你是和那个你帮助过的人的儿子谈恋爱了是吗？"妈妈反应过来，替她抹了一把眼泪，振奋道，"那你有什么好哭的啊，你赚到了啊。帮了人家一次，结果人家把儿子都给你了，这不是等于把家产都送给你了吗？"不正经的妈妈再一次开起了玩笑。

顾卿紫垂头，失落万分，喃喃道："他会不会只是良心上过不去，所以才对我那么好？有人告诉我，他不过是想要补偿我。我也奇怪了，漂亮的女孩子那么多，他为什么会喜欢我？而且本来没什么优点的我，现在手都破相了。"

"不要想那么多了。"妈妈和蔼的面容上露出一丝笑意，只是尽力安抚道，"在家好好休息，他是不是真的喜欢你，这事你自己最清楚，怎么会让人家来告诉你呢？还有啊，你这么没自信，是不是对妈妈的长相有意见？"

顾卿紫顿时止住眼泪，忙摆手说："不敢不敢，我要是有意见，爸爸还不得跟我翻脸？"

"嗯，所以漂亮妈妈现在给你去做好吃的。"妈妈总算是放心地起身了，转过身的时候又回头对她说，"不要让朋友担心，知道吗？"

顾卿紫点点头，她惦记着手上会留下来的伤疤，惦记着某一天自己会变得丑陋，也惦记着那个说喜欢自己的褚希澈。这么想着，拿出手机开了机，因为没有设置过来电等待的业务，顾卿紫居然没有收到一条未接来电的短信！

"哼，让他们担心死好了！"最后直接把手机摔在了床上。顾卿紫气鼓鼓地走出房门。

这一晚，顾卿紫失眠了。翻了好几次身，拿起手机又放下，编辑了好几条短信又删除，还是把手机扔在了被子上。不知道要说什么，也不知道要对谁说。

重要的是，褚希澈会来找她吗？

因为，寒假开始了。

"嗯？"城市的那头，在僻静高档的别墅区，杨女士正在家精心地为自己放寒假的儿子准备早餐，却在给他倒好牛奶之后，听见了他要去实习的消息。

"实习是好事啊，"她穿着丝质的睡衣，看起来气质优雅高贵，拉过自己帅气到百看不厌的儿子问，"准备去哪里实习？需不需要让你爸爸去知会一声？"

褚希澈坐在椅子上，背靠着椅背一字一句地说："我已经和舅舅说好，就去他那边实习。"

"怎么跑到舅舅那边？"杨女士蹙起了眉头，因为担心儿子，忍不住劝道，"在家这边实习不好吗？妈妈也好经常看见你，知道你缺什么，好照顾你嘛。"

褚希澈先是拉过妈妈的手，表情严肃认真道："非去那边不可。同时也希望妈妈能陪我过去一趟。有些误会，需要解开。"

杨女士好奇地打量着自己的儿子，什么误会需要她亲自去面对。但是她拍拍儿子的手背，有求必应，"儿子这么说，妈妈一定去。不过你得先告诉我什么事情。"

褚希澈暗暗地深吸了一口气，本来这次就是为了跟他们说这件事情。那既然这样……"我交女朋友了。"

"太棒了！"妈妈开心地笑道，"然后呢？"

"她叫顾卿紫。就是几年前帮你从小偷那里把包抢回来的女孩子。"褚希澈说着的时候捕捉到了妈妈眼底闪过的一丝不可思议，随即便点头，"就是她。"

"天哪。"妈妈惊讶地张了张嘴吧，想到了儿子嘴里说的误会，但是她不太清楚会是怎么一个误会。这其中难道还发生了别的事情？

于是，褚希澈也只是草草地喝了几口妈妈准备的牛奶，擦擦嘴巴同她说："这些事情我也是从舅舅那里听说的。当初顾卿紫帮了我们之后，不小心失手把小偷打成重伤，害她家里赔了那小偷不少钱。"

"啊，怎么会这样？"显然，杨女士从未听说过这样的事情。这么看来，舅舅也未曾向她提起过这件事。

"当时我们做完笔录之后就走了，根本不知道后面发生了什么事。"褚希澈又补充了一句，语气里有些许的懊恼。

杨女士点点头，神情也有些沉重。她说："说来也是，我们急着去机场，也没有多做停留。真的想不到后面发生了这样的事情。那她，那个小姑娘有受什么委屈吗？"

"委屈自然是有的，只是都过去了。"褚希澈知道如果没有受委屈，顾卿紫内心也不会抗拒空手道了。但是，现在更严重的问题是，"前不久，我和她一起出去玩的时候，又遇上了小偷。就是这么巧，有点像是命中注定。"他嘴角的笑意有些苦涩。

杨女士认真地听着，觉得很神奇。当时她也没有来得及向那个小女孩道谢就匆匆地拉着褚希澈去机场了，没想到欠下的总是要还的呀。

"卿紫她不敢下狠手，最后因为我，手掌心被美工刀划了一条口子，医生说要好几个月才能恢复。"

看着儿子凝重的表情，做妈的似乎一下子明白了他非要去那边实习的原因。想来，儿子应该是真的喜欢那个姑娘。

"伤得严重吗？"妈妈轻声地询问。

褚希澈撩起自己的衣袖，抬起裸露在外的伤口说："我这不过是皮外伤，可她的都伤到筋脉了，我想照顾她，可是因为这个迟来的解释，她好像不要我了。"

听着儿子略带沙哑的嗓音，还有疲惫的面容，是为这个姑娘操碎了不少心啊。于是，杨女士拍拍胸脯，起身说："儿子你放心，妈妈我这就收拾东西去。你什么时候过去？"

"越快越好。"褚希澈答。

"行，赶紧订机票，咱们马上就出发。"说完，杨女士就噔噔地上楼去了。

过了妈妈这一关，褚希澈才稍微轻松了一点。但是，不知道顾卿紫愿不愿意见他。一声不吭地就走，怕是也埋怨自己对她有所隐瞒吧。这事情，其实可说可不说，刻意地挑时间说出来，好像褚希澈真的只是因为这个才和她在一起的。

其实，不是的。

顾卿紫，我只是太喜欢你，所以才怕任何一点小差池都会毁了我们的关系。如果非要说的话，那请你原谅当年那个未对你说声谢谢的褚希澈吧。

第三十七章 负荆请罪

寒假来袭,各种车站、火车站都是人山人海。褚希澈置身于这样拥挤的狂潮中,居然希望自己这种"千里寻女朋友"的事迹能登上头条。

因为下了飞机之后,他没想到去市区的公交车都能把人挤成筛子啊。望着如此恐怖的一幕,褚希澈顿时觉得自己脑子都不好使了。

"儿子,你盯着公交车看干什么,不会是蠢到要坐着公交车去找你女朋友吧?"拎着行李,穿着风衣还戴着墨镜的杨女士鄙视地扫了自家儿子一眼。"你这样的苦肉计是行不通的。来,跟着妈妈去打车。"

褚希澈尴尬地握拳放在嘴角轻咳了声,随后同妈妈一起来到机场外面拦下了出租车。果然这世上姜还是老的辣,听妈妈的话总没有错。

坐上出租车之后,杨女士仍旧没有摘掉墨镜,俨然贵妇人的样子。向司机报了地址之后,她倒是从包里拿出镜子,照了老半天才问:"儿子,我今天打扮成这样还算得体吧?去见亲家还过得去吧?"

看着窗外呼啸而过的风景的褚希澈听到这话没有回头,仍旧我行我素地盯着窗外,冷淡地问了句,"什么亲家,你又没有带聘礼。"

"对啊!真是,你爸不在家,我都搞不来这些事。我儿媳妇喜欢什么,你告诉我一声,我们可以先在市区下车。"

"目前提亲我怕被扫地出门,先诚心诚意求得人家原谅。"褚希澈终于回身对着自己的妈妈说,不过脸上露出了笑容。"谢谢你,喜欢我的女朋友。"

杨女士也动容地握着自己儿子的手,语气柔柔地说:"哪有妈妈不疼自己孩子的。你的女朋友将来就是我的女儿啊,哪能不喜欢?"

"那一定要喜欢她胜于喜欢你自己的儿子。"褚希澈最后摘下妈妈的墨镜,注视着她的眼睛,认真地说道。

"唉,还是老褚说得对啊,真应该再生个女儿的。不过,是要对女孩子好一点,毕竟她曾经是她爸妈的全部世界。"杨女士说到动容的地方还吸了吸鼻子。

褚希澈低笑着,继续看向了窗外。他没有联系顾卿紫,不是为了给她一个惊喜,而是不想让自己被她拒绝。怕没有见到她人之前,就被她冷漠的声音给吓得不敢再前进半步。

编织了很多黄粱一梦的顾卿紫,醒来时已经日晒三竿。色香味俱全的午饭已经搅得还躺在床上的顾卿紫的肚子咕咕直叫了,一翻身又不小心碰到了自己受伤的右手,忍不住轻哼了一声,最后哼哼唧唧地坐起了身子。

"妈?"顾卿紫叫了声没人答应,因为一个人没办法好好换衣服。看窗户那边,即使是遮阳的窗帘,也渗透着太阳光线。看来是个好天气,顾卿紫想着要搬椅子到院子里晒会儿。可是为什么叫妈妈没人响应她呢?

无奈之下,她只好穿着毛绒睡衣,睡衣帽子上还有两只兔耳朵,就这样头发凌乱得像只慵懒的猫咪左手打开门走到客厅,迷迷糊糊地看见客厅沙发上坐着几个人,她以为是说好今天要来的小姨呢,于是想也没多想，张嘴就说："妈，我找不到我睡觉时穿的另一只袜子了，冬天被子好重，我翻不动，你看我的脚丫子。"

说着，直接把没有穿袜子的右脚丫从棉拖鞋里抽出来，暴露在了大家的视线中。

客厅里坐着的确实有个是妈妈，见到她这样不修边幅，立马给吓了一跳，忙叫住她，"卿紫，家里有客人，快回去穿好衣服洗好脸。听到没有？"

这时，脚指头还露在外面蠢蠢欲动着。顾卿紫听见妈妈的声音里有些不同寻常的急躁，这才眨眨眼睛。画面终于清晰了起来——嗯，沙发上坐着妈妈、褚希澈还有一个似曾相识的漂亮阿姨等，视线立刻倒退，画面停止在了某个根本不该出现在自己家里的人身上……

顾卿紫顿时目瞪口呆，没睡醒的细胞统统地炸了。为什么褚、希、澈会在这里？还有为什么她还、没、有、穿、袜、子？！

褚希澈看着些许日子没见的顾卿紫，心里顿时乐开了花，嘴角上扬，恨不得现在就能冲过去抱住她。但是，未来丈母娘在场，还是先忍一忍吧。

"卿紫。"前一秒刚说好忍一忍，下一秒就将她的名字脱口而出了。褚希澈笑意颇浓，轻声唤道，"过来。"

"我不！"顾卿紫当即拒绝，随后撒开腿就往自己房间跑，然后啪地就把门甩上了。有生第一次，顾卿紫庆幸自己伤的是手，而不是脚。

妈妈难为情地对着来拜访的杨女士笑笑，"不好意思，卿紫自小就这么粗枝大叶的，我也从来没想过要把她培养成大家闺秀。"

这话像是一剂预防针，但是杨女士显然超喜欢顾卿紫这样的可爱，连忙摇头说："年轻人当然得这样不拘小节了，卿紫挺像我年轻的时候，我就是像她这样才迷住希澈他爸的。"

"咳。"褚希澈干咳了一声急忙制止了妈妈的拉家常，看向卿紫妈妈说，"对不起，阿姨，害卿紫受伤的是我，是我没有好好保护她。过去的事情，也确实是我们家连累的你们，所以今天我……"

"所以这次我来，主要是为了解开两家的误会，让我儿子能和你女儿好好解释一下。过去的事情确实没办法挽回，我们再道歉也于事无补，但是这不能成为他们不能在一起的理由啊，是不是？"杨女士心急如焚地解释着。

褚希澈没有像往常一样无语地扶额，而是同样真诚地看着卿紫的妈妈，希望她能点头答应。因为，他再见不到顾卿紫，再不能和她说话，他恐怕要疯了。

顾卿紫的妈妈对于他们突然的来访一开始并不是特别的热情，但是仔细看了看褚希澈的长相之后，觉得这孩子一表人才，简直太配他们家卿紫了，于是立马笑脸相迎。

"孩子的事我们也管不了，但是过去的事就过去了，孩子没吃亏就好了。"妈妈这样说着，然后轻轻吐了口气，双手撑着大腿从沙发上站起身，"一起吃午饭吧。"

杨女士知道这事成了，忙随着她起身，还拉过卿紫妈妈的手说："我可太喜欢你家女儿了，怎么就你家闺女学了点强身健体的空手道就冲上第一线了呢？你们不会是想让她当警察吧？我可不同意我未来的儿媳妇遭这么大的罪啊，不行不行。"

"第一眼我就觉得你家儿子是我姑爷，长那么帅不配我家卿紫还能配谁啊？放心，决不让卿紫再学那该死的空手道了，以后我会教她点女红的。"

褚希澈对于两位妈妈这种自来熟的状态很是觉得好笑，但是他并没有和她们一起去吃饭，而是问："阿姨，我想先去看下卿紫。"

"行，楼上左边第一个房间。"妈妈毫不在意地挥手说。

得到批准后，褚希澈才点头表示感激。慢慢地上楼站定在顾卿紫的房门口，他不想说话，千言万语，一个拥抱足矣。

"卿紫？"他轻轻叩响了她的房门。

听到房门口传来的声音，顾卿紫更是一顿紧张，因为不知道他们在下面说了什么，更不明白怎么会直接找到家里来了。

"我进来了。"褚希澈笃定的语气，加上开门的动作，好似一切都志在必得。

顾卿紫当时心里想的是，我真笨啊，怎么没有锁门啊？当她急匆匆地跑到房门前时，却正好撞到开门进来的褚希澈，对于这种投怀送抱的事情，顾卿紫已经想挖地洞了。

"嗯，这样就对了。"褚希澈心满意足地伸手抱住了顾卿紫，那个拥抱妙不可言。他深吸一口气，郑重地说，"以后不要随便相信别人说的话。想知道什么，你都可以来问我，我一定知无不言，言无不尽。"

顾卿紫靠在他的怀里，不仅脸暖暖的，就连心都暖暖的。竟然鬼使神差地点点头，好久后，她才轻声问："你的手臂还疼吗？"

"疼。"褚希澈对着她的耳朵轻声说，"但是不希望你比我疼。"

"对不起。"顾卿紫这才表达出自己的心意，虽然没过几日，但是她对他的思念早已经过了万重山了。多少次想要拿起手机告诉他，自己想他了，可是明明自己是逃跑在先，这样子主动联系显得逃跑得很没有诚意。"谢谢你来找我。"

褚希澈手握着她的肩膀，看着她问："就这样？"

"嗯。"顾卿紫也同他对视，眼睛亮亮的，忽而眯起眼睛笑着说，"我很想你，非常地想。"

第一次，褚希澈听到了顾卿紫对他的真心告白。当然，看电影那次的告白是被吓出来的，所以不作数。

"我也很喜欢你，非常喜欢。"褚希澈也再次拥住她，心意满满地告白。

两家人，虽然各自的爸爸都不在场，但是相谈甚欢，简直进入了对顾卿紫和褚希澈订婚事项的各种讨论。让在场的顾卿紫觉得害臊到无处躲藏，但是褚希澈一直抓着她的手，时不时地轻轻捏了一下，脸上露出的笑意估计是这一整年的量了。

到了要走的时候，顾卿紫在门口送着褚希澈和他的妈妈，还真有点依依不舍呢。褚希澈整理了下她的刘海，浅笑着，"我会常常来看你的。"

"每天坐飞机来看我吗？"顾卿紫心里虽然想着这可真是太好了，但是累着她的褚希澈就不好了。

这时杨女士看准时机插进话来，拍拍她的手说："儿媳妇你放心，我们家希澈寒假在这里实习。你们能天天见面。对了，卿紫你号码多少，微信号多少，都跟我说说，我好时时跟进你们年轻人的状态啊。"

呵呵，阿姨真的是有一颗极度年轻的心啊。顾卿紫这边想着，却笑得合不拢嘴，直接拿出手机同他妈妈交换了手机号、微信号，最后希澈妈妈连 QQ 号都没有放过。

"你真的在这里实习吗，寒假也实习？"顾卿紫有点不敢相信，继而恍然大悟道，"难道上次在图书馆和那个学姐就是在讨论这件事情？"

"这次反应快。"褚希澈揉了揉她的头发，"那个学姐也是这里人，所以咨询她一下。"

"那你怎么不问我？"顾卿紫又斤斤计较起来。

褚希澈再次上前抱住她，轻轻拍拍她的背，语气温和道："因为想天天都见到你，又想给你惊喜。"

"真是肉麻。"顾卿紫笑着嗔怪。

第三十七章　负荆请罪

"嗨,那以后也请你接受越来越肉麻的我。"褚希澈轻轻地亲了下她的额头,"那我先回去了。电话联系。"

"嗯。"顾卿紫点头,随即也赶紧朝他妈妈挥手说,"阿姨再见,有空常来!"

"叫什么阿姨,这么见外!"杨女士本来都戴上墨镜,这会儿又猛然摘了下来,对着站在原地的顾卿紫喊,"在没嫁给我家希澈之前,叫我姐姐啊!嫁过来必须喊妈啊!"

站在顾卿紫身旁的妈妈忽而无语地摇摇头,悄悄地对顾卿紫说:"褚希澈比他妈妈稳重多了。我喜欢这个孩子,一看就是潜力股。"

"呵呵,那妈妈你觉得我会幸福吗?"顾卿紫望着褚希澈帅气的身影问。

妈妈一把搂过自己的女儿,十分肯定地说:"那必需的啊。你怕什么,他要是不给你幸福,你用你的空手道打死他啊。"

妈,你这也叫喜欢褚希澈啊?顾卿紫汗颜,但是这个世上没有比父母更希望你得到幸福的人了。所以,希望每个孩子都能得到自己想要的幸福。

外面,阳光依旧灿烂。风在轻轻地吹着,柳树优雅地摆动着,孩子们快乐地跳着笑着,手里拿着小风车,迎着风在跑。

今天的一切看起来都是那么的美好,美好至极。

除了……

"什么,你说卿紫的男朋友来过了?"傍晚爸爸回来的时候,听闻这个消息感觉天都塌下来了。"我不在的时候,你居然把宝贝女儿就这么嫁出去了?"

"你都没看过人家孩子那长相,简直太帅了。而且,还亲自跑来家里找卿紫。这样的小伙子上哪里去找啊?"妈妈立马替褚希澈站台。

爸爸外衣一脱，气鼓鼓地坐在了沙发上，瞟了眼站在一边大气不敢出的顾卿紫，问道："那小子对你好吗？"

"好！"对于这种问题应该毫不犹豫地回答。

于是，爸爸沉默了良久，叹了口气说："唉，转眼间你都到了这个年纪了。"许久不语，爸爸长叹了一声。

忽然间，顾卿紫心里头酸酸的。妈妈也宽慰舍不得女儿的爸爸说："你这个人真的是，卿紫要嫁出去，还得过好多年呢。所以女儿在家的时候，对她好一点，别不让孩子睡懒觉。"

"我哪有？"爸爸直呼冤枉。

"你哪没有？"妈妈反问。

于是，本来是顾卿紫和爸爸之间的问题，现在又重新回到了他们夫妻间的小吵小闹上了。顾卿紫看着这一幕，觉得自己很幸福。

口袋里的手机震动了一下，是褚希澈发来的短信，

他说，明天见。

尾声　爱缓缓归

这世上没有任何一种相遇不是经过精心策划的，但你要相信，不是每一场精心策划都充满着暗涌。至少他渴求遇见你的心是美好的，也只因为在他眼里你是最好的。

"陈博，你干什么？我的行李还在车上啊，你就这么把我拽下来了，我的行李呢？你还我行李！"新学期开始就在回校公交车上不期而遇的陈博和小夕，新年见面的第一天就吵了起来。

陈博抓抓后脑勺，万分抱歉地说："新年快乐。"

"……"听到突如其来的祝福，小夕喉咙顿时卡住。后反应过来踮起脚尖，怒气冲冲地骂道，"快乐毛线！赶紧去把我的行李找回来，要不然我让你吃不了兜着走！"

陈博尴尬地吐了下舌头，然后突然伸手指向天空，大喊道："快看飞碟！"

小夕还真的顺着他的手望向了天空。嗯，一览无云。然后憋红脸冲着已经转身逃跑的陈博大吼，"陈博我告诉你，你死定了！我要是不打得你满地找牙，我就跟你姓！"

快步逃开的陈博听见小夕这么说，停在不远的地方也冲着她喊，"跟我姓？想做陈夫人吗？我还不同意呢。"

"你……有种你别跑！"

"有种你来追啊！"

"给我等着！"

然后两个人在公交车站牌下，也就是学校的南门追逐打闹起来。这会儿即便围观的同学很多，也丝毫没有打扰他们玩耍的性质。只是后来，到底还是陈博亲自跑去了公交总站询问，才在失物招领处帮小夕找回了行李。

找回来的第一时间，他拨通了小夕的电话。两个人也是在认识这么久之后才交换了号码，好像这样子才算是真正地认识了。

曾经认识的陈博，现在又重新认识了一遍。新年开始，小夕觉得这样的开端很不错。至少在她看来，事情还是朝着她期待的方向发展去的。

学校图书馆，也只是在开学这几天热闹喧哗。因为发新书什么的都集中在了图书馆这个大地方，同学来找也极为方便。

一楼大厅忙着报各个系的名称前来领书，二楼则是抢先来图书馆抢位置的同学们抱着书紧张地审视着当前位置的分布情况，三楼就清静不少，尽管也有好多同学堵在没有开门的阅览室门前等着占位置。相比之下，已是校团委的宣传部部长的慧慧就冷静不少，别着双手站在图书馆外，身边立着行李箱。

"啧啧，这么挤，早知道后天再回来报名。"因为太阳光线刺眼，慧慧微微皱着眉头。眨了下眼睛，好像想起什么似的。"咦，我交学费了没？"

过年在家，光顾着各种玩了。慧慧索性坐在了行李箱上，思考起有没有交学费这个问题。因为她记得妈妈大人好像在很久之前，也就是除夕夜的那晚上就给她包了个红包说是交学费用的。但是,碍于那个红包又厚又大,慧慧完全流口水,无视了妈妈后面交代的话。于是……

"想什么呢,坐在这里和傻瓜一样。"后面来图书馆领书的蜜儿早就把行李都放到了宿舍,由于来得比较早,她甚至把寝室都里里外外打扫了一遍。

听到蜜儿的声音,慧慧也没有抬头,只是若有所思地问了她一句,"你学费交了吗?"

"交了啊,还有一张银行的单子。"蜜儿不假思索地回答,见她不吭声,抬手戳了戳她的脑门。"你不会是把学费提前花光了吧?"

慧慧这才抬起了头,感动地握住了蜜儿的双手,"知我者蜜儿也啊。我想了半天才想起来,我把学费拿去买单反了。现在告诉我,我要怎么办?"

说着,还特意从行李箱上站起来,打开行李箱拿出了那只初级生用的单反里面最高级的那一款。嗯,花光学费这也是正常的。

蜜儿瞅了那单反一眼,眼睛亮亮的,但是转而看到慧慧的脸满不在乎地说:"关我什么事。起开,不要挡住我的去路。"

"蜜儿!"慧慧急忙喊住她,可怜兮兮的双手合十,"拜托,借我点钱先交学费呗。要不然我连学校宿舍都住不起了,我要怎么办呀!"

蜜儿冷笑一声,便潇洒地迈着步子走进图书馆大厅,那气势,简直把这条道路当成了T台。

怎么这么狠心?慧慧欲哭无泪,望着手里的单反,想着要不然转手卖了?可是我卖给谁好呢?思来想去还是不舍得,摸着单反自言自语道:"算了算了,学费先欠着吧,每个月的生活费里多扣一点。攒起来慢慢还。"

想到这里,慧慧心满意足地拖着行李也走进了图书馆大厅,跟在蜜儿后面，百般讨好。因为接下来省吃俭用的日子会很难过，不巴结好寝室里的姐妹，很有可能会喝西北风。为了打好这场战役，慧慧决定抛弃尊严，心甘情愿做奴隶！

图书馆里队伍排成长龙，有些系直接把书什么都搬到了图书馆后门去发放。后门那边走出来拐过一条幽静的小道，就离三食堂不远了。这个地方还算合理，等不及了还可以直接去买点什么吃。

夏辰佑就在这后门，看着手上要领的书的单子，边念叨着边活动了下筋骨。年一过好像有点长胖了，身上的六块腹肌会不会已经少了一块了？啧啧，赶紧把活动时间安排好，否则没有人鱼线就不性感了啊。

"辰佑，下午打篮球去吗？"旁边正好站着一篮球队的男生。

心里正盘算着要好好运动的夏辰佑听到这样的盛情邀请可是高兴坏了，忙答应说："好啊。好久没运动了，是时候来一场了。"

男生拍拍他的肩膀说："那到时候篮球场见啊。我也叫了褚希澈呢，这次他倒是答应得蛮爽快的，当时他旁边还站着一个漂亮的女孩子，是不是他女朋友？"

"嗯。"夏辰佑想都不用想，也知道那个是顾卿紫。看样子，他们已经没事了，这样就好。不过在顾卿紫面前答应比赛，褚希澈原来也有胜负欲嘛。一直以为他风轻云淡对什么都不在乎呢，到底还是顾卿紫厉害啊。

"那一言为定啊。"男生领好了书，对着夏辰佑笑着说。

"好。"夏辰佑点点头。

好像才短短几个月，就什么都变得不一样了。但是对于夏辰佑而言，褚希澈会和顾卿紫在一起倒是挺好的变数，至于自己和墨柳儿或许真的已经形同陌路了。但是，他知道他喜欢的墨柳儿永远是那个美丽、大方、会制造各种惊喜的女孩子。

机场。

"可以了吗？"飞往法国的航班已经通知乘客检票了，墨柳儿听到了身边妈妈的催促便从位置上站了起来。妈妈一手拎着她的行李，一手挽着女儿的手臂，脸上自然是骄傲的神情，一切都不言而喻。"我女儿以后要成为一个很优秀的芭蕾舞者，加油！"

墨柳儿浅浅一笑，"嗯，我会的。"

"有什么需要尽管打电话回来，妈妈给你亲自送过来。在那边饮食什么不习惯的话就先忍一忍，妈妈会给你想办法的。还有啊，妈妈不是阻止你谈恋爱，但是一切都还是以学业为重。知道吗？"

妈妈的叮嘱在墨柳儿听来，最后一句才是重点。她笑，"明白，不会随随便便地就谈恋爱的。今后一定要找一个两情相悦的人。倒是我不在家，妈妈照顾好自己。"

"乖女儿。"妈妈抱了抱墨柳儿，也有万般不舍。但是，终归还是孩子的未来重要。"一个人在外面受了什么委屈，不要忍着，随时可以打电话来告诉妈妈。"

墨柳儿也抱着妈妈点头，心里头还真的满是酸楚。她出国，没有告诉任何朋友，因为她好像已经失去了好多朋友了。既然如此，就换个地方重新开始吧。

未来，她会以更好的姿态回归的。也希望，那些被她伤害、被她误解的人都能拥有幸福，同样地原谅她曾经幼稚的行为。

"那妈妈，我走了。"墨柳儿深吸一口气，同妈妈告别。

妈妈站在那里同她挥手说："到了打个电话过来！"

"嗯，你回去吧。"

检票通过，墨柳儿登上了飞机。坐在靠窗的位置上，她正好可以看见机翼。这机翼承载着她的梦想，缓缓地飞向了天空。

篮球从半空中落下，又重新到了褚希澈的手里，他左右手都带着护腕，在啦啦队的热情加油声下，他又当场拿下了三分球。

"Oh, yes! 褚希澈你好棒！"所有人都以为这句发自肺腑的呐喊声来自于褚希澈的女朋友顾卿紫，实际上顾卿紫只是在一旁激动地握拳笑着，没有出过声。倒是身边的姐妹们一个个笑得花枝乱颤，还喊得那个震耳欲聋。

"顾卿紫，你男人简直是篮球场上的MVP（最佳球员）啊。"蜜儿今天打扮得尤为清新漂亮，场下好几个打篮球的男生的目光都停留在了她的身上迟迟不肯挪开。

顾卿紫看了眼场上正在移动的褚希澈，头一次看见他打球，也头一次看见他穿着背心的样子，露出的手臂肌肉线条真的是性感到让人流鼻血。

"什么MVP啊，简直是ACE（王牌）好吗？"慧慧手里不知道什么时候多了啦啦队专门用的那个手花，使劲上下抖动着。

"别这样好吗？怪丢人的，都大三的人还搞得和大一的小学妹一样花痴，害不害臊啊？"小夕连忙阻止慧慧的举动，拼命把自己的脸别到了隐蔽的地方。

顾卿紫这会儿总算是开腔了，"刚才陈博进球的时候，你叫得比任何人都响亮啊。要不是我拦着你，你可是从看台上跳下去了。"

"啧啧。"于是，剩下的几人不约而同地发出了暧昧的声音，让小夕顿时无地自容。但是她死撑着说，"那我这是爽朗，才不像顾卿紫，这么害羞。"

话锋一转又回到了顾卿紫身上，她搓搓自己的手说："不是害羞，是感觉太多人看着。你没听见那些小学妹喊'希澈学长'喊得那么响亮吗?我不能输给她们,但是我又不能喊'亲爱的,你好棒',所以我只好闭嘴了。"

"咦——"被众人嫌弃之后,顾卿紫笑嘻嘻地又看向了篮球场,却正好与场上的褚希澈对视了一眼。还有最后5分钟,比赛就应该结束了。

啦啦队的躁动声,还有学妹们花痴的加油声都融合在了一起,让最后5分钟显得尤为紧张刺激。

褚希澈虽明白不过就是一场自发组织的篮球赛,不需要拼命,但是顾卿紫在那边看着,不让他拼命也是要拼了。

"比赛结束!"哨声一响,篮球落地,欢呼声雀跃。

"你有必要这么狠吗?"夏辰佑大汗淋漓,喘着气过来同赢了的褚希澈示意友好,本想说恭喜,但是实在是被他赶尽杀绝到说不出那样的话来了。

一边的陈博也是索性坐在了地板上,再打下去,他可就要在这些可爱的小学妹前抽筋了。他抬眼瞥了眼还精力旺盛的褚希澈,也埋怨道:"一场友谊赛活生生被你打成了决一死战。就算是卿紫在这儿,你也好歹手下留情啊。"

"留情?"褚希澈挑眉,"留情这回事,我只留给卿紫。"

"你滚开吧!"最后,夏辰佑和陈博异口同声地喊道。

后来,褚希澈走到休息处,摘下了护腕,对着看台上的顾卿紫勾了勾手指头。顾卿紫看了看,便对身边的姐妹说:"那我先过去一下啊。"

"去吧去吧,给他来一个胜利之吻。"蜜儿做出了飞吻的姿势,旁边的慧慧和小夕也不害臊地嘟起了嘴巴。这几个人真是够恶心的。

见顾卿紫下来,褚希澈便打开水先咕咚咕咚喝了好几口,喉结上下动着,汗水也从脸颊上一直流到了胸口上。

"真厉害。"顾卿紫站在她面前轻声地说着,她还下意识地看了眼看台四周那边咬牙切齿的小学妹,忍不住低笑,"她们晚上回去会不会做个稻草人往我身上插针?"

褚希澈擦了把汗,抬手的动作迟疑了一下最终还是选择牵住了顾卿紫的手,"本想抱你,可是身上汗太多。走吧,回去洗澡。"

"哟,褚希澈的女朋友你长得好漂亮啊!"

"一起去回宿舍了吗?"

"什么时候请吃饭啊你们?"

队友们嚷嚷着,让顾卿紫一阵脸红。甚至都想要缩回手了,这么高调秀恩爱真不是她的风格,但是不知道为什么褚希澈学得越来越高调了。

"他们说得对,要不要一起洗澡?"褚希澈看着她,笑着问。

顾卿紫瞧了他一眼,喃喃道:"我手还没有好,不能碰水。"

"所以要不要我帮你洗?"

"……"喵,还我之前那个冷面褚希澈好吗?顾卿紫在心底大声呼喊。

褚希澈倒是在一直笑着,嘴角上扬起的那个弧度总是那么地好看。难怪那些学妹偶尔也称呼他为"微笑杀手",确实挺诱人的。

"要不要奖励我一下?"走出室内篮球场,褚希澈站在门口突然又看向顾卿紫问道。

顾卿紫赧然,说到奖励没有什么比直接亲他一口更饱含深情了的。但是就怕突然路过几个人,被他们看见如此主动的自己,那可怎么办?

看顾卿紫犹豫不决,褚希澈又再次问道:"不行吗?"

"呃,不是。"顾卿紫真的是有色心没色胆啊。话说,自己男朋友怕什么?嗯,就是这样!自己的男朋友,不亲白不亲。

这么想着,顾卿紫鼓起勇气,踮起脚尖,慢慢朝着褚希澈微微俯下身凑近她的脸颊移动。就在快亲到脸的时候，褚希澈出其不意地一扭头，顾卿紫直接亲上了他的嘴唇。

一时间，各种电光火石。

"哦哟！被看见了啊，光天化日之下，顾卿紫公然索吻了啊！"慧慧手里拿着单反相机，咔嚓咔嚓地对着他们拍个不停。

小夕和蜜儿也拿着手机各种偷拍。哦，错了，小夕一直喜欢直接录影。蜜儿边看拍下来的照片，边啧啧道："这个姿势简直是少女纯情漫画啊，应该再劲爆一点的。"

"我也要找女朋友！"陈博愤然地朝天怒吼。

突然眼前出现了这么多人，顾卿紫果断快速和褚希澈分离，捂着嘴巴看着这一群损友，着急摆手解释道："不是啊，我是被迫亲上他嘴巴的，我本来只亲脸的。"

经过解释后，众人怒吼，"横竖都秀恩爱，有区别吗?!"

褚希澈惬意至极，这次笑得比任何时候都要开心。他继而搂住顾卿紫的肩膀，让她面向自己，看着她说："这次换我来，我自愿的。"

说完，众人只见褚希澈再次深情地吻向了顾卿紫，顿时震惊的人群中听见了什么重物吧嗒落地的声音。

几秒钟后。

"苍天啊！我的单反摔地上了啊！"

慧慧的哭喊，旁人的大笑，以及褚希澈和顾卿紫的吻都像是今年最完美的开场。

唯愿从今往后，大家都能如此享受快乐，笑对人生。

番外　他的她

进入大学的第一天，褚希澈在图书馆大厅登记注册的时候遇上了她，几年前曾有过一面之缘的她。遮住耳朵的短头发，眼睛大大的，灵气十足。他看着她拿着笔在纸上刷刷地填上了姓名、电话号码，字如其人，也好看得不得了。

顾卿紫。真是好听的名字。

"能借你的笔用一下吗？"他心中甚是惊喜万分，暗暗地把自己手中的笔扔在了一边，转而向她借。

她没有抬头看他，只是应声直接将笔递给了褚希澈。自己则利索地一个人接下去办另外的手续，褚希澈看着手里的笔，轻皱眉。

就不能看他一眼吗？

随后不甘心地跟上她，走在她身后，一样一样地处理好各种开学需要做的事情。等他随着提示完成一系列的步骤之后，抬头却看不见她的人了。

急忙追出去的时候，却又突然被另外一个女生叫住。褚希澈站在台阶上，抬头看那个女孩子，她对自己说了什么他没有听见，只是正好在那个时候看见了正往另一个方向走去领军训需要穿的作训服的顾卿紫。

顿时喜上眉梢。他没有和那个叫住她的女孩子打招呼,最后也只是在迎新晚会上听和自己相处得蛮好的陈博说,那个跳舞的女孩子就叫墨柳儿。

追上顾卿紫之后,他忍住内心的激动,把笔递还给她说:"你的笔。"

女孩惊讶地眨巴着眼睛,摇摇头说:"不是我的笔,我随便从桌子上拿的。"

第一次搭讪,失败。

大一新生军训的时候,褚希澈那个班正好安排在了顾卿紫那个班对面的空地上训练。那个时候,操场上反正黑压压的一片,都分不清谁是谁。

但是褚希澈一眼就看见排在第一排清秀可人的顾卿紫,排在队伍里也忍不住浅浅一笑。休息的时候,她去给班里的同学搬水。他不明白,为什么一个女生要主动提出来做这样的事情。

于是他起身,佯装去洗手间。

"我来。"走到她身边的时候,他俯身一把接过她手里的一箱矿泉水,大步地朝前面走去。想着,这次应该会问他是谁了吧。

结果,等了好久没有听见她有什么反应,褚希澈奇怪地回头,结果看见她跑回去又搬了一箱矿泉水回来。

这个女生没事吧?褚希澈无语地想着,她这再搬了一箱水过来,那他接过她之前的矿泉水有什么意思呢?胸口闷得慌,他放下手里的这箱,又气冲冲地转身朝她走去,停在她跟前,大力地再次夺过她手里的矿泉水。

"不要再回去拿了。"褚希澈搬着两箱矿泉水,语气别扭地对着顾卿紫闷声地说。

她呆呆地"哦"了声,那表情好像在问"你谁啊",但是也仅限于表情在问而已。她根本没有问出口,也没有跟在帮了她忙的褚希澈身后,而是小跑着回到了自己班上的所在地,一屁股就和那个女生一起坐在了地上。

"真的是……"褚希澈无语,把两箱矿泉水重重地放在了他们教官的脚下。吓了人家教官一跳,但是他心里不爽的程度已经不亚于人家教官的惊讶程度了。

"你傻了,怎么把水搬到别人班上去了?"旁边的男生问他。

褚希澈哼了声,没有说话。眼睛却盯着和其他人相聊甚欢的顾卿紫,越看越上火。尤其是看见她对着班上的男生笑的时候,他差点气得跳起来。

"有没有觉得对面那个班上的长头发女生很漂亮?"男生指指右边那个班,刚进来就被评为校花的墨柳儿,捅捅褚希澈。

"没觉得。"褚希澈一直在注视着顾卿紫,看也没看她一眼。

"可是她好像在看这边,不会是喜欢上我了吧?"男生做梦似的痴笑着。

这些褚希澈统统都不予理会,他就想知道要怎么做才能让顾卿紫多看他一眼,至少先记住他的长相。

进行体能训练的时候,教官一下子就都成了变态。男生蛙跳、俯卧撑,女生高抬腿、仰卧起坐,把一个个新生整得和要被宰掉的猪一样。

操场上顿时哀声遍野。

经过一天的训练之后,大家几乎都是互相搀扶着走出操场的。褚希澈倒是一点事都没有,看见顾卿紫也没事,还蹦蹦跳跳的不亦乐乎。

见她笑起来之后,眼睛像月牙儿一样,褚希澈顿时觉得很幸福。什么疲劳、不爽、挫败统统都烟消云散了。

但是，在军训结束之后，进入了正常的上课时间。褚希澈就嫌少有机会碰见顾卿紫，难得有一次在上专业课时在同幢教学楼，遇见了从那头急匆匆跑过来的顾卿紫，头发稍显凌乱。

当她跑过来的时候，他才发现她埋头打着电话。他故意站在她的跟前，果然她一头就栽进了自己的怀里。

"对不起。"她说，耳边仍然打着电话。"我又不是跟你说对不起。赶紧来上课，我可不会替你喊'到'。请我吃饭也不行！"

褚希澈笑，看着她说："注意安全。"

顾卿紫点头笑笑，但很快皱着眉头绕开了他，嘴上还是在不停说："寿司也不行！总之你赶紧起床来上课……啥？帮我把收藏栏里的书都给买下来？成交！"

身后的褚希澈又笑了，但心里思忖着，原来她爱看书啊。

时间就这样在每次擦肩而过中慢慢来到了大二，褚希澈认真攻读，也少了很多时间去制造同她相遇的机会。尽管，以前人为制造的偶然都以失败告终。但是，他也从不气馁。

午餐时间，他难得和陈博一起来到二食堂吃什么汤年糕。其实他甚是不爱这样黏糊糊的感觉，可陈博力荐，他也只好随他来尝一尝。

买好选位置坐的时候，褚希澈一眼就扫到了在角落那边坐下来已经吃饭的顾卿紫，心里一喜，许久都未看见她了。于是，硬是拉着陈博坐在了离她们一桌的位置上坐下。

"卿紫，这上面测试出来说你未来另一半姓陈。"一起吃饭的小夕拿着手机呵呵地笑着，"姓陈，怎么样？"

不怎么样。褚希澈听闻，立马夹起一块年糕。随后猛然意识到，自己对面坐着的就是一个姓陈的，然后就更加不爽了。

"姓陈吗？"顾卿紫似有若无地考虑着，一会儿后说，"这种也太没意思了,全天下那么多姓陈的。有没有什么准一点的测试啊?"

女生可真爱玩这种游戏。褚希澈在心里吐槽,明知道是骗人的,还这样不亦乐乎。

"你喜欢什么样的男生啊?"小夕随后问道。

顾卿紫咬着筷子做思考状,"长得帅,个子高。"

"然后呢?"

"没了。"

褚希澈听闻,嘴角都快咧到耳朵根了,低声兴奋道:"太棒了。"虽然他不止这两项优点。

对面的陈博诧异地看着他,随后也多嘴问了一句,"都大二了。喜欢你的学妹、学姐那么多,怎么也不见你有对谁动心的。是不是有喜欢的人了?"

"嗯。"他答。

略微感到震惊,陈博乘胜追击,"是谁,什么样的女生?"

褚希澈瞥了眼那边的顾卿紫,一本正经道:"名字很好听的一个女生。"

陈博无语地收回期待的视线,继续吃着碗里的年糕。"这无疑是大海捞针啊。女孩子的名字都取得很好听的好吗?比如什么墨柳儿啊,啧啧,简直诗情画意。"

别人无所谓,反正他就觉得顾卿紫这名字最好听。

因为外面下过雨,二食堂的地就变得非常滑。好几个男生走过去放盘子的时候都差点跳起了街舞。

吃完之后,褚希澈就走在顾卿紫身后。顾卿紫倒是走得稳稳的没有怎么样,前面走着的小夕倒是滑了一跤,往后倒,正好歪倒在顾卿紫身上。因为手里拿着盘子,小夕突然倾身过来,顾卿紫也失去了重心。

"小心。"看她差点站不稳摔倒，褚希澈上前一把抓住了她的胳膊，第一次亲密接触居然是这样的。

顾卿紫忙把盘子"啪"地扔在了推车上，双手扶起了小夕，对着褚希澈说了声"谢谢"之后，忙拽着小夕下楼了。嘴里还难为情地说着，"下次你摔倒的时候离我远一点……"

"走了。"陈博是往另一边放的盘子，走到褚希澈身边的时候，发现他望着自己空落落的手心发呆。

又被她溜走了，褚希澈想。抓不住的感觉真的很糟糕，就像是他即使在她面前从楼梯上滚下去，她没准都会跨过自己的身体，无所谓地走开。

真是太糟糕了。

于是，他的视线里经常是除了顾卿紫还是顾卿紫，她总是在自己眼前不断地晃悠，又不给自己真切的实感。让他日夜不能安稳，梦里面顾卿紫早就是他的了，现实中，顾卿紫却还不知道他是谁。

就在那样的情况下，他们还参加了市里的马拉松比赛。要不是看在顾卿紫摩拳擦掌报名参加的分上，褚希澈怎么也不愿意去做这种流汗的事情。反正跑第一也没什么实际的好处。

起跑线上，寝室四个人只有顾卿紫站在了那里，俨然一副必胜的姿态冲着给她加油的姐妹们挥手。褚希澈就站在她的身边，安静地看了她好一会儿。

"你不做下准备工作吗？"她第一次开口和他说话。

他摇摇头说："我天天在做。"

然后，冷面如他，冷场也是信手拈来的拿手好活。说完，褚希澈就恨不得撞墙。这么好的机会，就被他错失了。

枪声一响，大家都跑了出去。为什么不用"冲"这个动词呢？因为是马拉松,而不是短跑,现在冲出去,等会儿就会累死在半路上。

显然,顾卿紫也懂得这个道理。于是她也慢悠悠地跑着,边跑还边欣赏风景。褚希澈不理会自己的同伴,旁若无人地跟在顾卿紫的身后一点点的方位。

看着她因为跑步飘起来的头发,好像比之前长了一点点。皮肤白皙,露出的脖子线条漂亮得让人不想挪开眼睛。褚希澈笑,头一次觉得自己有点不好意思。

跑了大概两千米的时候,他看着顾卿紫因为剧烈运动渐渐泛红的脸颊,更是漂亮到心跳都快了起来。一直没有注意到身后褚希澈的顾卿紫一心一意地跑着,跑过一座桥的时候,看见桥上有个三轮车车夫在费力地蹬着车时,她居然停下来默不作声地帮忙推车。

褚希澈怔了一会儿,也上前同她帮忙推车。看着她笑着跑到前面,还同车夫打了下招呼,褚希澈当下就觉得,嗯,是她了。

他希望马拉松可以再久一点,让他再在她身后追得久一点。但是,终点居然就在他一直望着她的过程中结束了。

陈博拉着他和夏辰佑还有墨柳儿一起拍照,镜头外顾卿紫正和姐妹们开心地击掌。褚希澈看着她,笑了。

此时,相机就将此刻的画面保留了下来。

一晃眼,到了大三进行选修课的时候。每个人都在电脑室里抢课,有些老师的课上的人特别多,没有其他原因,就是容易过。但是也有老师的课,即使很容易挂科,也有人选。因为机房电脑有限,好多人都趁着空当去抢电脑选课。

这么巧,褚希澈就坐在了顾卿紫对面的那台电脑前。这次,绝对不是人为的,只是碰巧看见了她往机房跑而已。

"我想选逻辑课。"显然,顾卿紫这话是对旁边的小夕说的。

一开始，小夕不予理会。因为逻辑课是挂科系数最高的一门课，这不是找死吗？听到这个的褚希澈不管三七二十一先抢了这门课，等了一会儿就听见顾卿紫一锤定音说"就是这个了"。褚希澈完全放心了。

选完课正好赶上吃午饭的时间，这次他故意排在了顾卿紫的前面。买好后，本想就这样一走了之，但是感性告诉他，这事不能就这么算了。

于是，他把饭卡留在了刷卡器上。

轮到她买的时候，他折回，伸手去拿饭卡……

"喂，你干什么？"

这次，她抓住了他。